KB271235

박원순의 희망 찾기 2

함께 돌보고 배우는 교육공동체

마을이 학교다

함께 돌보고 배우는 교육공동체

마을이
학교다

2010년 6월 10일 처음 펴냄
2017년 12월 15일 8쇄 펴냄

지은이 박원순
펴낸이 신명철
펴낸곳 (주)우리교육 검둥소
등록 제 313-2001-52호
주소 03993 서울특별시 마포구 월드컵북로 6길 46
전화 02-3142-6770
팩스 02-3142-6772
홈페이지 www.uriedu.co.kr

ⓒ 박원순, 2010
ISBN 978-89-8040-350-9 03810

이 책은 희망제작소가 SAMSUNG 에서 연구비를 지원받아 집필했습니다.

이 책의 내용을 쓰고자 할 때는, 반드시 저작권자와 출판사의 허락을 받아야 합니다.
잘못된 책은 바꾸어 드립니다. 책값은 뒤표지에 있습니다.

이 도서의 국립중앙도서관 출판시도서목록(CIP)은 e-CIP 홈페이지(http://www.nl.go.kr/cip.php)에서
이용하실 수 있습니다.(CIP 제어번호:CIP2010002084)

박원순의 희망 찾기 2

함께 돌보고 배우는 교육공동체

마을이 학교다

박원순 지음

이 사회의 희망을 위해 끊임없이 도전하며

지역을 위해 묵묵히 헌신하는 모든 분께

이 책을 바칩니다.

아니, 우리 교육에 희망이 없다고요?

우리 시대, 우리 사회에 깊은 절망이 드리우고 있다. 민주주의와 인권은 후퇴하고 국가와 사회, 공동체에는 좌절의 한숨 소리가 들린다. 새로운 세기, 새로운 밀레니엄을 맞으며 우리가 그렸던 장밋빛 미래는 어느새 회색의 암담한 미래로 채색되고 말았다.

교육도 예외가 아니다. 공교육은 무너지고 교육 현장은 황폐해졌다. 사교육이 공교육의 자리를 차지하고 가계의 부담을 키웠다. 교육 현장에서도 약육강식과 극한적 경쟁이 판을 친다. 한편으로는 기러기 아빠를 양산하고 또 다른 한편에서는 교육을 통한 신분과 계층 고착화가 가속화되었다.

이런 절망의 분위기 속에서 나는 지난 몇 년 동안 현장을 찾았다. 거기에는 이런 교육의 고질적이고 구조적인 문제, 실망스러운 분위기와 의식들을 뚫고 희망의 새순들이 곳곳에서 돋아나고 있었다. 마치 봄의 들판에서 온 생명이 일순간 돋아나는 것을 본 것처럼 나는 환희로웠다.

공교육에서 찾을 수 없는 희망을 많은 사람들은 대안교육에서 찾고 있었다. 이미 대안교육은 대안교육 그 자체로 머물지 않고 서로가 네트워크를 이루고 교육에 큰 변화의 물꼬를 텄다. 그리고 공교육도 크게 변하고 있었다. 특히 '작은학교교육연대'를 중심으로 좋은 교사들이 끼리끼리 모여 새로운 교육적 실험들을 벌이고 있었다.

이들의 땀방울은 결코 헛되지 않았다. 이들의 노력과 열정, 실험은 이미 커다란 변화를 만들어 내면서 우리의 교육도 바뀔 수 있음을 증명해 주었다. 교장공모제나 교사초빙제와 같은 좋은 제도들이 이런 변화를 더욱 빠르게 추동하고 있었다. 만약 이런 제도와 더불어 공교육의 시스템 안에서 좀 더 교사들의 자율성을 보장하고 이들의 창발적인 교육 실험을 지원한다면 공교육에서의 변화는 가능하다는 낙관을 가지게 되었다.

이들 대안학교와 대안적 초등학교들은 지역사회와 밀착하여, 학부모와 학생들 간의 소통과 협력을 증진시켰다. 교장과 교사들 간에 공동체적 관계를 형성하고, 재미나고 창의적인 발상과 교육 방법을 적용했다. 이러한 특징들로 기존의 학교들과 뚜렷한 차이를 보이고 있었다. 이들이 내세우는 비전과 이들이 보여 주는 교육이야말로 교육의 새로운 모델이라는 생각이 들었다.

더 나아가 전통적인 학교라는 형식의 울타리를 벗어난 아동 청소년 교육기관이 다수 존재하는 것도 흥미로운 발견이었다. '품'이나 '청춘'과 같은 청소년문화공동체, 난곡주민도서관 '새숲', 고산산촌유학센터와 같은 산촌유학 시설과 기관들, 대조동 꿈나무어린이도서관을 비롯한 여러 어린이 도서관들, 인천 기차길옆작은학교와 같은 공부방들이 바로 그런 곳들이다. 마을과 지역사회에 기반을 두고 이들 기관들은 학교에서 공급해 주지 못하는 지식과 재미, 재능과 끼를 제공해 주고 있었다.

이런 교육 현장과 지역사회에서 일어난 교육의 변화에는 수많은 선구자들의 노고가 숨어 있다. 선각자적인 노력을 아끼지 않은 교사들과 학부모들은 물론이고 수많은 교육운동가들이 바로 그런 찬사를 받아야 할 주인공들이다. 참교육실천을위한전국학부모회의 학부모들, 사교육 걱정 없는 세상을 꿈꾸는 교육운동가 송인수 선생이 바로 그런 분들이다. 뿐만 아니라 평생교육을 주창하며 현장에서 그 모델을 만들어 온 성공회대 고병헌 교수나 학습과 삶이 일치하는 코뮨, 코뮤넷 수유너머의 고미숙 선생은 평생교육의 새로운 장을 열어 가는 개척자들이었다. 지역에서 대안대학을 고민하는 풀뿌리사회지기학교라든지, 학교를 넘어서 훌륭한 교육 공간과 읽을거리를 공급해 온 공간 민들레 역시 교육의 희망을 만들어 내는 전진기지였다.

물론 교육의 현장을 짓누르는 제도와 구조, 권위적이고 관료적인 교육 관료, 내 아이만 잘 키우면 그만이라는 탐욕적인 학부모들의 인식, 경쟁 중심의 우리 사회의 한계 등이 좋은 교육을 억누르는 요소들이다. 그것은 우리가 쉽게 낙관할 수 없게 만드는 엄중한 현실이기도 하다. 그러나 나는 지난 4년간의 지역 투어와 현장 기행을 통해 만난 이 희망의 새순들로 말미암아 희망이 없다는 세상에 이렇게 말할 수 있게 되었다.

진짜로 희망이 없다고요?
교육에 희망이 없다고요?
아뇨!
희망이 철철 넘쳐흐른답니다.

2010년 5월

| 차 례 |

1부
공교육의 대안, 학교 밖 학교

50년 전통의 원조 대안학교

__ 풀무학교

'대안alternative'이라는 말은 무겁다. 대안을 말하려면 사회의 여러 문제를 깊게 고민해야 한다. 근본적인 한계를 직시하고, 그 한계를 극복하기 위해 애써야 한다. 애쓰고 노력하는 데 그쳐서도 안 된다. 눈 가리고 아웅 하는 것이 아니라 뿌리에 있는 문제부터 고칠 수 있는 해결책을 내놓아야 한다. 그만큼 대안이라는 말이 지니는 무게감과 책임감은 가볍지 않다.

대안을 달고 있는 말 가운데 가장 일반화된 단어는 '대안학교'가 아닐까? 대안학교가 펼치는 '대안교육'에 대해 명확한 합의가 이뤄진 바는 없으나, 우리 곁에는 분명 대안학교가 있다. 학교라는 공동체 안에서 기존 학교와 다른 다양한 교육적 실험을 하며 점차 자리 잡아 가고 있는 학교들 말이다. 대안학교의 이름을 단 학교들은, 그 이름에 걸맞게 공교육이 안고 있는 문제점, 바로 거기에서 고민하고 출발한다. 물론 이들의 실험은 현재 진행형이다.

대안학교는 실천적인 교육 방식도 새롭지만 교육 이념 또한 새롭다. 여타 학교들은 그 학교 출신이 명문 대학에 몇 명이나 들어 갔느냐를 중요하게 생각한다. 경쟁 사회에서 뒤처지지 않는 '경 쟁력'을 갖추는 게 교육목표라는 뜻이다. 그러나 대안학교의 목 표는 그런 것이 아니다. "세계의 리더를 길러 낸다"라든가 "각 분 야의 최고 인재를 배출한다"는 식의 일등주의, 최고주의는 대안 학교와 멀다. 대안학교는, 다른 사람과 같이 어울려 사는 멋진 이 웃을 길러 내고자 한다. 일류 대학 입학보다 자연과 평화와 공동 체를 생각한다.

세상의 눈으로 보면 대안학교의 지향점이 '낮은' 것인지 모른 다. 그러나 대안학교가 추구하는 것은 세상의 기준보다 더 '높고' 더 '크다.' 교육의 목표가, 순위가 매겨진 대학 입학에 있다는 것 자체가 우스운 일이다. 사람을 길러 내는 진짜 교육이라면 지구 를 생각하고, 인류를 생각해야 할 것이다.

우리나라에 대안학교가 본격적으로 생기기 시작한 것은 1990 년대이다. 그러나 대안학교 운동의 조짐은 1970년대부터 있었다. 어떤 이는 1970~1980년대 야학이나 공부방에서 그 뿌리를 찾기 도 한다. 더 멀리 보는 이는 1950년대 홍성 풀무농업고등기술학 교를 대안학교의 출발점으로 꼽기도 한다. 풀무농업고등기술학 교는 도시가 아닌 작은 농촌 마을에서 농업을 가르치고 사람을 기르는 학교이다. 풀무학교라는 이름으로 더 많이 알려져 있다.

충남 홍성에 있는 바로 그 '원조' 대안학교 풀무농업고등기술 학교를 찾았다. 이 학교의 홍순명 교장은 이렇게 말문을 열었다.

우리는 이웃과 더불어, 자연과 더불어 사는 평민을 기릅니다. 엘리트만 대접받고 나머지는 쓸모없는 인간으로 취급받는 세상을 바라지 않습니다. 모두가 더불어 사는 사회를 위한 교육이라야지요. 타고난 자기를 귀하게 여기고 자기의 가치를 스스로 발견하며 자립하는 실력을 기르고 역사의식을 갖고 공동체의 활력에 기여하는 교육이라야 합니다. 그러기 위해서는 학교는 작아야 하지요.

민족학교 오산학교와 한 뿌리

풀무학교의 뿌리는 '민족학교'로 널리 알려진 오산학교로 거슬러 올라간다. 오산학교는 3·1운동 당시 민족 대표 33인 중 한 사람인 남강 이승훈 선생이 세운 기독교 학교이다. 이곳이 일제강점기에 독립운동의 산실 역할을 하면서 민족학교로 불리기 시작했다. 평안 정주군에 있던 오산학교는 1956년 현재 자리한 서울 용산구로 옮겼다.

풀무학교 설립자인 이찬갑 선생은, 이 오산학교에서 역사를 가르치던 씨알 함석헌 선생과 동급생이었다. 이찬갑 선생은 월남 후 오산학교의 정신을 부흥시키려 새로이 풀무학교를 세운다. 오산학교의 씨앗이 이곳 충남 홍성에서 풀무학교로 싹을 틔웠다고 할 수 있다.

이찬갑 선생과 뜻을 같이한 또 다른 주역이 주옥로 선생이다. 주옥로 선생은 감신대를 나온 뒤 홍동에서 전도를 하던 중, 교육의 필요성을 느끼고 이찬갑 선생과 손을 잡고 풀무학교를 설립한다.

풀무학교만 문을 연 것은 아니었다. 이찬갑 선생은 학교가 지

풀무의 교육목표는 '더불어 사는 평민'을 기르는 것이다.

역과 함께 가야 한다고 생각했다. 그런 바탕에서 기둥이 된 것이 생활협동조합과 신용협동조합이다. 그때는 학생들에게 학용품을 조달하는 것으로부터 협동조합을 출발시켰는데, 지금은 생산자 협동조합과 같은 구실을 한다고 한다. 졸업생들이 협동조합에서 일하고, 협동조합을 키워 나간다. 한때 협동조합 이사회의 3분의 2가 졸업생이었다. 미국의 실용주의 철학자 존 듀이가, 우체국이나 은행 등을 학교 안에 설치하는 실험을 했는데, 풀무학교는 모형이 아니라 지역에서 실제로 그것을 실현한 것이다.

풀무신협의 정규채 전무는 "풀무신협은 우리 동네의 알짜 은행"이라면서 "풀무학교가 그 원천"이라고 말했다. 그야말로 홍성의 마을 자체가 풀무학교와 함께 발전해 가는 것이다. 그러나 이 학교를 책임지면서 마을공동체의 든든한 버팀목이 되고 있는 홍순명 교장은 이 학교 졸업생이 아니다. 풀무학교에 감동을 받은 "풀무학교의 팬"이었다. 군대에 있을 때 무교회 신앙 잡지에서 풀무학교를 다룬 기사를 처음 본 그는, 제대하고 바로 이 학교로 왔다고 한다. 그 이후 여기에서 결혼도 하고, 그야말로 청춘을 이곳에 묻은 것이다.

작은 학교가 좋은 학교

풀무학교는 작은 학교다. 우리는 좋은 학교라고 하면 흔히 큼지막하고 번듯한 건물에 각종 시설이 두루 갖추어져 있고, 학생과 교사가 수백 명이 넘는 학교를 떠올린다. 그런 것은 선입견에 불과하다고, 풀무학교 사람들은 생각한다. 오히려 작은 학교가 좋은 학교라는 게 이곳 교사들의 믿음이며, 설립자의 철학이기도 하다. 한 학년 한 학급을 원칙으로 하고, 작은 학교로 가기 위해서 기술학교로 허가 신청을 냈다. 농업도 있고 공업도 있지만 농업이 가장 중요하고, 전인교육을 위해서는 작은 학교여야 한다고 여겼기 때문이다.

1950년대 만들어져 허가를 받은 데다, 풀무농업고등기술학교라는 이름이 대안학교와는 왠지 안 어울리는 느낌도 들지만, 풀무학교는 한국 대안학교의 기원으로 인정받고 있다. 무엇보다도 지금도 풀무학교가 대안교육을 실천하고 있다는 사실이 가장 중요하다.

학교 이름을 바꾸어 누구든 처음 들어도 대안학교임을 알 수 있게 하면 어떻겠느냐고 많은 분들이 조언했다고 한다. 그러나 풀무학교는 예전 이름을 그대로 고수하고 있다. 지금까지 일구어 온 학교의 역사가 있고, 그 이름 안에 이미 지금까지 펼쳐 온 대안교육의 내용이 담겨 있기 때문이다.

풀무학교 교훈은 '더불어 사는 평민'이다. 엘리트 교육, 출세 교육이 아닌, 평민들이 타고난 있는 그대로의 개성을 존중하는 교육, 그래서 혼자만이 아니라 더불어 사는 공동체 지향의 인격을 가진 사람을 키운다는 목표를 지향한다. 사람마다 개성이 있는데 어떻게 성적이라는 하나의 잣대로 차별할 수 있느냐고, 설립자들은 열매를 따는 사람보다 사회의 뿌리를 돌보는 사람들에 대한 이야기를 많이 했다고 한다.

대안학교들이 새롭게 떠오르고 있는 요즘 홍순명 교장은 '평화'를 말한다.

> 대안학교든 공교육이든 교육의 기본을 지켜야 해요. 뭔가 학생들
> 이 학교에서 활발히 움직일 수 있는 그런 학교가 되었으면 해요. 10
> 년 뒤 미래를 준비해야 하는 거죠. 전통에 뿌리를 박고 활발히 현
> 재를 움직이고 미래를 준비해야 하는 겁니다. 유엔에서도 지속 가
> 능한 사회를 위한 교육을 선포했는데 지속 가능성이 21세기의 화
> 두이지요. 교육의 측면에서는 우리들의 건강과 직결되는 환경, 문
> 화, 다양성의 존중, 책임감, 지역과 학교의 상호작용, 농촌과 도시
> 의 선순환, 미래 세대에 대한 배려 등이 환경문제이자 평화교육의
> 동심원이에요. 그리고 21세기 사회와 교육의 핵심 과제가 바로 환
> 경과 평화입니다.

풀무학교에서 다져지고 더욱 단단해진 홍순명 교장의 교육철
학은 변함없고 그 교육철학은 우리가 이야기하는 대안교육의 지
향과 다름없다. 개교 50년에 접어든 풀무학교는 교육철학을 실천
하면서 또 한편으로는 지역과 호흡하는 학교를 만들기 위해 애쓰
고 있다. 지금까지 졸업생이 1,200명인데, 그중 150여 명이 지역
에 남아 있다는 사실만으로도 그것을 확인할 수 있다. 지역 내 다
양한 단체, 기관과 박자를 맞춰 지역의 발전을 꾀하기도 한다. 그
래서 풀무학교를 이야기하면서 그 지역과 농업 이야기를 빠뜨릴
수 없다.

건강한 학교는 지역을 살린다

풀무학교가 있는 홍동면은 여타 농촌 마을과는 다른 점이 많다. 현실의 문제를 인식하고 그 대안을 찾으려는 작은 노력들이 새로운 홍동면을 만들고 나아가 새로운 농촌을 만든다. 풀무학교가 그렇고 풀무신협과 생협이 그렇고 언론 또한 그렇다.

지역도 언론이 있어야겠다는 생각으로 〈홍동신문〉을 만들었다. 지금은 〈홍성신문〉으로 이름이 바뀌었지만, 그것이 전국 최초의 지역신문이었다. 풀무학교 생협은 1977년부터 시작해서 비누와 빵을 만들어 직거래하고, 직판장을 운영하고, 졸업생이 요구르트 공장을 세웠다. 이후 어린이집이나 전원마을, 생활유물전시관, 에너지센터, 장애인복지기관, 노인복지기관도 생겼다. 인구가 적어서 주민 조직이 활성화되는 데 20년이 넘게 걸리긴 했지만, 주민 조직도 굉장히 발달해서 10여 개가 넘게 운영되고 있다.

유기농은 1975년부터 도입했다. 당시에는 유기농을 하면 농업을 망친다고 핍박을 많이 받았다고 한다. 지금은 전국 최대의 오리농법 농업단지로 성장했다. 농민이 유기농산물을 생산만 하면 계약에 의해 전량 소비자단체에서 수매를 한다. 유기농을 하면 유기농을 하는 농민과 농민회, 그리고 반관 주도의 농협 사이에서 갈등이 생기기 쉬운데 홍동면에서는 모두가 잘 협력하고 있다고 한다. 그게 이 지역의 정신이고, 이 지역이 여러 가지 시도를 할 수 있는 힘이다.

유기농에 앞장서는 이들도, 각종 주민 조직에서 주축이 되는 이들도 풀무학교의 졸업생들이다. 풀무학교가 그야말로 지역 조

머리, 가슴, 손이 조화를 이루는 전인교육을 지향하는 풀무에서는
원예, 조경, 축산, 벼농사 등 실업 실습교육을 펼친다.

직의 부화장으로서 제 역할을 하고 있는 것이다. 풀무학교뿐만이 아니다. 홍동면에 5천 명가량 사는데, 홍동면에는 초등학교부터 전문학교까지 웬만한 교육 시설은 다 갖춰져 있다. 그만큼 교육을 중요하게 생각한다는 방증이다. 요즘은 지역 평생교육과 농민 문화 재생을 위해 복합 문화 공간인 도서관을 짓고 있다. 더욱이 이 교육기관들은 하나같이 지역을 향해 있다. 졸업생들은 농업이 소중하다는 것을 알고, 지역에 기여하는 것을 생각한다. 농업도 사람이 하는 것이기에 농민이 어떤 사람이냐에 따라 농업도 변화한다는 것을 안다. 지역 출신의 학생을 받고 기르며 지역 주민과 함께 호흡하는 지역 학교가 되는 것이 이들의 목표이다.

홍동면에는 귀농자도 많고, 그들의 역할도 크다. 귀농자들이 해 볼 수 있는 새로운 농업과 기술이 이곳에서는 몇 십 년 전부터 이루어지고 있다. 여성과 아이들 입장에서 생각해 보아도 홍동면은 귀농하여 살기 딱 좋은 곳이다. 홍동면의 어린이집도 주민들이 만든 법인체이다. 스스로 만들어서 본인의 아이들을 맡기니까 열심히 할 수밖에 없다. 이곳 어린이집은 도심에서도 쉽지 않은 장애인 통합교육을 하며, 서로 돌아가며 책임지자는 의미로 원장 임기도 2년으로 정했다. 유기농으로 급식을 하고, 주민들과 식단 위원회도 꾸려 급식에 대한 모니터를 정기적으로 한다. 또 어린이집에 다니는 어린이들이 어려서부터 텃밭을 가꾸게 한다. 세 살 버릇 여든 간다고 어릴 때부터 땅과 사람을 중히 여기도록 하는 것이다.

홍순명 교장의 이야기는 교육에서 시작해 지역과 농업, 귀농자와 농업 유통에 이르기까지 다방면으로 이어졌다. 그는 우리 밀에 대해서도 열정적으로 이야기를 했다. 또 농촌이 살아남기 위해서는 농산물 생산뿐 아니라 가공업과 유통업에도 나서야 한다고 목소리를 높였다. 홍동면의 마을 직판장 '갓골 자연의 선물 가게'도 그런 노력의 하나이다.

홍순명 교장과 이야기를 나누면서 깨달은 것이 있다. 풀무학교가 더욱 특별한 것은 대안교육을 실천하는 대안학교이기 때문만이 아니라는 것, 풀무학교가 지역과 호흡하는 살아 있는 학교이기 때문에 더욱 귀한 곳이라는 것.

학교는 학생들이 지식을 배우는 곳이지만, 교과서를 잘 가르친다고 다가 아니다. 좋은 곳을 둘러보거나 좋은 이야기를 듣는 것으로는 부족하다. 학교가 먼저 지역과 호흡하며 함께 살아갈 때 아이들도 함께 사는 법을 절로 배울 것이다. 홍순명 선생은 말한다.

백 년 전만 해도 어린이들은 지역의 생활, 일, 문화공동체 속에서 삶의 지혜와 자연과 인간의 기본적 관계를 배우며 인간으로서 철이 들었습니다. 지역과 학교의 관계가 단절하여 학생들이 살아 있는 현장에서 떠나 참고서와 인터넷에만 빠지면서 지역도 학교도 세상도 이상하게 되어 버렸습니다. 풀무학교는 그 건전한 복원을 생각하는 그런 학교입니다.

• 홍순명 교장은 현재 풀무농업고등기술학교 교장직에서 물러나 2년제 전문과정인 풀무생태농업전공부의 강사와 풀무학원 이사로서 역할을 하고 있고, 정승관 교장이 풀무학교를 이끌고 있다.

성장학교
별
Since 2002
www.schoolstar.net
Information
6F 사는기쁨정신건강클리닉
땅과 영혼
5F 성장학교 별
4F 별2
3F 성장학교 별 (사)품온친구들
2F 인생준비학교 별

별처럼 빛나는 아이들의 대안학교
__ 성장학교 '별'

"지금부터 학생 기획단이 자기소개와 학교 소개를 하겠습니다." 먼저 학생회 아이들이 나와 자신의 학교를 자랑하기 시작했다. 자신들이 직접 만든 UCC를 보여 주며 학교를 자랑한다. 다른 학교 학생들에 비해 자신들은 무척 행복하다고 말한다. 조금 지나 이 학교의 교장인 김현수 원장이 들어왔다. 그는 바로 같은 건물 위층에 있는 병원 원장이면서, 동시에 이 '별' 학교를 이끄는 열정 많은 교장 선생님이다. 그는 자신의 삶을 이렇게 간단히 요약했다.

이 동네에서 초중고등학교를 다 다녔어요. 학생 때 총학생회 활동도 하고 인천에서 지역 운동도 했고 〈청년의사〉 초대 편집국장도 했고 공중보건의 하면서 보호관찰소에서 상담도 했어요. 정식 의사가 되면서 청소년 폭력과 관련된 일을 많이 했습니다. 인터넷 중독을 해소하기 위한 노력도 했고요. 성공회 송경용 신부님과 함께

이 지역에서 활동을 했지요. 특히 '빵과 영혼 상담 센터' 일을 하면서 이 지역에서도 청소년들을 위한 대안학교가 필요하다는 생각을 하고 대안학교 '별'을 열었습니다.

모든 아이는 스스로 별처럼 빛난다

아이들과 김 원장의 이야기를 듣다 보면 이 학교의 특별한 특성과 원칙을 알 수 있다. 이 학교를 움직이는 원리 중의 하나가 '다중 지능 원리'라는 것이다. 인지 분야의 연구로 지능을 분리할 수 있다는 사실이 밝혀졌다고 한다. 지능에는 운동, 음악, 자연, 이해 지능 등 9가지가 있다. 이 지능은 모두 같거나 골고루 발달하는 것이 아니라 사람마다 다르다고 한다. 아이마다 특히 발달한 고유의 지능이 있다는 뜻이다. 그래서 모든 아이들은 저마다 고유한 색깔과 빛을 갖는다. 이렇게 각자의 개성과 재능을 가진 아이들 하나하나는 별과 같다. 이 학교 이름이 성장학교 '별'이 된 것도 그런 이유다. 별처럼 아이들 하나하나가 빛나고 존중받는 학교! 참 이상적인 학교다.

이 학교에는 또 하나의 원칙이 있다. 바로 '3분의 1 원칙'이라는 것이다. 교사, 학부모, 학생이 각자 3분의 1씩 교과목이나 수업 내용에 대해 결정권을 갖는다. 학교를 시작할 때 이들이 고민한 것은, 어떻게 하면 자유를 실현하는 구조를 만들 수 있을까 하는 것이었다. 교육이, 누가 누구를 일방적으로 가르치려는 것 자체가 문제라고 보았다. 무엇을 배울 것인가 하는 것도 아이들이 결정하자는 것이다.

이렇게 하니까 학부모들이 "왜 아이들만 결정하느냐, 우리도 의견이 있다"고 해서 학부모들의 의견도 받아들였다. 지금까지 학교는 선생님들만 결정적인 권한을 가졌다. 그 구조를 바꾸어야 한다는 문제의식에서 3분의 1 원칙을 세운 것이다.

그러나 자유를 준다고 저절로 그 자유를 누릴 수 있는 것은 아니다. 부모들이 그러했다. 부모들 자신이 자유로운 수업 방식을 이해하지 못했다. 학생들 스스로 동아리 형태로 터득해도 되는 내용인데도, 부모들은 교사가 가르쳐 주는 것을 더 좋아했다. 교사가 일방적으로 한 시간 내내 떠들고 있어야 뭔가 수업이 이루어지고 교육이 된다고 생각한 것이다. 아이들 스스로 연구하고 토론하는 것을 불안하게 생각했다. 이렇게 현장에서는 교사와 학생, 학부모의 욕구가 엇갈리기도 한다. 때로는 그것을 조정하는 것이 문제이다.

삶의 멘토는 현장에 있다

성장학교 '별'의 상근 교사는 6명뿐이다. 상근 교사는 적지만 1주일에 자원 활동가 60여 명이 교사로 참여한다. 오히려 다른 일반 학교보다 더 다양한 체험 교과가 이루어진다. 이웃한 대학인 숭실대, 서울대에 다니는 선생들이 자원봉사자나 멘토가 되어 준다. 더구나 이곳은 학습공동체이다. 누구나 공부하고 학습한다. 교사들도 꾸준히 공부한다. 학부모도 공부한다. 입학하면서부터 학부모들이 공부하겠다고 서약을 한다. 매달 한 번씩 모여 현장에서 사례를 공유하고 적용한다.

세계적인 대안교육의 추세가 커뮤니티와 함께하고 커뮤니티 안에서 주민공동체, 교육공동체를 만드는 것입니다. 우리가 학교라는 구조 안에서 어떻게 이런 생각을 실천할 것인가 고민했어요. 모두 훌륭한 사람이 된다는 가정은 거짓이죠. 동네의 슈퍼 아저씨나 식당 아주머니가 되기도 해요. 이것이 우리 아이들이 자라는 진짜 모습이 아닐까요? 교과서에서 나오는 위인들의 이야기는 일부에 불과한 것이죠. 그래서 파출소, 빵집, 치과, 슈퍼 분들을 교사로 많이 모셨어요. 사는 이야기를 들려주는 것이라 재미있어합니다. 파출소 경찰관에게는 드라마틱한 이야기가 많아요. 이웃 주민들과 함께 우리 아이들의 교육과 삶을 나누는 작업을 하는 거지요.

그래서 '별' 학교는 처음부터 '마을 교사 위원회'를 구성했다. 치과 원장님, 빵집 주인 등이 구성원이 된다. 이들이 모여 식사도 하면서 '별' 학교 아이들에 대한 교육을 함께 고민한다고 한다.

이런 현장학습을 많이 하다 보니 아이들 중에 특별한 곳에 취미나 열정을 갖는 아이들이 생겨난다. '별' 학교 학생 중에는 동물을 좋아해서 동물원에서 두 달간 일하다 온 학생이 있다. 이 학교의 운영자들은 배움의 욕구가 있을 때 그 욕구를 실현하기 위해서는 직접 경험을 해야 한다고 믿는다. 그리고 그 경험을 먼저 한 사람을 학교에 초대한다. 못 온다고 하면 직접 찾아간다. 청소년기에 인턴 근무를 경험하고 이것이 자신의 삶에 진정한 꿈이

'별'은 모두가 함께 만드는 민주적 학교, 내면의 가치와 관계의 성장을 중시하는 학교,
모두가 편견 없이 함께하는 인류애의 학교, 지역사회와 함께하는 공동체 학교,
국제사회와 함께하는 지구촌 학교를 지향한다.

되는지 아닌지 확인해 보게 하는 것이다.

한번은 장애견 학교 교장 선생님과 교류를 했다. 그곳에서 개가 자신의 삶에 중요한 매개체가 된다고 생각한 학생은 어린이대공원에 인턴 근무 프로그램을 지원했고, 이 일을 계기로 '별' 학교 학생 두 명이 인턴 경험을 할 수 있었다.

청소년이 진로를 고민할 때 삶의 멘토가 되어 줄 사람이 필요하다. 멘티와 멘토를 어떻게 연결할 것인가 역시 중요하다. '푸른 영상'이 학교 부근에 있는데 '별' 학교 아이 하나가 그곳에서 인턴 근무를 하고, 김동원 대표가 추천서를 써 주어 '영화 학교'에 진학했다. 일종의 도제식 인턴인 것이다. 멘토링 프로그램은 익명의 학습이 아니라, 사람과 사람이 만나 구체적인 삶의 이야기를 듣고 체험할 수 있는 살아 있는 체험학습이다.

일과 공부를 함께 배우는 '별' 학교의 목표에 걸맞게 한 주의 절반은 외부에서 수업을 진행한다. 합기도, 서예, 도예, 탁구 등을 모두 동네 안에서 배운다. 현장학습 장소는 거리가 멀지 않다. 마을 어른들과 마을에서 일하는 분들에게서 배우는 것이다.

그동안 우리나라 학교교육의 내용을 보면 모두가 대학을 가는 것이 전제가 되어 있다. '별' 학교를 졸업하고 대학을 못 가는 아이들도 있다. 이들을 보면서 학교에서 앞으로 살아갈 인생을 준비시켜야겠다고 생각했단다. 살아가면서 무엇이 필요한가? 정치도 좀 알아야 하고, 돈에 대해서도 좀 알아야 하고, 직장 상사와 관계 맺는 것도 알아야 한다. 그래서 사회 구성원으로서 어른이 되어 알아야 할 것들을 가르치거나 공유한다.

그런 의미에서 '별' 학교는 온갖 잡다한 것을 다 가르친다. 수업 아이템에 꽃도 있고 콩나물도 있다. 학생들이 사회에 나가서 꽃 가게도 할 수 있고 콩나물 장수도 될 수 있지 않은가! 아이들이 좀 더 다양한 진로를 선택할 수 있도록 사회적기업과 연결하는 노력도 하고 있다. 아이들 스스로 새로운 직업, 새로운 직장을 만들어 낼 수도 있는 것이다.

《내 아이의 스무 살, 학교는 준비해 주지 않는다》Ready or Not 라는 책을 쓴 미국의 소아과 의사가 미국의 청년 실업을 걱정하면서 '인생준비학교' Life Preparation School를 만들었다고 한다. '별' 학교는 바로 이 책의 내용을 구체화한 '인생준비학교' 이기도 하다.

프레네 학교, '4인용 식탁', '6인용 식탁'

'별' 학교가 지향하는 이념 중에 프레네 교육이 눈에 띈다. 보통 학교에서는 조회를 하면서 출석만 체크하고 마는 경우가 많은데 '별' 학교에서는 사전에 어떻게 공부할지, 수업을 어떻게 진행할지를 학생과 교사가 논의해서 결정한다. 우리가 알던 것과는 전혀 다른 새로운 수업 방식이다. 아이들의 소망에 따라 수업의 형식을 바꾸기도 한다. 아이들이 원하면 야외 수업이나 현장 수업을 할 수도 있고, 심지어 자체 토론 수업으로 바꿀 수도 있다. 수업을 위한 수업이 아니라 아이들을 위한 수업을 하려는 노력이다.

셀레스탱 프레네라는 프랑스 사람이 있어요. 프레네 교육은 이 사람이 주창한 것인데 유럽에서는 유명한 대안학교 모델이 되었어

“‘별’ 학교에서 가장 중요한 교과서는
선생님의 이야기. 아이들 자신의 이야기, 마을에 사는 분들의 이야기예요.
이야기를 통해서 아이들은 배우지요. 일부러 외우지 않아도 깨달아 체득하는 것입니다.”

요. 서양 교육 세미나를 하다가 발견한 것이죠. 민주주의 교육의
모델을 찾다가 이분의 글을 읽고 감동을 받았습니다. 사비와 후원
금을 합쳐 이 모델을 배우려고 프랑스를 찾아가기도 했어요. 우리
와 생각이 비슷해 교류를 하게 되었어요.

한마디로. 교육 안에서 민주주의, 자유교육을 실현하자는 것이
이 프레네 교육의 핵심이다. 그러기 위해서는 학교 안에서 민주
주의를 직접 실현해야 한다. 교과서로만 배우고 나중에 세상에
나가 실천하라는 것은 말이 안 된다. 당장 학교 안에서 실천해야
한다는 것이다.

프레네 교육에서는 '협동학교'라는 말도 쓴다고 한다. 좋은 교
육을 위해서는 교사와 학생, 학부모가 서로 협력해야 한다는 것
이다. 동시에 프레네 교육은 교육의 목표가 경쟁이 아니라 협력
이라고 강조한다. 협동이 없는 학교는 살아 있는 학교가 아니라
는 것이다.

'별' 학교의 다음 목표는 '자주학교'이다. 학교 운영에서 아이
들에게 더 많은 권리를 주자는 것이다. 의사 결정 과정에서 좀 더
강화된 민주주의를 실현할 수 있을까 고민이 크다. 스스로 교육
의 주체, 학습의 주체로 서게 하자는 것이다.

또 '별' 학교는 교과서가 없다. 학습할 교재와 내용은 교사와
아이들, 동네 사람들이 함께 만든다. 처음에는 낯설고 힘들었지
만 지금은 익숙해서 전혀 문제가 안 된다고 한다.

'별' 학교가 주최하는 심포지엄은 교육청에서도 관심을 갖고
나올 정도로 '별' 학교는 이미 유명하다. 그러나 공식적으로는 미

인가 학교이고 불법 학교이다. 2006년도 중반에 청소년 법인을 만들어 공적 지원을 받아 학생 프로그램을 활용하고 있다. 재학 중인 학생들뿐만 아니라 지역사회의 학생들에 대한 상담도 한다. 아이들에게 운동장을 비롯하여 편안한 환경을 마련해 주지 못하고 있는 것이 아쉽고 안타까울 뿐이다.

'별' 학교는 학교의 주인이 따로 없다. 관련된 모든 주체가 다 주인이다. 그래서 학교의 여러 정책을 결정하는 모임을 '4인용 식탁', '6인용 식탁'이라고 부른다. 4인용 식탁은 교장, 교사, 학생, 학부모가 모여 목표를 정하고 실행한다. 6인용 식탁은 각 부문 대표 두 명씩 학교의 목표와 실적을 평가한다. 민주적으로 학교를 운영하기 위해 이러한 구조를 만든 것이다.

탈학교 아이들, 어디로 갈 것인가?

최근 통계를 보면, 전국에서 7~8만 명의 학생들이 중도에 학업을 포기한다고 한다. 서울에만 탈학교 아이들이 1만 5천 명이 넘는다. 서울에 있는 18개 청소년 학습 공간이 네트워크 되어 있는데 얼마 전 이들이 모여 체육대회를 했다고 한다. 학생 수를 합쳐 보아야 500명밖에 안 된다. 나머지 1만 4,500명에 대해서는 대안이 없다는 이야기이다.

서울시 청소년과에 일부 비용이 있어서 서울시대안교육센터를 위탁 사업으로 운영하고 있다. 영등포에 있는 하자센터에서 18개 청소년 학습 공간을 지원하고 공동 심포지엄, 공동 활동을 지원

한다. 그러나 현장에는 별다른 지원이 없다. 각 학교 교사 한두 명의 인건비를 지원해 주는 정도이다.

프레네 클럽이라고 해서 프레네 교육에 대해 서로 의견을 나누고 실험하는 모임이 있다. 일반 학교의 교사들도 참여하고 있다. 뿐만 아니라 1년에 네 번씩 공교육 교사들이나 교장들도 '별' 학교를 방문해서 배우고 간다. 현재 아이들의 교육에 대한 요구나 다양성은 법이나 제도가 못 따라가는 형편이다. '별' 학교도 현재 규모 때문에 더 이상 아이들을 받기 힘들다. 그럼 이 아이들은 어디로 가야 하나?

성미산학교

도심 속 '마을학교'

__ 성미산학교

성미산학교가 정식으로 문을 연 것은 2004년 9월이다. 지금도 시행착오가 없다고는 할 수 없지만 성미산학교는 나름대로 자리를 잡은 것처럼 보인다.

성미산학교를 설명하는 세 개의 키워드가 있다. 마을학교, 생태학교, 도시학교가 그것이다. 이 학교가 유명한 것은 마을학교로 알려졌기 때문이다. 성미산 마을에 자발적인 주민 조직이 생기면서 주민들의 힘으로 학교도 만든 것이다. 그 전부터 마을에서 공동육아를 해 보자는 이야기가 있었다. 그 취지에 맞는 어린이집이 마을에 네 군데 있었다. 여기를 다니던 아이들이 자라자, 학부모들은 공동육아와 부합하는 대안학교가 아쉬웠다. 목마른 사람이 우물을 판다고, 이들은 스스로 학교를 만들자며 다시 한번 모였다.

어른들과 아이들이 세대를 넘어 소통하는 마을학교

처음 개교했을 때 학교 방향성을 정할 때 어려움을 겪었다. 학부모들의 의견이 워낙 엇갈렸기 때문이다. 마을학교의 의미를 공유하지 못한 사람이 많았고, 심지어 엘리트 교육을 기대하는 부모도 있었다. 그래서 조한혜정 선생을 비상근 교장으로 모셨다.

조한혜정 선생은 이 마을에 반했다. 머릿속에 동네에서 아이들이 뛰놀고 카페에서 어른들과 이야기를 나누는 모습이 떠올랐다고 한다. 마을 속 학교를 만들고자 하는 사람들과 조한혜정 선생의 밑그림이 일치하는 순간이었다. 그것은 '어른들과 아이들이 세대를 넘어 소통하는 마을학교'라는 것이었다.

이 마을 아이들은 마실을 자주 다닌다. 부모들이 맞벌이라 신경을 많이 써 주지 못해도 안심하고 놀러 갈 곳이 많다. 마을 카페에 앉아 있으면 늘 아이들 10여 명은 만날 수 있다. 부모님들도 늘 대여섯 분은 볼 수 있다. 오가는 아이들과 인사하고 이야기를 나누며 아이와 어른, 교사가 모두 알고 지낸다. 지나가며 만나는 어른은 아이의 이름을 부르고, 아이는 인사를 한다. 골목길과 골목 문화가 남아 있던 시절의 풍경 같다.

성미산학교는 마을학교이기 때문에 마을의 다양한 인적, 물적 자원을 활용할 수 있는 장점이 있다. 이미 이런 자원을 활용해 아이들이 다양한 체험을 하고 있다. 성미산학교 중등부 아이들은 마포 FM에서 방송극을 만들어 보기도 하고, 마포희망나눔과 사회적 약자를 돌보는 프로젝트를 하고, 마을 배움터에서 방과 후 활동을 하고, 환경 단체와 함께 성미산 식생 조사를 하기도 한다.

성미산학교는 운동장이 없어서 마을 시설을 이용하는데, 작년 1학기 때 성미산 배드민턴 클럽과 연결해서 회장 할아버지를 강사로 모셨다. 할아버지와 아이들 관계가 어떨지 내심 걱정했는데, 강사 할아버지도 아이들도 모두 서로 좋아했다. 할아버지가 쌈짓돈을 꺼내 아이들에게 과자를 사 주어서 교사들이 말릴 정도였다. 일면식도 없던 할아버지와 아이들이 어느새 그렇게 정을 나누는 사이가 된다는 게 인상적이다.

처음에는 아이들도 성미산학교에 대해 별다른 의식을 가지지 못했다. 아이들과 수업을 하면서 환경이 악화된 현실을 일깨우기 위해 "우리는 자연사할 텐데 너희들 세대는 모르겠다!"고 아이들에게 겁을 준 적이 있다고 한다. 그러면 아이들이 우리는 무엇을 먹고 자라야 하느냐고 항변을 하기도 하고, 왜 성미산학교만 비판적이냐고 불만을 토로하기도 했다. 이런 아이들의 반응을 통해 아이들과 어떻게 만나야 하는지 배워 가고 있다. 작고 좋은 체험들을 통해 아이들이 나이가 들면 저절로 정리하게 되는 것을 어른들이 억지로 가르치려고 하는 것은 아닌가 반성도 한다. 무엇보다도 어른들이 초조감과 강박감을 가지고 아이들을 대하고 있다는 것에 교사 스스로 놀라기도 한다.

이러한 과정을 통해 성미산학교가 주력하는 것은 프로젝트형 수업이다. 아이들이 스스로 학습의 목표와 방법을 결정하고 그것을 실천하게 하는 것이다. 이런 다양한 프로젝트들이 활성화되면서 아이들이 달라졌다.

초등학교 아이들이 봉사를 하면서 세상에 대한 이해를 넓히고 생

태 마을 만들기 프로젝트를 하며 우리 마을 밖의 금산 생태 마을이
나 대체에너지 시설 등을 보고 오기도 하죠. 이런 프로젝트들이 활
성화되면서 아이들이 마을에 대한, 학교에 대한 이해가 넓어졌습
니다.

자기 생활을 스스로 기획할 줄 아는 아이

성미산학교는 얼마 전 별관을 마련했다. 단독주택을 구입하여
개조한 것이다. 흙으로 된 마당에서는 아이들이 마음껏 뛰어놀
수 있다. 아이들은 흙투성이가 된다. 엉망진창이다. 그러나 아이
들이 흙을 만지고 놀 수 있는 곳이 얼마나 되겠는가. 행복하지 않
을 리 없다.

성미산학교는 학부모들과 교사들이 상당한 노고를 들여 만들
어 외양이 예쁘다. 학교를 예쁘게, 아기자기하게 지었다고 칭찬
을 받지만 박복선 교장은 학교 건물이 아무리 만족스러워도 이것
만 가지고는 안 된다고 말한다. 학교의 안과 밖을 넘나들면서 배
워야 한다고 한다. 학교 안이 밖과 구별되는 것은 훨씬 더 교육학
적으로 잘 설계된 그래서 교육적 효과가 잘 나타나게 세팅된 곳
이라는 점이라고 한다.

그래서 '별관 프로젝트'를 기획했다. 일종의 생활관인 별관에
서는 스스로 알아서 자기의 삶을 기획하는 아이를 키우는 프로젝
트를 추진하고 있다. 학교 안에서는 하기 어려운 교육적 실험을
학교 밖, 멀리 농어촌까지 가서 해 보자는 것이다. 학교가 아무리

예뻐도 자연만큼 더 아름다운 학교가 어디에 있겠는가.

지금 7학년(중등1) 아이들은 거제도에 내려가 있다. 그곳은 10여 가구가 있는 작은 어촌인데, 아이들이 아침에 일어나 밥도 짓고 주민들과 농사도 짓는다. 뗏목을 만들어서 바다에 나가고 갯벌 체험, 해양 활동도 한다. 산촌 생활도 하고 싶은데 좋은 곳을 아직 찾지 못했다고 한다. 성미산학교는 이런 활동들을 통해 아이들의 삶의 리듬을 바꾸고 자기 삶을 돌아보게 한다.

이렇게 여러 가지 실험들을 하고 있는 성미산학교가 작년부터 새롭게 미니숍 프로젝트를 시작했다고 한다. 성미산학교는 설립 초기부터 정원의 10퍼센트가량을 특별 전형하여, 도움이 필요한 아이들이 함께 다니고 있다. 장애를 가진 아이들을 뽑아 통합교육을 하자는 취지이다. 그런데 이렇게 입학한 아이들 가운데 어떤 아이는 잘 자라는데 어떤 아이는 학교에서 키우는 것이 만만하지 않았다. 그래서 생겨난 것이 미니숍 프로젝트다. 작은 가게라는 뜻이다.

장애인 통합교육을 하면서 이 아이들이 사회에 나가서 어떻게 먹고살 수 있도록 도와줄까 고민하다가 우선 조그만 가게라도 내서 아이들이 경영할 수 있도록 해 보기로 했다. 사실 이 아이들이 회사에 취직을 하거나 공무원 시험을 보는 게 쉽지가 않다. 그래서 생각해 낸 생존의 대안이다. 먼저 시험적으로 화채 같은 것을 만들어 리어카에서 1주일에 한 번씩 팔았다. 학교 분위기가 달라지고 아이들도 좋아했다. 2학기 때는 쿠키, 와플을 만들어 메뉴를 다양화했다.

통합교육을 담당하는 윤영숙 선생은 통합교육의 과정에서 발

견한 이 미니숍 프로젝트에 흠뻑 빠져 있는 듯하다. 미니숍 준비
와 실행 과정에 숨은 이야기가 많단다. 처음에는 학생들이 모두
함께 여행이나 외부 수업을 다녔는데, 인원이 많으니까 아이들과
개별적으로 대화하기가 어려웠고, 그러다 보니 아이들에 대해,
그리고 아이들이 서로에 대해 잘 알기 어려웠다고 한다. 그래서
주말에 소규모로 여러 차례 여행을 다녔고, 장애인 아이들과 함
께 다니다 보니 아이들 하나하나의 강점을 알게 되었다고 한다.
그 강점을 이용하고 활용하는 프로젝트로 미니숍을 준비하게 된
것이다. 그러니까 이 미니숍은 아이들과 함께 커 간 프로젝트인
셈이다.

어릴 때는 아이들이 함께하는 데 익숙하지만, 커 가면서 개별적인
요구가 늘잖아요. 어떤 아이가 요리를 좋아해서 요리 수업을 하게
되었고, 그것을 보여 주기 위해 전시 공간이 필요해졌지요. 아이들
이 좋아하니까 재료비를 벌어 보자는 단순한 생각에서 요리를 판
매해 보았어요. 그리고 중3 학생 하나가 쿠키를 만들어 보자고 해
서 만들게 했더니 레시피를 안 주어도 혼자서 잘 만드는 거예요.
판매를 시작했는데 사람들이, 좋은 뜻이니까 팔아 주어야지 하고
사는 게 아니라 정말 다른 것과 비교해도 맛있으니까 자꾸 사 갔어
요. 쿠키를 시작한 것은 그 아이가 스스로 선택한 것입니다. 이번
학기에는 실습 공간도 따로 만들고 특별한 요구가 있는 아이들을
위한 프로젝트도 시작해요. 이 프로젝트는 학생들과 함께 성장해
나갈 거라고 봅니다.

모범적인 도심 생태공동체라는 평가를 받고 있는 성미산마을.
성미산학교는 공동육아, 생협, 농네부엌, 성미산차병원, 마을극장 들과 함께
돌봄과 배움이 있는 공동체로서 마을이 곧 학교라는 것을 보여 주고 있다.

이 프로젝트를 발전시켜 아예 카페를 만들었다. 아이들이 만드는 쿠키 등을 파는 사회적기업이라고 볼 수 있다. 지금은 쿠키를 만드는 것이 주된 일이지만 학교와 마을을 연결하는 카페를 꿈꾸고 있다. 앞으로는 방과 후 교사들과 함께 공방을 만들어 이곳에서 아이들의 창작품을 전시할 예정이라고 한다. 양초, 양모 펠팅 등을 이미 하고 있다. 이 카페는 단순히 공장형 쿠키를 만들고 파는 곳이 아니라 예술 활동도 하고, 학교와 마을을 잇는 소통의 공간이 될 것이다.

지금보다 더 마을과 가까운 학교가 되려면?

우리 사회에서 대안적 삶을 사는 것은 여전히 쉽지 않다. 성미산마을의 경우 어린이집에서 초, 중, 고 과정까지가 일원화되었지만 그럼에도 불구하고 부모들 중에는 중고등학교는 대학 진학률이 높은 곳에 입학시키기를 원하는 사람도 있다고 한다. 게다가 성미산학교는 비인가 학교라 재정적인 어려움이 많다.

교과부 인가를 받을 수 있는 시설 기준은 완화되고 있는데 교사 자격이나 커리큘럼 등의 기준은 여전히 문제가 있다. 인가가 되면 지원은 좀 받겠지만 잃는 것이 더 많을 수도 있다. 그래서 학부모들에게도 당분간은 미인가로 간다고 알렸다. 대안학교로 출발한 뜻을 훼손하지 않고 인가받을 정도로 법령이 완화되면 그때 인가받을 예정이다. 물론 돈이 절박할 정도로 아쉽다고 한다. 돈이 투자되지 않으면 안 되는 프로젝트가 대부분이기 때문이다.

하고 싶은데 돈이 없어서 못 하는 것이 많다.

그래서 성미산학교는 많은 대안을 고민하고 있다. 사회적기업도 그중 하나이다. 많은 미인가 학교들이 사회적기업이나 사회적 일자리에 참여하는 것을 앞으로 나아가야 할 방향으로 잡고 있다. 이론도 있고, 기대도 있다.

현재 성미산학교가 안고 있는 또 하나의 과제는 학교를 만드는 데 앞장섰거나 참여한 사람들 간의 소통과 의식의 공유이다. 운동 의식을 갖고 있지 않은 사람들과의 결합이 시험대에 올라 있다. 많은 부분에서 동의가 이루어졌지만, 여전히 '우리들만의 리그'라는 평가도 있다. 더구나 홍익대학교가 여기에 부속초등학교를 지으려고 해 반대 운동을 벌이고 있는 형편이다. 그런데 한편에서는 이것을 바라는 지역 주민들도 있다. 재미나게 마을 만들기를 하는데 지역 주민들 간에 이해관계가 노출되고 분열이 일어날 수도 있는 상황이다. 새로운 단계의 지역 운동이 필요한 시기가 된 것이다.

지금껏 일구어 온 것을 밑거름 삼아 운동 의식을 가지지 않은 사람들과도 결합할 수 있다면 지금보다 더 마을과 가까운 학교가 될 것이다.

학교가 할 일을 "제대로" 한 것뿐

__ 이우학교

이우학교는 이제 설립된 지 7년이다. 이우학교를 준비하던 때부터 정광필 교장을 알고 지낸 나로서는 이우학교가 10년은 훌쩍 더 된 느낌인데 아직 7년이라니 그게 더 놀랍다. 그 사이 이우학교는 얼마나 많은 사람들의 입에 오르내렸던가. 이우학교를 취재하고 소개한 언론 매체만 해도 몇 군데인지 세기도 힘들다. 왜 정광필 교장은 이우학교를 시작하였던가. 그 첫 단추를 풀어 보자.

학교를 시작한 문제의식은 바로 '우리 중등교육을 어떻게 바꿀 것인가?' 였지요. 그 어마어마한 문제에 하나의 답으로서 성공 모델을 만들고 그것을 퍼트리자는 것이었습니다. 마땅한 틀이 있을까 고민하다가 당시 대안학교를 생각하게 되었어요. 그러다가 공교육과 대안학교의 중간에 서서 공교육을 바꾸는 것이 더 중요하겠다 싶어 이우학교를 만들었지요.

공교육을 바꾸는 베이스캠프

정광필 교장은 당시 이우학교 같은 학교를 10여 개 만들면 그 것을 베이스캠프로 공교육이 바뀔 거라고 생각했다. 그러나 새로운 학교를 열 곳이나 만든다는 생각은 곧 허물어졌다. 지금의 이우학교 하나 만드는 데도 진이 다 빠진 것이다. 오히려 기존의 공교육을 바꾸는 데 집중하기로 했다.

공교육 부문에서는 초기에는 개방형 자율학교, 지금은 경기도 혁신학교를 중심으로 다양한 운동이 이루어지고 있다. 2009년 한 해만 해도 다른 학교 교사 2천여 명이 이우학교를 다녀갔다. 특징적인 것은 교사들이 학교별로 온다는 사실이다. 종전에는 개인적으로 오거나 그룹을 지어 왔던 분들이 다시 학교별로 온다는 것이다. 한 번에 그치지 않고 지속적으로 그렇게 이우학교를 찾는다. 네트워크가 강화된 것이다. 그리고 많은 사람들이 찾아온다는 것은 그만큼 이우학교가 새로운 교육, 새로운 학교의 모델로 우뚝 섰음을 의미한다.

이렇게 서서히 판이 바뀌면서 이우학교는 더 큰 고민이 생겼다. 1990년대 말, 우리 교육의 위기를 진단하고 이우학교는 새로운 교육과정을 짜서 교육 현장에 뛰어들었다. 그로부터 7년, 공교육의 교육과정에 이우학교의 실험과 그 결과가 상당히 반영되었다고 한다. 이것은 이우학교의 성취이고 성공이다.

그러나 그것은 거꾸로 이우학교의 교육과정을 '평범하게' 만들고 말았다. 이우학교의 교육과정을 누구나 알고 이해하고 실천하게 됨으로써 이우학교는 새로운 딜레마에 놓인 것이다.

이우학교에는 특성화 교육과정이라고 해서 NGO 활동, 농촌 봉사 활동이 있었다. 2박 3일의 농촌 봉사, 1주일간의 해외 여행 활동 등이었다. 하지만 그것은 너무 제한적이었다. 문제의 핵심은 그것을 통하여 아이들의 내면의 힘을 어떻게 성장시킬까 하는 것이었다. 그런데 현재 단계에서 보면 그게 좀 심심해졌다. 그것을 좀 더 과감하게 집중적으로 할 수 있는 방안을 마련해야 할 때가 된 것이다.

그래서 정광필 교장이 생각하는 것은 수개월 동안 집중 수업을 하거나 몇 개의 교과 단위를 통합하여 수업을 진행하는 방법이다. 어느 학교보다 더 강한 사회적 네트워크를 통해 사회 각계 인사를 학교 수업에 끌어들였지만 여전히 부족하다. 그래서 학교 밖과 연결을 더 강화하자는 것, 이것이 이우학교가 내린 결론이다.

정광필 교장은 1990년대 말에 만들어진 이우학교의 교육과정을 지난 10년 동안 "우려먹었다"고 했다. 2010년, 이제 새로운 교육과정을 만들려고 작년 가을부터 고민하는 중이라고 했다. 새롭게 선보일 이우학교만의 교육과정이 궁금했다. 구체적으로 무엇이 새로운 교육과정이고 수업 내용은 무엇인가?

그 답은, 이우학교 부설 '함께여는교육연구소' 이광호 소장이 들려주었다. 그는, 학부모나 지역사회와 결합하여 교육과정을 심화하고 결합시키는 수밖에 없다고 말한다. 지역사회와 결합된 사업을 강화하는 과정에서 생협이나 기존의 틀을 넘어 우리 사회에 뿌리내린 사회적기업을 고민한다는 것이다. 이우학교는 '함께여는교육연구소'를 통해 적극적으로 네트워크를 만들려고 한다. 이미 공립학교에서 다양한 시도가 이루어지고 있으므로 이우학교

아이를 가르치고 성장시키는 것은 학부모와 교사의 공동 책임이다.
이우학교는 '학부모 저녁 모임'을 정기화하고 매뉴얼화했을 뿐만 아니라
이를 다른 학교에까지 퍼뜨리고 있다.

에서는 적극적인 단위를 고민할 때다.

0교시도, 자율학습도 없는데 수능 성적 좋은 비결은?

이광호 소장은 이우학교의 이중적인 선신성을 괴롭게 실토한다. 인간적인 교육을 하면서도 수능에서 우수한 성적을 거두는 이우학교의 양면성 말이다.

이우학교는 학교가 어떤 모양, 어떤 원리로 움직여야 하는지 우리 사회에 화두를 던졌다. 새벽에 등교시키고 밤 12시까지 잡아 두는 그런 교육이 아니라 삶을 배우는 그런 학교, 그런 수업을 해야 한다는 것이었다. 학교를 어떻게 운영해야 하는지를 보여 주고 바꿔 냈다. 이렇게 가르쳤는데도 이우학교는 100대 수능 학교에 들었고, 외국어와 언어 영역에서 아주 우수한 성적을 거두었다. 사회적 책무성을 높이는 교육을 하면서도 오히려 수능 학업 능력도 높아진 것이다.

이우학교 아이들은 농사를 짓는다. 방과 후 야간 자율학습도, 사교육도 안 한다. 수능 시험을 위해서 고3 1년만 집중하는데도 그렇다. 기존 학교의 프레임이 아니어도 아이들이 여러 측면에서 성장할 수 있다는 뜻이다.

사실 좋은 학교를 만들기 위해 교육의 콘텐츠를 풍부히 하는 일과 수능 시험을 대비하는 입시 교육을 하는 것은 모순이다. 좋은 학교를 지향하는 교사들은, 이런 좋은 교육이 학부모들에게 환영받지 못한다는 것에 괴로워한다. 그런데 이우학교에서는 이

두 가지 고민이 해결되었다니 신기한 일이 아닐 수 없다.

이우학교의 운영 원리는 다른 학교와 다르다. 그렇지만 진보적인 가치를 지향하는 학교들이 그러하듯 몇 가지 특징이 있다. 첫째는 교육과정에 대한 고민이 많다는 것이고, 둘째는 내부 구성원들이 서로 활발하게 소통한다는 것이다. 교사와 학부모, 학생과 마을 주민의 관계가 모두 그렇다. 가르치는 방식이 다르고 운영 방식이 다르다. 이른바 개방형 거버넌스를 지향한다. 현재의 우리나라 학교는 교과부 – 교육청 – 교장 – 교무 부장으로 이루어지는 획일적 통제 시스템이 작동한다. 그 속에서는 교사들의 자율성이 숨 쉴 수 없다. 학생과 학부모 역시 마찬가지이다. 교육 주체들의 자율성과 자발적 협력을 통해서 다양한 학습과 성장의 가능성이 확대된다는 것이다. 이 속에서 아이들이 잘 자라고, 학업에서도 높은 성취를 일굴 수 있다는 것, 이우학교는 이것을 보여 주었다.

1980~90년대 미국에서 학교 재설계 운동이 일어났어요. 더 넓게, 더 깊게 사회 속에서 배우고, 프로젝트 형태로 학습하는 학교 개혁 모델이 생겼어요. 우리도 그런 방식으로 가지 않을까요? 그러기 위해서 지역사회의 학습 자원을 끌어들여야 합니다. 학교에서 지역 공동체를 만들어야 하지요. 홍성군의 홍동중학교는 '홍동지역센터'를 학교 안에 만들었습니다. 양평의 조현초등학교는 지역 주민들의 일자리 창출까지 하고 있어요. 학교가 지역 자원을 끌어들이는 것뿐만 아니라 지역을 활성화시킨 것입니다.

　이제 이우학교는 본격적으로 교육의 본질을 고민하고 어떻게 실현해야 할 것인지 고민 중이다. 지금의 아이들은 예전의 아이들과 생각과 행동이 다르고, 아이들이 자라는 환경도 많이 달라졌기 때문이다. 아이들을 놓고 보면 과거 10대와 달리 무기력함을 뛰어넘기 힘들다. 이것이 또 다른 큰 도전이다. 무기력 속에서 게임이나 하고 컴퓨터 붙들고 사는 애들이 많다. 에너지 많고, 만날 사고 치는 아이들을 바꾸는 것은 어렵지 않다. 이도 저도 아닌 아이들이 제일 큰일이다. 그나마 학교에서 할 수 있는 부분이 많아졌기 때문에 지금 하지 않으면 안 된다.

　이우학교의 경우 고등학교 수업 과정에 NGO 수업이 포함되어 있다. 남들이 들으면 참 뜻깊은 수업이겠다고 생각하겠지만 사실 아이들이 나가서 경험할 마땅한 NGO 자체가 별로 없다. 대부분 기관에 가서 서류 처리 등의 단순 업무를 돕는 것 외에는 할 일이 없다. 아이들이 충분히 보람을 찾을 만큼 활동할 수 있는 NGO는 겨우 몇 개뿐이다.

　어떻게 보면 아이들이 직접 지역사회에 NGO를 만들어 활동하고 이를 지역사회에 뿌리내리게 하는 것이 났다. 사회적 자원이라고 하더라도 학교가 활용할 만한 것에는 한계가 있으니 지역의 문제를 발굴하고 조직화하여 문제점을 직접 해결해 보자는 것이다.

이우학교는 귀족 학교?

　이우학교는 귀족 학교라고 말하는 사람이 많았다. 이 점에 대해 질문하자 정광필 교장은 이렇게 설명한다.

> 설립 과정에서 교육부 지원이 없었기 때문에 등록금으로만 학교를
> 운영해야 했지요. 그러다 보니 학부모들께 과도한 부담을 준 게 사
> 실이에요. 우리의 교육적 노력이 사회적으로 의미가 있다고 인정
> 되면 언젠가는 지원이 있을 것이라고 생각했어요. 내년부터는 다
> 른 학교와 똑같이 교과부 지원을 받게 되었습니다. 중학교는 의무
> 교육이니까 학부모가 부담할 것이 없고, 고등학교는 다른 학교 부
> 담과 비슷해질 겁니다. 지금까지는 이우학교 부모들이 다른 학교
> 의 세 배나 되는 학비를 부담해야 했어요. 등록금에서 적자 나는 3
> 억 원은 학교 이사회나 개별 기부자들의 기부로 충당했고요. 사립
> 학교 중에서 이우학교의 재단전입금이 가장 많았어요.

이렇게 보면 오늘날 이우학교는 바로 학부모나 지역사회, 독지
가들의 희생과 헌신, 기부가 만든 결과라 할 수 있다. 이우학교를
세우기 위해 학교 교사를 짓고, 시스템을 정비하고, 새로운 교육
프로그램을 창조한 그 모든 일들이 그들의 뒷받침이 있었기에 가
능했던 것이다. 모든 사업은 창립자와 그를 돕는 후원자들의 희
생을 거름 삼아 성장한다.

학부모들의 부담이 높다 보니 '귀족 학교'라는 말이 나올 법도
했다. 그러나 정광필 교장은 이우학교가 다양한 아이들로 이루어
지는 것이 중요하다고 보았다. 공부 잘하는 아이와 못하는 아이,
가난한 아이와 부잣집 아이가 함께 있어야 한다는 것이다. 그것
이 가장 좋은 교육 환경을 만든다고 그는 믿는다. 이우학교 학생

중 등록금의 반액 또는 3분의 1 수준의 금액을 장학금으로 받는 학생이 17퍼센트라고 한다. 장학금은 학부모들이 만든 장학회에서 나온다.

요즘 이우학교에 입학하기 위해 학생들이 몰려들어 입학 경쟁률이 갈수록 높아지고 있다. 그래서 학교 측은 입학 전형에서 탈락한 학생들을 배려할 방법이 없을까 고민했나. 그래서 앞으로는 중학교 입학 정원의 3분의 1을 추첨제로 선발한다고 한다.

어느 학교 아이들이나 마찬가지지만 이우학교 아이들도 대한민국 사회에서 시대를 고민하는 사람으로 자랐으면 좋겠다. 아이들도 시대를 고민하고, 이해하고, 끌어안을 수 있는 그런 교육이 필요하지 않을까?

이우학교의 특별한 교육과정을 이수하고 졸업한 졸업생들의 현주소가 궁금해졌다. 1기가 대학 4학년 졸업반이어서 아직 사회에 진출한 사례는 드물다고 한다. 대학에 가 보니 수업이 답답하고 친구들도 재미없다며 이우학교를 많이 찾아온다고 한다. 학교 근처 읍내에 자꾸 나타나는 졸업생들에게, 정광필 교장은 그러지 말라고 타이른다. 싹은 이우학교에서 틔웠으니 또 다른 세상과 사람들 속에서 또다시 시행착오를 겪고 스스로 자라야 한다는 것이다. 훌륭한 생각이다.

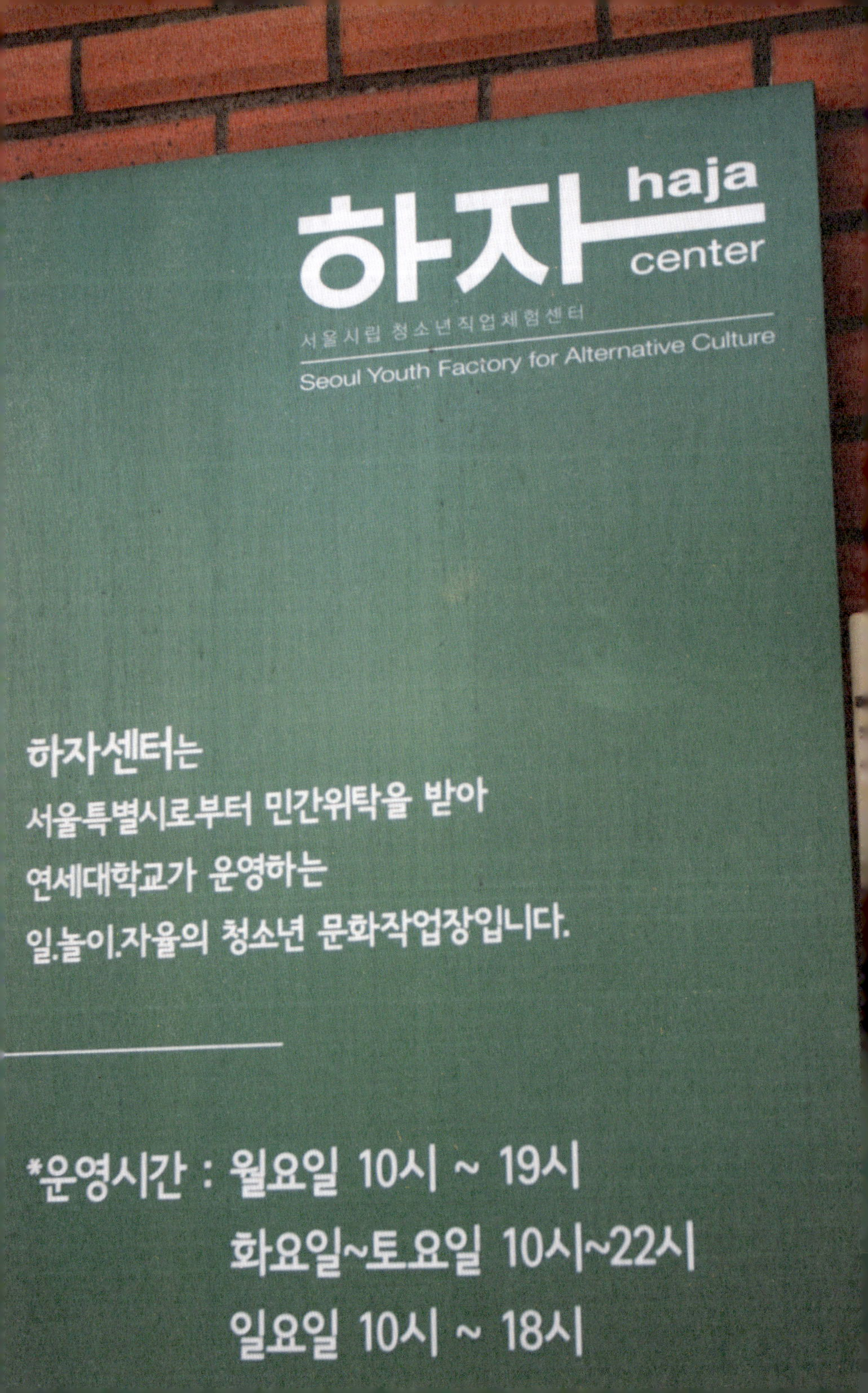

하자 haja center

서울시립 청소년직업체험센터

Seoul Youth Factory for Alternative Culture

하자센터는
서울특별시로부터 민간위탁을 받아
연세대학교가 운영하는
일.놀이.자율의 청소년 문화작업장입니다.

*운영시간 : 월요일 10시 ~ 19시
화요일~토요일 10시~22시
일요일 10시 ~ 18시

"재미"와 "창의" 두 바퀴로 가는 자전거
__ 하자센터

하자센터는 올해 설립 10주년을 맞는다. 올 10월쯤에 '서울 유스크레이티브센터'로 이름을 바꾸려고 한다. 지금 이름은 '청소년직업체험센터(별명 하자)'이다. 센터의 공식 명칭은 바꾸고 별명은 그대로 '하자'로 쓰는 것이다. 이름에 '직업' 자가 들어간 것은 이른바 97년 체제의 결과이다. 김종휘 부센터장은 올 한 해를 하자센터의 미래 10년을 준비하고 구상하고 전환하는 해로 삼겠다고 강조했다. 어떤 단체나 10주년은 특별한 무게로 다가오기 마련이다. 청소년 교육에 새로운 전환점을 마련한 하자센터, 어떤 비전을 준비하고 있을까?

하자센터 초기에는 음악, 영상, 디자인, 웹, 시민 문화 다섯 개의 작업장을 갖추었다. 이 다섯 개의 스튜디오에서 열 명 이내의 10대들을 받아 도제식으로 교육을 했다. 강의는 가능하면 하지 않고 실습 중심으로 운영했다. 그렇게 몇 년을 하다 보니 10대들이 많이 찾아왔다. 음악 스튜디오와 영상 스튜디오에 가장 많이 몰려 그 규모를 줄이기도 했다. 전부 도제로 하다 보니 여기서 아이들의 성장이 빨라 이들이 상을 휩쓸기도 하고 좋은 대학에도 갔다. 그러다 보니 이번에는 대학 진학을 꿈꾸는 아이들이 몰렸고, 이건 아니다 싶어 다시 규모를 줄였다.

이렇게 초기에는 실습교육이 중심이었는데 후기로 가면서 창업으로 중심이 옮겨 갔다. 교육 효과가 나타나면서 구체적인 실천의 장으로 바뀐 것이다. 하자센터 건물 안에 자판기가 있었는데 그 운영 권한을 아이들에게 주었다고 한다. 식당 운영도 10대 세 명에게 맡기고 번 돈을 모두 가져가라고 했더니 열정과 창의를 다해 운영했다고 한다. 그런 실험이 발전해서 노리단과 오가니제이션(요리 전문 사회적기업)을 만들 수 있었다.

그때의 10대가 지금은 20대가 되었다. 20대 청년들이 자기 고용을 할 수 있는 하나의 방법으로 사회적기업을 고민하게 되었고, 그 고민의 핵심은 '창의성'이다. 사회적 창의를 연구하면서 실행 방안을 고민하고, 창의 프로그램을 보급할 계획이라고 한다.

'위탁'과 '수탁'을 넘은 민관 파트너

하자센터 10년을 어떻게 평가할 수 있을까? 하자센터는 교사와 학생의 관계가 달라져야 한다는 것을 보여 준다. 왜, 어떻게 달라져야 하느냐에 대한 샘플이 하나 나온 것이다. 공교육과 대안학교의 교사들이 갈구하던 모델 중 하나가 바로 하자센터이다. 하자센터의 경험을 되짚어 보면 우리가 배울 것이 무엇인지 확인해 볼 수 있다.

그동안 학생은 학교에서 교사가 시키는 대로 요구하는 대로 움직이는 수동적인 존재였다. 그러나 하자센터에서 학생은 스스로 선택하고 깨닫는 주체다. 하자의 이런 성과 때문에 또 다른 하자센터를 만들려는 사람들이 많이 찾아온다. 그동안 하자센터를 방문하고 견문한 사람들의 비율은 관이 3분의 1, 연구자가 3분의 1, 민간단체가 3분의 1이라 한다. 그러나 다른 지역에 하자센터와 유사한 학교를 만드는 것이 쉽지 않다는 것이 그들의 결론이다. 우리나라 모든 분야가 그러하듯이 자원이 서울에 집중되어 있고 하자센터가 이미 선점 효과를 누리고 있기 때문이다. 사람들은 다른 유사 기관에 가지 않고 하자센터로 온다. 그래서 하자는 그동안 쌓은 경험과 축적한 콘텐츠를 공유하기 위해서 많은 노력을 하고 있다.

하자센터는 엄밀히 말하면 서울시 사업이다. 서울시에서 재정을 지원하고 있다. 조한혜정 교수가 중심이 된 연세대가 서울시 사업을 위탁받아 운영한다. '위탁' 과 '수탁' 의 관계, 즉 민과 관은 관계가 매끄럽지 못한 경우가 많다. 하자센터는 어떻게 이를 꾸려 왔을까?

'청소년' 자가 붙는 영역은 민관 협력 부문 중에서도 중심부에서 멀어요. 덕분에 다른 곳들보다 상대적으로 독립적이에요. 정치 사회의 한복판에서 비켜나 있어 숨을 쉴 수 있는 공간이 바로 청소년 사업이고, 하자센터 사업이라 말할 수 있습니다. 그런데 미세하게 보면 충돌하는 것이 많아요.

career haja
brasstong
AL.L.NET
서울 청소년 창안 국제대회
희망청
New Start 2009
하자
A Growing Art and Culture Sector Social Enterprise
노동부
noridan
책공연
YORI
사회적기업가 양성 아카데미
소셜벤처 경연대회

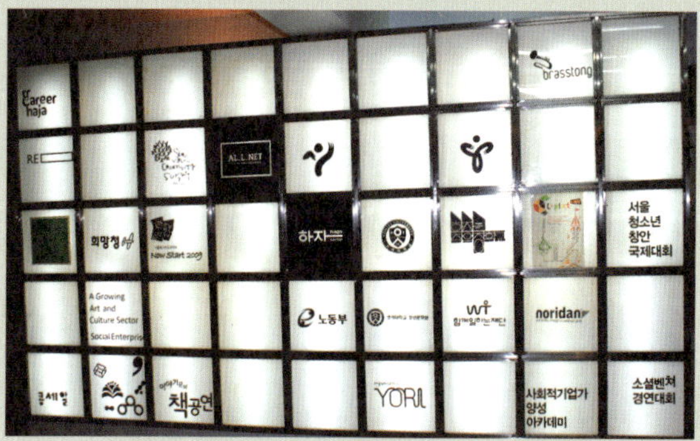

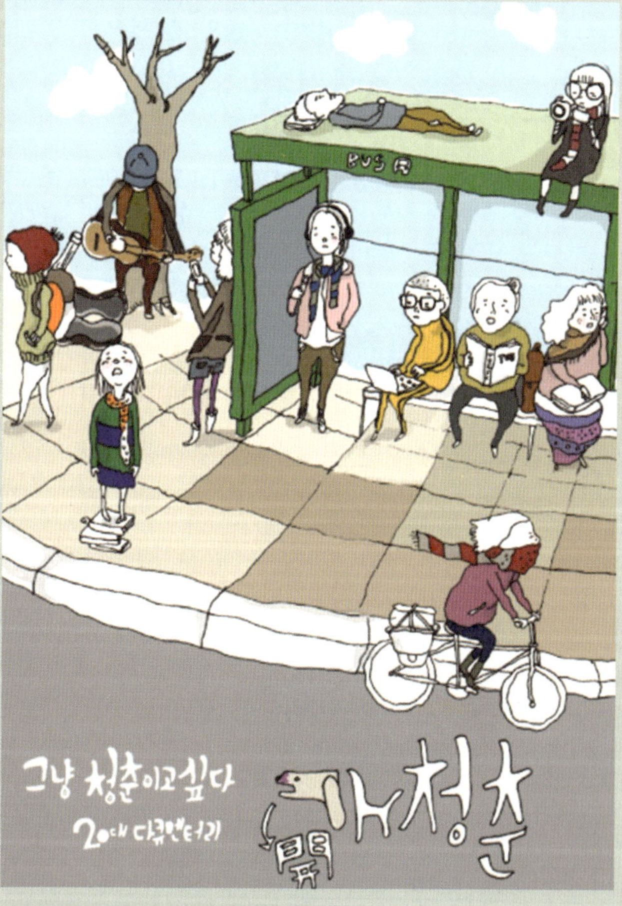
그냥 청춘이고 싶다
20대 다큐멘터리
청춘

하자센터, 노리단, 희망청의 다양한 사업과 행사에 봉사를 하는 사람들을
'희망코디네이터' 라고 부른다. 희망코디네이터 활동을 통해 봉사 정신을 기를 수 있고
하자센터와 그 주변 기관들의 창의적인 일들을 체험할 수 있다.

중앙정부가 아니라 서울시라는 지방자치단체와 함께하기에 충돌이 덜할 수도 있다. 뿐만 아니라 조한혜정 교수라는 탁월한 인물 때문에도 거버넌스가 잘 정착되었을 거라 짐작된다.

이곳은 원래 '남부근로청소년회관' 자리였다고 한다. 불우한 청소년을 '근로 청소년'이라 부르며 청소년 노동자들에게 이용, 미용 기술을 가르쳤고, 운동권 학생들은 이 아이들에게 풍물이나 민요를 가르치기도 했다.

IMF가 터지고, 인천 호프집 화재 사건으로 청소년들이 많이 죽었다. 평범한 청소년들이 갈 데가 없다는 사실을 반증하는 사건이었다. 이런 문제가 공론화되기 시작했다. '과연 청소년 문제가 민(民)만의 노력으로 해결이 가능한가?' 이런 문제의식에서 이곳의 민관 협력이 탄생했기에 그만큼 서로를 인정하고 필요로 했다고 볼 수 있다. 그래서 비교적 우호적인 관계를 유지할 수 있었던 것이다.

하자센터의 손자, 증손자, 고손자를 만들자

희망청은 (재)함께일하는재단과 사회적기업 (주)노리단이 함께 만든 비영리단체이다. 청년, 일, 희망을 키워드로 20대가 모인 곳이다. 한마디로 청년들이 건강하게 사회에 "데뷔"하도록 돕는 프로그램을 운영하는 곳이다.

이런 취지로 탄생한 희망청은 하자센터의 손자뻘이라 할 수 있다. 노리단이 하자센터가 낳은 자식인데, 그 자식이 다시 자식을 낳은 격이기 때문이다. 희망청은 또 수많은 사회적기업을 잉태할 목적을 갖고 있기 때문에 희망청이 낳을 사회적기업들은 하자센터의 증손자, 고손자 등으로 끝없이 세포분열을 할 것이다.

희망청에서 하는 사업 중 상근자 다섯 명에 연간 1억 예산이 드는 가장 큰 사업은 '마포는 대학이다' 라는 프로젝트이다. 이 프로젝트야말로 희망청이 설립 취지를 가장 잘 반영하는 사업이라 할 수 있는데 이 사업의 핵심은 이런 것이다.

한 마을에는 다양한 직업을 가진 주민들이 산다. 저마다 일을 하는데 노하우가 있다. 예를 들어 노점상을 운영하는 데에도 노하우가 있고, 그것이 그들의 소득 활동이기도 하다. '마포는 대학이다' 프로젝트는 마포 지역의 직업을 찾는 작업이다. 20대 청년들에게 다른 사람의 직업을 통해 고민할 시간을 주는 것이다. 직업 현장에서 일하는 사람들이 강사이고, 그들과 함께 워크숍을 연다. 이 작업을 통해서 청년들은 지역사회에 어떤 일거리가 있는지, 어떤 직업이 가능한지 고민한다. 거기서 자신이 할 일을 찾기도 한다. 꽤 반응이 좋아서 대기업에 다니는 사원들도 알고 신청한다고 한다.

올해에는 '남원은 대학이다' 프로젝트와 경기도 이천의 평범한 농촌 지역인 율면에서 하는 '율면은 대학이다' 프로젝트를 추진할 예정이다. 수강생은 모두 대학생이거나 20대이고 강사는 모두 그 지역 사람들이다. 지역에서 살고 지역에서 일하는 사람들로서 교환가치가 있는 무엇인가를 직접 생산하는 사람들이다. 예를 들면 동네에서 막걸리 빚는 분을 강사로 모셔 작업장에서 학생들과 대화를 나누게 하고, 학생들이 생산에도 직접 참여하게 한다. 요즘 20대들은 대부분 종이에 쓰는 기획서는 잘 만들지만 구체적인 실행력은 떨어지는 편이다. 그런데 이런 프로젝트를 통해 경험을 쌓으면 창업을 하거나 취업을 할 때 당당하게 나아갈 수 있다.

대부분의 20대들은 어른에게 보여 주기 위해 무엇인가를 하고, 어떻게 해야 칭찬을 받는지 알고 있다. 거기에 익숙해져서 정작 20대들끼리 주제나 이슈를 가지고 자기들끼리 편안하게 토론하고 대화하는 기회가 없다. 그런데 그런 자리가 생기는 순간 정의할 수 없는 젊은 에너지들이 모인다.

사회적기업의 인큐베이터

하자센터는 노리단이나 오요리(오가니제이션이라는 요리 전문 사회적기업의 약칭)의 설립과 운영 경험을 바탕으로 그동안 사회적기업 열 개를 인큐베이팅했다. 이 사회적기업에서 일하는 사람들이 120명이 넘는다. 하자센터는 이미 거대한 사회적기업의 모태이며 인큐베이터인 셈이다. 사회적기업 열 개를 창업한 지 두 해째가 되는데 그중 두 개는 주식회사로 출범해 비교적 성공했다는 평가를 받고 있다. 그럼 나머지는 어떻게 되었을까?

올해 말은 되어야 최종 결론을 내릴 수 있겠지만, 열 개 중 이미 하나는 조직을 없애고 그 사업 아이템을 다른 팀에 넣었다. 또한 팀은 M&A를 했다. 경영 능력이 없다고 판단했던 것이다. 이렇게 두 개는 없어지고 여덟 개가 남았다.

사회적기업이 수익성과 지속 가능성을 갖기가 쉽지만은 않다.

커리어하자는 직업 체험과 관련된 온갖 정보를 담고 있다.
'일일 직업 체험' 은 물론 다양한 직업인들의 인터뷰를 살펴볼 수 있다.

지금까지 생존한 여덟 개의 기업이 모두 살아남는다고 보장할 수도 없다. 그러나 실패한 경험도 앞으로 설립될 다른 사회적기업들에게는 귀중한 자산이 될 것이다. 하자센터가 이렇게 열 개의 사회적기업을 설립한 데에는 배경이 있다.

이 사업은 노동부 지원으로 시작했다. 노동부가 예비 사회적기업 발굴을 위해 공모 사업을 했는데 하자센터가 여기에 응모를 한 것이다. 하자센터는 다섯 개의 주제로 나누어 두 번씩 설명회를 했는데 설명회에 350여 명이 참가했다. 노동부 지원을 받아 설명회 참가자 중 120명을 뽑아서 팀을 꾸렸다. 하자센터 상근자 중 예닐곱 명이 이 회사들의 인큐베이팅, 지원 사업을 전문적으로 맡고 있다. 상근자 중에는 이 일이 재미있어 하자센터를 그만두고 이 사업의 전담자로 간 경우도 있다. 그러면 성공 가능성이 높아질 것이다. 남아 있는 사회적기업 여덟 개가 잘되느냐 안 되느냐에 따라 하자센터의 인큐베이팅 사업도 갈림길에 설 것이다.

노리단이나 오가니제이션은 사회적기업의 성공 모델로 꼽힌다. 그러나 아직 갈 길이 멀다. 이 두 개의 조직도 생존 고민을 계속하고 있다. 수익을 잘 내는 사업이 있는 것은 사실이지만 영원한 것은 없다. 끊임없이 새로운 것을 찾아내고 스스로 혁신해야 한다. 사실 1년쯤 지나고 나면 파생 사업, 신사업이 나온다. 처음 선보였던 사업 모델의 창의적인 부분은 퇴색하게 된다. 사업은 계속 분화되고 있다. 놀이터 리모델링 사업이 그중 하나이다. 공연 몇 번을 하는 것보다 수익성이 더 크다. 또 미디어, LED 등이 결합된 신사업을 고민하고 있고, 교육 시장 진입도 고려하고 있다.

밖에서 보기에 성공적이지만, 내부적으로는 많은 고민을 하고 있다. 자만심이 아니라 경각심과 긴장감을 갖고 있다면 그 조직은 생존을 유지하고 발전을 거듭할 가능성이 많은 법이다.

아이들의 힘으로 만들어 가는 나라
__ 아힘나평화학교

　'아힘나평화학교'는 멀리 성남의 민중운동에 그 뿌리를 두고
있다. 정신적 지주는 성남 주민교회 이해학 목사라고 한다. 이해
학 목사는 그 당시 많은 예비 목사들이 그러했듯이 빈민 지역 민
중들을 만나면서 자신의 사명을 깨달았다고 한다. 사실 성남의
역사가 빈민의 역사이고 외국인 노동자의 역사가 아니던가.

　그 당시엔 많은 사람들이 권리를 위한 투쟁을 했지만 '아힘나
운동본부' 김종수 대표와 아힘나평화학교의 조진경 교장은 교육
을 통한 인간 해방적 차원에서 접근했다. 1992년, 성남에 노동자
들을 위한 탁아소, 공부방, 방과 후 교실을 열었다. 그러면서 장
애인 친구들을 만났고 통합교육 실험도 해 보았다. 빈곤 계층의
자녀들에게 쾌적한 시설에서 양질의 교육을 하고 싶은 의지가 지
나친 투자로 이어져 많은 빚을 지기도 했다. 1997년, IMF 바람이
불고, 김대중 정부 들어 실직자 자녀들을 위한 교육과 복지 혜택
이 각 지역마다 배분되었지만 수혜를 받을 수 있는 곳은 인가를

받았거나 조직이 운영하는 기관뿐이었다.

여러 가지 어려움을 겪으면서도 교육을 위한 다양한 실험은 계속되었고, 농촌 지역 아이들을 위한 공부방과 마을 도서관 프로그램을 위해 2000년 8월, 경기도 광주 퇴촌으로 이주했다. 그동안 교육 프로그램을 통해 만난 학부모들이 김종수 대표, 조진경 교장과 함께 농촌 지역에서 대안학교를 만들려고 이주하기도 했다. 신앙의 동지들이 십시일반하여 작은 부지도 마련했고, 신앙공동체를 중심으로 마을 안 교육공동체를 시도했다.

성남과 퇴촌에서 얻은 소중한 깨달음은, '아이들을 위한 교육'에서 '아이들에 의한 교육'으로의 전환이야말로 지속 가능한 교육공동체가 될 수 있다는 확신이었다. 그렇게 시작한 운동이 바로 '아이들의 힘으로 만들어 가는 아힘나 운동'이었고, 그 실험은 2002년부터 시작된 아힘나 캠프를 통해 펼쳐 나갔다.

김종수 대표와 조진경 교장은, 당시 '꽃제비'로 알려진 탈북 무연고 새터민들이 아힘나 캠프에 참여하면서 남북 아이들의 통합 교육에 눈을 뜨게 되었고, 탈북자들의 남한 사회 적응 훈련 기관이 있는 경기도 안성 삼죽으로 이주를 결심하게 되었다. 마침 벼룩시장을 통해 적당한 공간을 얻을 수 있게 되었고, 경기문화재단에 연구 용역을 신청해서 사람을 만나는 작업의 하나로서 안성 지역의 문화 예술인들과 학생들을 소통시키고 연결시키는 것을 연구하기 시작했다. 이것은 지역민들과 유익한 만남을 가질 수 있는 계기가 되었고, 나중에 큰 재산이 되었다. 안성신문사에서 일하는 대학 친구와 안성천 살리기 시민운동을 주도했던 선배 목사를 만났고, 안성의료생협 등 지역 운동을 하는 분들도 만나게 되었다. 그 덕분에 지역에서 교육운동을 펼쳐 나가는 데 큰 도움을 받게 되었고, 외지인이지만 마음 편하게 정착할 수 있었다.

벤포스타에서 힌트를 얻다

청소년 운동을 하면서 인권 문제에 관심을 갖게 되었다. 새터민 아이들, 이주민 아이들, 부적응 아이들, 가정 문제 때문에 흩어진 아이들이 자신의 문화를 어떻게 만들어 갈까를 고민하면서 아이들의 힘으로 만들어 가는 캠프를 열었다. 함께 모이면 문제가 드러나고 또한 그것을 해결하는 길도 생길 거라고 여겼다. 거기에 독특한 '아힘나' 경제 시스템을 도입했는데 이것은 스페인 벤포스타의 아이들 공동체를 운영하는 코로나 시스템에서 힌트를 얻게 된 것이다.

너무나 재미있는 아이들의 공화국, 벤포스타. 한국에서 그와 같은 실험을 하는 곳이 바로 아힘나평화학교이다. 아이들이 공부하고 노력하면서 화폐 '힘나'를 벌고, 강의를 듣거나 서비스를 받는 데 그 돈을 쓴다. 그 과정에서 노동의 중요성을 깨닫고 창의성, 협동성을 키운다. 이런 방식으로 만든 아힘나 캠프는 금방 인기를 끌었다.

'아힘나'는 '아이들의 힘으로 만들어 가는 나라'라는 뜻이다. 어떤 사람은 "아, 힘 난다!"라고 해석하기도 하고, 간디의 '아힘사(비폭력)'를 연상하기도 한다. 그러나 돈을 벌면 힘이 난다고, 스페인의 벤포스타를 모방해서 아이들에게 돈을 벌게 한 것이다.

스페인의 벤포스타에는 코로나라는 자신들의 화폐가 있는데, 아이들은 공부하고 노력해서 그 돈을 받는다. 아힘나평화학교가 펼치려고 하는 이상과 너무나 일치했다.

교사들은 캠프를 하기 위해서 준비해야 하는 일거리들을 아이들의 일거리로 내놓고 그 노동의 대가로 아이들에게 화폐를 지급한다. 일도 공부도 열심히 해야 세 끼를 먹을 수 있으니 아이들은 열심히 하기 마련이다. 청소라든지 땅을 고르는 일 등 공공 근로를 하면 보수를 받게 되고, 그 보수로 축제 때 프로그램에 참여하거나 음식을 사 먹는 등의 일을 할 수 있다. 노동을 해야만 살 수 있게 하는 것이다. 달집 축제 때는 새끼를 꼬는 것도 아이들이 다 했다고 한다.

영혼을 치유하는 아힘나 캠프

캠프는 누구에게나 즐거운 법이다. 아이들이야 오죽하겠는가. 그런데 아힘나의 캠프에는 사연을 가진 아이들이 많다. 새터민, 장애인, 부적응 아동 들이 이 캠프를 통해 즐겁게 놀고 동시에 자신의 아픔을 치유한다. 아힘나 캠프는 놀이와 치유를 겸한 것이다.

소심하기만 했던 새터민 아이들이 이 캠프에 오면 눈이 반짝반짝 빛난다. 화폐는 캠프가 끝나면 소용이 없는데도 많이 가지려고 한다. 그만큼 일을 더 하는 것이다. 아힘나 캠프에서는 자신의 노동으로 원하는 것을 가질 수 있으니까 생활하는 태도가 달라지

장애를 가진 아이, 경제적으로 가난한 아이, 부모가 외국인 노동자인 아이,
새터민 아이, 그리고 경쟁 교육으로 소외된 아이…….
주류에서 밀려난 아이들이지만 결코 모자란 아이들은 아니다.
이 아이들이 만나 스스로의 힘으로 자치 공화국을 만들어 가고 있다.

는 것이다. 또 아무리 먹어도 포만감을 못 느끼던 아이가 이 프로그램에 참여했는데, 태도가 달라졌다. 지나치게 먹거나 운동을 안 하면 벌칙이 있고 마이너스가 되는 아힘나 제도 때문이다. 아이는 '힘나'를 열심히 모으기 위해 세심하게 자신의 생활을 관리했고 지금도 몸 관리를 잘하고 있다고 한다.

이주 노동자 자녀들도 캠프 안에서는 아주 적극적으로 변한다. 재일 동포 아이들도 여기서 자신의 새로운 정체성을 가지게 되었다고 한다. 말이 통하지 않을 때 재일 동포 아이들에게 통역을 부탁하고, '힘나'를 지급한다. 이러한 경험으로 재일 동포 아이들은 창업 아이템에 '통역'이라는 것을 넣었다고 한다.

화폐 제도 '힘나'를 통해서 아이들이 어떻게 변하는지를 잘 알 수 있다. 아이들은 이 캠프를 통해 자신이 가진 문제를 천천히 해결한다. 습관을 바꾸고 생각을 바꾼다. 누군가의 일방적인 강의와 강제에 의해서가 아니라 놀이와 재미를 통해 스스로 달라지는 것이다.

아힘나 캠프는 아이들의 아이디어로 굴러간다. 공공 근로만 하면 재미가 없기 때문에 아이들이 직접 창업을 하기도 한다. 아이들이 각자 가진 재능을 통해 독자적인 사업을 구상한다. 예를 들면 아이들은 염색 프로젝트를 창업한다. 머리를 예쁘게 염색하는 것이다. 혼자서 하기 어려우니까 동업자를 모으고 재능을 가진 아이들을 고용하고 아이들이 적절하다고 느끼는 수준으로 요금도 조절한다.

아이들은 스스로 비디오를 촬영하고 뉴스를 올리기도 하고 종이 신문도 만든다. 이렇게 아이들에게 맡기면 캠프 동안 교사의 일이 줄고, 무엇보다도 아이들 스스로 성장하게 된다. 아이들의 천국이 만들어지는 것이다.

캠프를 진행하다 보면 문제도 생기는데 그 문제도 아이들이 해결한다. 어떤 아이들이 '힘나'를 쓰기가 아깝다고 아예 굶었다. 화폐가 안 돌아가면 캠프의 경제도 경색된다. 캠프 기간 동안 매일 열리는 시민 총회에서 누군가가 이 문제를 꺼냈다. 그러자 아이들이 방안을 냈다. '만나'라는 화폐를 따로 만든 것이다. '만나'는 반드시 그날 소비해야 하는 화폐다. 아이들이 더 지혜롭다.

남북을 넘어, 세대를 넘어 평화의 마을로

새터민들의 생활공동체로 2005년 9월에 시작된 아힘나평화학교에 지금은 다양한 지역, 다양한 계층의 아이들 스무 명이 함께 공부하고 있다. 방학이 되면 대부분의 아이들은 집으로 돌아가지만, 무연고 새터민 청소년, 부모가 헤어진 가정의 홀로된 아이들, 부모가 심각한 장애를 가진 가정의 자녀들을 위해서는 김종수 대표, 조진경 교장이 부모 노릇까지 한다.

아힘나평화학교가 세상에 알려지고 유명해지면서 일반 아이들을 이곳에 보내려는 부모들도 늘었다. 그런데 막상 와서는 일반 주택이 학교 건물인 것을 보고 머뭇거린다고 한다. '학교'라고 하면 기대하는 이미지가 있는데 그냥 집처럼 보이니 주저주저하는 것이다. 물론 교실이나 기자재가 부족한 것이 사실이다. 그래서 아힘나평화학교는 지역사회 시설을 적극적으로 이용한다. 예를

2008년 일본에 있는 코리아국제학교와 한·일 국제협력교육을 했다.
아힘나평화학교 아이들이 집 개보수 프로젝트와 모내기 작업을 하고 있다.

들면 동영상을 만드는 일 같은 경우에는 동아방송예술대학 캠퍼스를 이용하기도 하고, 체육 활동을 할 때는 마을의 공설운동장을, 그리고 외부에서 많은 인원이 프로그램에 참여하면 삼죽복지회관 등을 활용하기도 한다.

김종수 대표는 재일 동포 자녀들의 문제에도 관심이 많다. 일제강점기 때 강제 징용이나 먹고사는 문제로 일본에 가서 고생한 재일 동포들과 그 후세들이 민족 정체성으로 고민하는 것을 많이 보았다. 그들이 우리 언어를 지키기 위해 노력하는 것이 눈물겨웠다. 그래서 그는 지난 몇 년간 조선학교와 관계를 맺으면서 책도 보내고 인적 교류도 했다. 오사카 국제 학교의 신입생 전원이 이곳에 와서 한글 교육을 비롯한 평화교육 연수를 받기도 했다.

김종수 대표와 조진경 교장은 앞으로 이 모든 것을 뛰어넘어 이곳을 평화의 마을로 만드는 꿈을 꾼다. 체제에서 이탈해 이곳으로 온 아이들이지만 통일 시대에는 이 아이들이 남북을 이어줄 것이다. 아힘나평화학교는 남북 간, 세대 간, 도농 간, 민족 간, 국가 간 여러 차원을 뛰어넘으며 두드리고 소통한다. 아이들이 없고 어른만 있는 이 지역이 아힘나평화학교를 통해 세대를 통합할 수도 있다. 김종수 대표와 조진경 교장은, 누구나 와서 하나가 되는 평화 마을, 그런 프로그램이 돌아가는 마을을 꿈꾼다.

이들이 모두 힘들게 살아가는 민중들이죠. 가만히 있으면 주변부로 살 수밖에 없죠. 이들이 능력을 발휘하고 아이디어를 내서 그 운명을 바꿀 수 있죠. 아이들은 생명의 기운을 가지고 있어요. 이곳에서는 그런 가능성이 많아요.

2부
공교육이 달라졌다, 작은 학교 이야기

숲을 걷고 꽃을 만지는 수업
__ 남한산초등학교

교육을 이야기하는 자리면 어디에서나 이 학교 이름이 나왔다. 인터뷰를 위해 다른 학교를 찾아갔을 때도 그곳 사람들은 '남한산초등학교' 이야기를 했다. 남한산초등학교가 이룬 것을 본받고 싶다는 것이었다. 당연히 이 학교가 궁금했다. 많은 사람들이 꿈꾸는 학교, 공교육 부활의 신화가 된 학교, 작은 학교의 모델이 된 이곳을 찾았다. 남한산초등학교는 폐교 직전까지 갔던 학교다. 그런 곳이 이제는 새로운 교육 모델로 사람들 입에 오르내린다. 이 학교를 되살리는 데 처음부터 함께했던 안순억 선생이 먼저 이야기보따리를 풀었다.

폐교 직전 학교가 공교육의 희망으로

남한산초등학교는 2000년도에 전교생이 20여 명에 불과한, 폐교가 예정된 학교였다. 신익희 선생의 동상이 있을 정도로 오래된 학교, 유서 깊은 학교였는데 폐교를 막을 방법은 없었다. 지역 주민조차 시내 학교로 아이들을 보내는 지경이었다. 성남 지역이 노동운동이 강한 지역인데 이 학교 학부모들이었던 지역 인사들과 교장 선생님이 작은 학교에서 새로운 실험을 하자고 뭉쳤다. 과밀 학교, 거대 학교에 대한 문제의식이 많았는데 폐교 직전의 이 작은 학교가 맞춤하다고 생각했던 것이다.

이들은 기존의 학교가 가지지 못한 내용을, 대안학교나 사립학교가 아니라 기존의 공교육 안에서 실현해 보자는 꿈이 있었다. 교사들과 아이들이 인격적으로 교감하는 학교, 자연 친화적이고 생태 감수성을 키울 수 있는 학교, 경쟁이나 줄 세우기에서 벗어나 인간적 교육을 하는 학교, 자유와 어린이들의 성장을 배려하는 그런 학교를 만들고자 했다.

이런 학교를 만들기 위해서 먼저 지역 주민들은 남한산초등학교에 아이들을 보내기 위해 ‘전입학추진위원회’를 구성했다. 전입학추진위원회라는 낯선 구호를 걸고 성남 지역을 돌아다니며 학부모들과 아이들을 모집했다. 동시에 이러한 꿈과 콘셉트, 구체적인 커리큘럼을 짜기 위해 연구하고 토론했다. 일주일에 세미나만 수십 시간씩 할 정도였다. 새로운 모델을 만드는 일에는 그런 열정이 필요한 법이다.

위원회(참실위) 위원장을 맡고 있었죠. 곤지암학교에 교사로 근무하고 있을 당시인데요, 이분들이 새로운 학교를 만들어 보고 싶다는 것이었어요.

안순억 선생은 개인적으로 그 당시 교육 현장은 꿈이 있는 공간이 아니라고 생각했다. 교사들과 학부모들이 힘께 새로운 학교를 만들어 본다면 얼마나 좋을까, 그는 가슴이 떨렸다고 한다. 그만큼 가슴에 새로운 열정이 타올랐다. 먼저 같이 하고 싶은 선생님을 찾아다녔다. 다행히 참실위 위원장으로 있으면서 좋은 선생들을 많이 알고 있었다. 이들과 함께 새로운 학교를 꿈꾸는 드림팀을 꾸렸다.

이 학부모들과 아이들은 2000년 12월에 단체로 전입했다. 2001년도 3월에 전교생이 103명이 되었다. 90명 이상이 전입한 것이다. '참삶을 가꾸는 작고 아름다운 학교'라는 남한산초등학교의 구호가 정해졌다. 2001년 3월에 등교하는 아이들에게 교장 선생님과 아이들이 장미꽃을 달아 주었다. 꿈이 현실로 바뀌는 순간이었다.

처음에 학급당 인원을 15명으로 생각했는데, 아이들이 늘어나 공간이 부족하여 창고를 써야 할 지경이 되었다. 불과 4월 초가 되면서 학생들의 숫자는 120명으로 늘었다. 학급당 20명이 더 되는 것이었다. 2001년 3월을 지나면서 이제 도저히 더 이상은 안 되겠다고 생각하여, 실제로 이사 와서 전 가족이 살지 않으면 안 받겠다고 선언을 했다.

남한산초등학교의 실험이 대박을 터뜨린 것이다. 워낙 기존의 공교육에 대한 절망이 깊었기 때문에 이들의 변신과 혁신이 학부모들을 감동시킨 것이다. 전학, 입학 상담이 학교의 중요한 업무가 되었다. 그만큼 전국에서 문의가 많이 온다. "우리 학교가 좋은 것이라기보다는 믿고 맡길 교육 기관이 없다는 뜻"일 것이라고 안순억 선생은 겸손하게 말하지만, 그만큼 많은 부모들은 남한산초등학교에 아이가 다니면 아이가 참되게 자랄 수 있다고 굳게 믿는다.

학교가 1980년도부터 폐교 직전에 있었기 때문에 학교 건물이 창고 수준이었다고 한다. 이곳에 온 교사들은 몇 달 동안 '막일'에서 벗어날 수 없었다. 학교를 정리한 뒤에는 당장 '글로벌 인재' 어쩌고 하는 형식적인 구호를 버렸고, 조회대와 주번 제도, 아이들을 세워 놓고 교장 선생님이 훈시하는 제도부터 없앴다. 대신에 모두가 모인 따뜻한 대화 마당을 만들고, 체험과 토론이 학습의 중심이 되도록 커리큘럼을 짰다. 과거 공립학교에서는 꿈도 꾸지 못하는 변화요, 혁명이었다. 그러나 전혀 새로운 콘셉트의 학교를 만들어 보자는 이들의 열정과 실험 정신 앞에 모든 것은 변할 수밖에 없었다.

그로부터 7년이 지났다. 남한산초등학교는 '작은 학교'의 효시가 되었다. 남한산초등학교를 보면서 공교육에도 새로운 대안이 가능하다는 희망을 품을 수 있었다. 안순억 선생의 친구인 아산 거산초등학교의 김영주 선생이 남한산초등학교를 와 보고 나서 "학교를 이렇게 만들 수도 있구나!" 하면서 바로 좋은 교사들을 모아 거산초등학교를 새롭게 일구었다. 이미 하나의 선례가 있으니 따라가기는 쉬운 법이다.

"학교의 밑그림을 그리고 구체화하는 데
무엇보다도 중요한 것은 교사의 역할입니다."

이렇게 남한산초등학교 이야기가 널리 퍼지면서 새로운 학교에 대한 갈증을 느끼는 교사들과 학부모들이 전국적으로 움직이기 시작했다. 이어서 '작은학교교육연대'가 만들어졌다. 벌써 이 연대 안에 열 개의 학교가 소속되었다. 방학이면 이 연대 소속 교사들이 공동 워크숍을 연다. 일부러 작은 학교로 가고 싶어 하는 교사들도 모인다.

숲 속 산책으로 하루를 연다

구체적으로 이 학교 아이들은 어떤 학교생활을 할까? 무엇이 이 학교를 공교육의 희망으로 만들었는지 궁금했다. 도대체 남한산초등학교는 다른 공립학교와 무엇이 다른 걸까?

교사와 아이들이 어떤 관계로 만나는가가 중요해요. 다른 학교와 다르다는 것은 하루의 일과를 보면 압니다. 우리 아이들은 매일 아침 숲 산책으로 하루를 열어요. 꽃을 만지고 나무를 만집니다. 아침 활동으로 이렇게 숲 산책, 책 읽기를 하고 돌아오면 자유 이야기 시간이라고 해서 교사와 아이들이 하루 살아갈 시간 계획을 짜요. 이른바 아침 차 마시기 시간이죠.

숲 산책, 차 마시기로 하루 일과가 시작되는 학교. 이것만으로도 학교는 아이들에게 천국이 된다. 그런데 아이들이 더 좋아하는 것은 수업과 휴식 시간의 변화이다. 80분 수업과 30분 휴식이라는 새로운 시간 설계. 아이들의 삶과 학습, 휴식에 엄청난 변화를 몰고 왔다.

보통 학교에서는 40분 공부하고 10분 쉬고 이어서 수업을 한다. 그러나 이것은 근대적 생산 시스템이지 교육 시스템은 아니라는 것이다. 좀 더 통합적이어야 한다고 생각했다. 교과 통합의 경우에는 생각이 있어도 프로그램으로 구체화하는 깃은 쉽지 않다. 80분 수업은, 일반 교실에서 하던 대로 해서는 교사도, 학생들도 못 견딘다. 40분 단위로 하면 제대로 된 토론이나 활동이 조직될 수 없다. 보통 학교에서는 쉬는 시간은 화장실 가는 정도밖에는 못 한다. 10분 동안만 쉬어야 하니까 노는 것도 폭력적이다. 그런데 놀이 시간을 충분히 주면 아이들이 노는 것을 설계한다. 숲에 가서 축구를 하고, 수다 떨어도 되고 도서관에 가서 책을 읽어도 된다. 스스로 결정하고 실천할 수 있는 것이다.

남한산초등학교의 차별성은 교과과정에서도 찾을 수 있다. 커리큘럼이 다른 학교와 완전히 다르다. 암기 위주, 강의 위주, 교과서 위주의 수업은 이 학교에 없다. 일방적이고 주입식의 교육은 이 학교에 없다. 대신 체험적이고 현장적인 수업이 대부분이다. 예능교육이 일반 학교에서는 거의 죽어 있는 것에 비해 이 학교에는 예술 문화 활동이 주를 이루는 것도 큰 특징이다. 무엇이 다른가를 설명하기보다 무엇이 달라지지 않았는가를 설명하는 것이 빠를 듯하다. 아니 그것도 힘들다. 왜냐하면 달라지지 않은 것이 없기 때문이다.

토요일은 교과서가 없는 수업을 한다. 그것도 통합 프로젝트식이다. 어떤 때는 인형을 통해 공부도 하고, 봄 숲이 주제가 되기도 한다. 여름의 경우 여름생활학교, 가을에는 가을예술학교가 열린다. 여름에는 생활 체험, 가을에는 예술 체험을 하는 것이다. 여름에는 목공, 퀼트, 바느질, 음식 만들기, 집 짓기, 흙 굽기 등 생활의 기능을 익힌다. 하루 종일 목공만 하거나 바느질만 배운다. 가을예술학교는 예술 장르로 재즈, 마임극, 연극, 힙합, 전통 춤사위, 음악과 극 장르가 10여 개가 열린다. 각 장르마다 아이들 10여 명이 참여한다. 안순억 선생은 주로 연극을 가르치는데 연극의 구조 체험을 배우게 한다. 연극은 중요한 교육 프로그램인데 교과서로 배운다면 각자 맡은 역 대사를 읽는 정도이다. 그러나 남한산초등학교 가을예술학교에서는 아침 9시부터 밤 11시, 12시까지 1주일 이상 연극만 한다. 극본 쓰는 일부터 발성과 무대 장치 만드는 일까지 모든 역할을 아이들이 다 한다.

이렇게 새로운 교과과정을 만들어 내는 일이 저절로 된 것은 아니다. 모든 것이 교장과 교사, 학부모와 아이들이 서로 머리를 맞대고 서로 논의하고 논쟁하고 소통한 결과이다. 좋은 커리큘럼이나 좋은 교과과정, 좋은 학교는 결과물일 뿐 정작 좋은 학교의 핵심 요소는 바로 좋은 결과를 만들어 내는 '과정'이다.

교사들의 힘 못지않게 남한산초등학교를 돌아가게 만드는 힘은 학부모에게서 나온다. 아이를 학교에 보내는 것으로 끝이 아니다. 학부모들은 학교에서 필요로 하는 일을 돕고 교사들이 요청하는 일을 한다. 단지 보조자로서가 아니라 학교 운영의 주체로서 참여한다. 스스로 좋은 학부모가 되고 좋은 교육의 주체가 되기 위해서 공부를 하기도 한다. 남한산초등학교에서는 제대로 된 학부모 노릇하기도 쉽지 않을 듯하다.

여름생활학교, 가을예술학교를 하면 수많은 자원 활동이 필요해요. 학부모들의 참여의 질이나 수준이 최고입니다. 인문아카데미를 열면 유료 강좌인데 항상 50명 이상 와요. 학교에서 열리는 것은 무엇이든 참여하죠. 마을 학부모 모임을 매달 열어 학교를 어떻게 지원할까를 논의하기도 하고, 자체 프로그램을 꾸리거나 독서 토론을 벌이기도 합니다. 아래로 가면 실핏줄 같은 연결망이 촘촘하게 짜여 있어요.

기존의 체제 안에도 틈은 있다

남한산초등학교는 절망투성이인 공교육의 틈바구니에서 태어났다. 남한산초등학교는, 공교육을 결코 절망적으로만 바라볼 일이 아니라는 것을 일깨워 주었다. 기존의 체제가 깐깐해 보여도 그 속에도 틈은 있기 마련이다. '교장공모제'는 남한산초등학교의 실험을 지속 가능하게 만들고 이 학교의 모델을 복제하고 확산하는 데에도 큰 도움이 되었다.

교장공모제라는 것이 작년부터 시행되었어요. 다른 학교에만 계셨던 교장 선생님이 남한산초등학교에 오면 문화적 이질감이 커서 그 본인이 고통스러울 거예요. 지금 계신 교장 선생님은 우리 학교에서 교감으로 계시다가 다른 학교로 가 계신 것을 우리가 다시 모셔 왔어요. 이질감도 없고 우리를 너무 잘 아시는 거죠. 그것만 하더라도 지속성을 이어 가는 좋은 제도가 되죠. 지나친 낙관인지 몰

남한산초등학교는 '참삶을 가꾸는 작고 아름다운 학교'를 꿈꾼다.

라도 이제는 어떤 제도가 이곳을 함부로 흔들 수 없을 것이라고 봅니다. 교사충원제도도 안착되어 있고요. 교장공모제가 되면 그 교장이 교사를 불러올 수 있어요. 일정 비율은 허용되어 있는 거죠.

이전에도 '초빙교장제도'나 '초빙교사제도'가 있었다. 전 교장 선생님도 그런 방식으로 모셔 왔다고 한다. 안순억 선생도 지금 남한산초등학교에 현재 8년째 있는데 5년이 지난 이후에는 초빙교사로 있는 셈이다. 부족하지만 기존의 제도를 조금씩 활용하면서 새로운 변화의 틈바구니를 넓혀 가는 것이 중요하다. 남한산초등학교는 바로 그런 노력을 다하고 있다.

이제 문제는 어떻게 하면 남한산초등학교 같은 작은 학교를 많이 만들어 낼 것인가이다. 남한산초등학교가 모델이라면 이제 이와 같은 학교를 많이 복제하고 확산하면 된다. 그런데 어떻게?

학부모들이 개인적으로 느끼는 갈증이나 고통이 극에 달해도 학교는 쉽게 바뀌지 않는다. 학교를 바꾸는 것은 역시 교사 몫이다. 공교육 속에서 학교를 바꾸고 싶어 하는 교사는 많다. 하지만 바꾸지 못하는 이유는 남한산초등학교처럼 학교 단위로 할 수 있는 여건이 안 되기 때문이다. 교과 단위, 교실 단위로는 실현하기 어렵다. 공교육에서 뜻이 맞는 교사들과 교장이 모여 학교를 만들 수 있어야 한다. 부분적으로는 학교가 혁신되기 힘들다. 좋은 교사들이 모여 학교를 혁신하는 사례를 만들고 이것이 국민의 지지를 받아야 한다.

남한산초등학교에서는 교사들이 학교의 상에 대한 밑그림을 그리고 학부모들과 함께 소통하며 그 꿈을 실현해 나갈 수 있다.

교사들에게는, 새로운 학교를 꿈꾸고 신명나게 그러한 학교를 만들겠다는 생각이 많은데도 그것을 펼칠 수 있는 공간이 부족하다.

사실 제도를 조금만 개선하면 남한산초등학교 같은 이상적인 학교는 많이 생겨날 수 있다. 그런데 지금도 존재하는 '자율학교'가 형식적으로 흐른다. 자율학교가 제대로 정착하기 위해서는 학교와 교육청의 관계도 바뀌어야 한다. 교육청이 관리하고, 감독하는 것이 아니라 말 그대로 교육청과 협약을 맺는 '협약학교'가 많이 늘고 그 학교에 대해서는 교육청의 기존 관리 감독에서 벗어나게 해 주어야 한다. 그래야 교사나 학부모 등이 교육 프로그램을 자유롭게 짤 수 있다. 교육청이 아니라 학부모나 지역으로부터 평가와 인정을 받을 수 있어야 한다.

교장공모제도 확산되어야 한다. 지금은 전국적으로 한 학기에 50여 명 정도이며, 작은 학교만 가능하다. 도시 학교는 안 된다. 신청한다고 다 되는 것도 아니다. 경기도에서는 아예 몇 개교 이런 식으로 숫자가 정해져 있다. 그 학교 수만큼만 공모제가 가능하다.

교장공모제는 좋은 학교를 만드는 중요한 장치이다. 교장 선생님이 교육청 발령을 받아서 오는 것이 아니라 교사와 학부모와 지역사회가 불러서 오는 것이다. 그 지역의 공동체가 불러왔을 때 그 교장은 교육청이 아니라 지역사회를 더 존중할 수밖에 없다. 지역사회와 호흡을 같이하려 하고 교육 성과를 내려 한다. 교육청이 서류를 보고 학교를 평가한다면 부모들과 아이들은 교육적 성과와 관계를 가지고 평가할 것이다. 초빙으로 온 교장, 교

사가 누구를 주목하겠는가? 그것은 뻔한 일이다. 관료적인 통제
라인에 속해 있는 교장과 교사를 그 지역사회로 되돌려 주어야
한다.

> 이우학교가 이 너머에 있는데요. 새로운 생각을 가진 교장 선생님
> 과 교사들이 좋은 모델을 만들고 좋은 교과과정을 만들고 함께 고
> 민을 나누는 등 개혁 학교 네트워크를 만들어 볼 생각입니다. 그러
> 나 대안학교는 특별한 사람만 갈 수 있잖아요. 공립학교에서 대안
> 이 나와야 합니다. 그러나 현재의 입학 제도에서 이러한 대안적 학
> 교가 나오기가 대단히 어려워요.

학교 개혁을 고민하는 학교와 교사들이 네트워크를 형성하여
상호 정보와 경험을 교류한다면 대안과 희망이 커질 것이다.

아이들, 선생님, 학부모 모두 신 나는 학교

아산시의 거산초등학교는 1992년 무렵 분교로 격하되었다. 도농 복합 지역인 아산에서도 농촌 지역에 위치한 송악면은 인구가 줄고 이에 따라 학생 수도 계속 줄었다. 농어촌 학교의 통폐합이 본격화된 이해찬 장관 시절이라 이 학교도 폐교 대상이 된 것이다.

이와 동시에 2001년 무렵부터 전국에 작은 학교 살리기 운동이 일어났다. 김영주 선생 등이 성남의 남한산초등학교 소식을 듣고 그곳에 다녀왔다. 남한산초등학교를 벤치마킹하면서 새로운 교육 실험을 한 것이다. 이 실험의 본거지로 농촌 학교를 찾다가 거산초등학교를 발견한 것이다.

당시 원주민 학생이 30여 명 되었는데 지금은 152명으로 늘어났다. 나머지는 아산시와 천안시에서 전학을 온 아이들이다. 인성, 통합교육을 목표로 하는 이곳은 남한산초등학교, 완주 삼우초등학교, 경기도 여주의 하호분교 등과 함께 '작은 학교' 실험을 계속하고 있다.

2000년경 아산 지역 초등학교 교사들이 학부모들과 함께 '한국글쓰기연구회' 지역 모임을 했다. 3년쯤 하다 보니 교사들 예닐곱 명과 학부모 두세 명이 모였다. 교사들은 인간적 교류가 가능한 학교에서 일하고 싶다는 꿈이 있었다. 다른 것은 몰라도 학년 간의 연계성을 잘 살린 교육을 하면 좋겠다, 그것만 잘되어도 좋은 교육이 될 것이라고 생각했다.

2001년 남한산초등학교가 문을 연 것을 보고 그 학교를 방문해 교육철학이 어떻고 진행 정도가 어떤지 알아보았다. "남한산초등학교가 했으니 우리도 가능하지 않겠느냐" 하면서 준비를 시작했다. 교사들은 토론하며 학교의 상을 만들고 학부모들은 그 학교로 올 수 있는 학부모 수요를 알아보았다. 거의 1주일에 한 번씩 만나 준비 모임을 했다.

'작은학교살리기모임'의 장호순 교수나 폐교를 반대하는 학부모들과 만나면서 공교육에 왜 대안이 필요한지 검토하고 논의했다. 그 당시 교육감이 작은 학교를 살리겠다는 공약을 한 바가 있었기 때문에, 교육감에게 이 공약을 들이밀며 장호순 교수와 학부모, 교사 들이 나섰다. 좋은 교사와 학부모는 준비되어 있다는 자신감이 있었다. 마침내 2002년 3월 교사 여섯 명이 한꺼번에 이곳으로 발령을 받았다. 모두 이 분교에서 기꺼이 새로운 교육적 실험을 해 보겠다는 당찬 교사들이었다.

그 후 본교가 되지 않으면 학교 철학을 실천하기가 어려우니 본교로 만들어 달라고 시위와 탄원을 계속했다. 다행히 교육감이 2005년에 본교로 승격시켜 주어 거산초등학교는 이 꿈도 이루었다.

거산초등학교에서 내건 슬로건은 '참삶을 가꾸는 작고 아름다운 학교'이다. "공교육 안에서 대안을 찾아보자, 일단 7차 교육과정을 제대로 실천해 보자, 아이들이 자주적으로 남과 더불어 살아가는 교육을 해 보자"는 것을 기본 방향으로 정했디. 조금 거칠고 엉성한 면도 있었지만 학교의 주체와 지역의 사람들, 시민단체들과 함께 맞물리면서 내용이 점점 알차게 여물었다.

학교의 정체성도, 자연 속에서 아이들이 더불어 살아가고 체험 중심의 교육을 할 수 있도록 생태 중심으로 잡았다. 그런 것들이 어느 한순간에 만들어진 것이 아니다. 그런 점에서 거산초등학교의 실험은 과거 완료형이 아니고 현재 진행형이다. 시골 학교가 폐교 위기에서 벗어나도록 주변에서 도움을 주는 사례는 많다. 그러나 교사가 바뀌고 주체가 바뀌고 지역에서 학교 구실이 바뀌고 농촌 지역사회가 바뀌면서 학교와 지역이 탄탄하게 맞물린 사례는 많지 않다. 그래서 거산초등학교 사람들의 자부심이 크다.

일반 학교에서는 교사나 교육감 방침대로 미리 정해진 틀로 수업이 이루어진다. 그러나 이 학교에서는 아이들에게 모든 것을 맞춘다. 교과 학습 시간 운영도 아이들 생체 리듬에 맞춘다. 기본 운영 시간은 45분이지만 조금 길어질 수도, 짧아질 수도 있다. 교육과정에서 최대한 자율성을 살린다. 그 과정에서 교사와 학부모와 아이들이 함께한다. 지역사회에서 학부모의 역할을 최대한 존중한다. 1년간 지내고 교육평가를 할 때 교사는 교사대로 평가하고 학부모는 학부모대로, 아이들은 아이들대로 평가를 해서 그

교사와 학부모가 함께 회의를 하고 함께 교육평가를 한다.

다음 해 교육과정에 반영한다. 학생, 학부모, 교사 모두 주체가 된다. 이런 변화는 일반 학교에서는 상상하기 어렵다. 아이들 숫자도 많고 시스템도 문제가 있기 때문이다.

우리는 첫해부터 시행해서 시스템으로 자리를 잡았어요. 교사 문화가 달라졌어요. 한 사안에 대해 모두가 동의하고 합의가 이루어질 때까지 계속 토론하고 공유합니다. 어려움이 많지만 합의된 사항에 대해서는 적극적으로, 주체적으로 참여해요. 교장, 교감 선생님들도 일방통행식으로 하지 못해요. 교사, 학부모 연석회의를 자주 하고 학급 단위에서는 한 달에 한 번씩, 행사 등 수시로 교사 학부모 연석회의를 열어요. 그 대표들이 학교 대표를 구성해서 또 회의를 해요. 함께 모여서 사전 계획을 세운다거나 추진을 점검합니다. 다른 데에서는 그런 회의가 돈 모으는 데 주력하지만 여기서는 자잘한 학교 현안을 결정한다는 차이가 있어요.

이렇게 거산초등학교는 언제나 열려 있고 자발성이 있는 공간이기 때문에 새로운 창의적인 교육 계획과 실천이 가능하다. 어떤 음악 선생이 야외 음악회를 기획했다. 처음에는 교사와 학부모가 참여하는 작은 음악회였는데 3회째부터는 유명한 성악가까지 참여할 정도로 발전했다. 다른 학교에서는 생각에서 실천까지 과정이 쉽지 않은데 여기는 이것이 가능하다.

어떤 학부모가 들꽃 기행을 가고 싶다고 제안하면 그 답사의 전반적인 사항을 제안한 학부모와 더불어 다른 학부모들과 교사들이 상의하고 협력한다. 자연을 활용한 수업들을 교과과정에 녹여 내는데 인근의 호서대, 공주대 지역 전문가들, 학부모들, 교사들이 네트워킹이 되어 있다. 그동안 학부모들이 도우미로서 참여했는데 이번에는 학부모와 교사가 심화 연수를 함께 받았다. 숲 해설가 과정이 바로 그것이다. 계속 참여한 분들을 함께 모아 학교에서 연수비를 대고 공주대에 가서 나흘 동안 교육을 받았다. 생태 사업 매뉴얼을 함께 고민하고 월별로 잘 이루어지도록 공유도 하고 수업도 함께 진행한다.

교육과정에 학부모들이 참여하려면 그만큼 공부해야 하고 시간을 투자해야 한다. 권한은 책임을 수반하는 법이다. 이를 위해서 학부모들이 교육 지원단을 꾸렸다. 양봉, 버섯 농사를 짓는 학부모들은 아이들에게 실질적인 도움을 주기 위하여 이 지원단에 적극적으로 참여했다. 이러한 과정을 거쳐 지금은 교사들과 학부모들 사이에 교감이 잘 이루어진다. 자연과 함께 아이들이 잘 자라고 있는 것을 확인하게 되고 교육에 대해 이해와 관심, 참여도도 높아진다.

이렇게 농촌 환경을 잘 활용하는 교육에 대해 만족도가 높다. 멀리 가는 것이 아니라 주변 생태 학습을 주로 한다. 떡도 해 먹고 냉이를 캐서 국도 끓여 먹고 화전도 부치며 자연과 호흡하면서 살아가는 법을 배운다. 첫해와 둘째 해는 외부에 많이 나갔다. 지금은 밖에 나가는 것보다는 가능하면 일상적으로 움직일 수 있는 곳을 선호한다. 철새를 공부하러 가는 계획을 세울 때도 이왕이면 1~2년 기다리더라도 다른 학년과 함께 가도록 짠다.

이런 신 나는 학교가 많아지려면

우리는 내내 학교 앞 큰 감나무 밑 평상에서 인터뷰를 진행했다. 그늘이 시원하고 좋았다. 이 평상은 전교생들이 음악회를 하는 곳이란다. 유치원 건물도 너무 낡았는데 삐걱, 하면 튀라는 말이 있었을 정도였다. 너무 위험하니 교육청에서 예산을 주어 새로 지었다. 그때 부자재로 학부모들이 이 평상을 만들어 5년째 쓰고 있는 것이다. 한 아이가 "나는 우리 학교가 좋다. 느티나무에서 보이는 하늘과 햇빛이 찬란하다."고 썼을 정도로 이곳을 아이들이 참 좋아한단다.

거산초등학교의 교육 개혁 무용담은 계속 이어졌다. 제도적으로 어떻게 하면 거산초등학교 같은 좋은 공립초등학교들이 생겨날 수 있는지 물어보았다. 물어보지 않았다면 섭섭하다고 했을 정도로 교사들 입에서는 술술 답이 나왔다.

정부는 얼마 전 대안학교들을 제도권 안으로 수용하겠다면서 대안학교법을 국회에서 통과시켰어요. 그러나 여기에서도 일반 공립학교에 대한 언급은 없었어요. 좋은 학교를 만들려면 교원 인사, 교과 편성 등의 경직성을 풀어 주어야 해요. 그러면 숨통이 트일 겁니다. 일반 학교에서도 외국의 '차터 스쿨'* 같이 일정한 교육목표

---

* 차터 스쿨charter school은, 학교에 대한 교육행정기관의 각종 규제를 없애는 대신 학교가 교육목표를 설정하고 운영하는 새로운 학교 형태이다. 미국 교육운동 중 가장 혁신적인 대안학교로 꼽힌다. 1991년 미네소타 주에서 학부모 학생에게 '학교 선택권'을 주기 위해 처음 도입했고 현재 미국 전역에 약 3천여 곳이 있다.

　를 달성하면 자율성을 확대해 나가고 허용해 주는 것이 필요하고 요. 그런 틀만 허용된다면 다양한 형태의 학교가 공교육 안에서도 가능하다고 봐요. 사실 거산초등학교도 불안정해요. 법에 근거한 학교가 아니기 때문이지요. 이 교사들이 떠나도 거산초등학교가 지속될까 싶어요. 이런 학교 문화를 만들고 떠나면 거산이 지향하는 교육이 지속될까요?

교사 5년 임기제가 있는 한, 교사가 한 학교에 뿌리를 내리는 것이 불가능하다. 인사 제도가 문제다. 교사가 교육의 중심에 있어야 좋은 학교, 학교 개혁이 가능한데 현재 교사가 들어가서 일할 만한 공간이 제도적으로 만들어져 있지 못하다. 교사들이 희망해서 이런 공간에서 일하고 싶다고 해도 할 수가 없다. 거산초등학교 같은 사례를 시도 단위에서 이해하지 못하기 때문이다. 농촌의 '작은 학교'에 대한 원칙은 폐교 정책뿐이다. 교육청이나 교육 관료 입장에서는, 거산초등학교와 같이 폐교 위기 학교가 살아나면 그 정책에 반하므로 위험하다고 느낀다.

또 다른 문제는 바로 학구제이다. 주소만 여기로 되어 있고 실제로는 천안에서 통학하는 아이들이 있다. 이곳에 주소가 없으면 입학할 수 없기 때문에 위장 전입을 하는 것이다. 이것이 바로 현실적인 애로점이다. 도시에서 농촌으로 전학을 오는 것은 일단 긍정적이다. 도시에서 농촌으로의 전입 문제는 전향적으로 바뀌어야 한다. 학구를 개방할 때 긍정적인 결과를 줄 수 있는 학교의 경우에만 해제시켜 주어야 한다.

'자율학교'도 교육감이 지정할 수 있지만 초등학교로서 자율학

교사와 학부모가 함께 생태, 어린이 문학 등 연수를 받고 학교 숲 해설가 과정을 듣는다.

교는 우리나라에 아직 하나도 없다고 한다. 처음으로 지정되는 것도 모험이다.

교육감 수준에서 이런 학교를 살릴 의지가 있으면 예외적으로 팀을 짠 교사들에게 기회를 주면 좋겠어요. 학교교육 계획서를 내고 학교 운영을 이렇게 해 보겠다 하면 응모를 해서 가르칠 수 있는 보람을 느끼게 해 달란 말입니다. 그러나 아무도 귀담아 듣질 않아요. 이웃 학교에 교사들이 팀을 짜서 들어가 보려 해도 조건이 안 됩니다. 현재 그 학교에 이미 교사들이 있고 한두 명 들어가 봐야 학교 운영이 달라질 리 없지요. 제3, 4의 거산초등학교를 만들기 힘들어요.

승진하는 것에 별로 관심이 없고, 폐교 대상 학교 등에서 보람을 찾으려는 교사들 발령을 유연하게 한다면 거산초등학교 같은 학교가 시군에서 몇 개씩 얼마든지 생겨날 수 있다. 교육감도 후보 시절에는 이런 아이디어에 동의했는데 지금은 안 된다고 한다. 여러 지역의 다른 학교에서도 시도했지만 여전히 불안하다. 인사 문제, 보직 문제 등이 모두 장애물이다. 교사들과 학부모들의 합의하에 교육감이 융통성을 발휘하여 인사 발령을 내야 한다.

거산초등학교의 경우에는 오히려 교사들이 승진 점수를 없애 달라고 했는데도 안 되었다. 다른 교사들은 거산초등학교 교사들에게, 승진하려고 점수를 따기 위해 이런 곳에서 근무하느냐고 비판하기도 한다. 승진 점수 없애고 그 대신 근무 기간을 늘려 주었으면 좋겠다는 것이 이들의 '소박한' 바람인 것을……

거산초등학교 판 중학교도 만들어졌으면······

또 하나의 문제는 이렇게 훌륭하게 성장한 거산초등학교의 졸업생들이 마땅히 갈 중학교가 없다는 사실이다. 일반 중학교로 가면 초등학교에서 애써 좋은 교육을 해도 그 빛을 잃어버린다. 이를 어찌할 것인가?

첫해부터 중학교를 고민했어요. 우리가 잘 아는 중학교 선생들이 팀을 짜서 우리처럼 했으면 좋겠다고 여러 차례 논의를 했습니다. 그러나 한 과목 선생이 가야 다른 선생이 올 수 있고, 있는 선생을 다 내보낼 수가 없잖아요. 자율학교로 지정했으면 좋겠는데 그곳 어느 선생도 원하지를 않았어요. 자율학교도 안 되고 교육청에서도 인사 문제 잘못 건드려 벌집 쑤시는 격이 될까 봐 소극적이에요. 우리 아이들이 재작년에 열여덟 명 중에 열두 명이 입학했는데 별 변화가 없어요.

문제는 교육청에서 자율학교에 대한 의지가 없다는 사실이다. 중고등학교만 특수목적고로 운영할 수 있게 되어 있다. 법적으로 인정받는 자율학교의 이름을 빌려 자치 학교를 만들자는 고민은 하고 있다. 현재의 자율학교를 도교육청에서는 인정을 안 해 준다. 다른 학교, 다른 사람에게 비난을 받을까 봐 모험을 안 하는 것이다. 대안학교와 같은 혁신적 실험을 인정해 주는 교육 당국의 의지가 필요하다. 관료들이 변해야 한다.

이 학교가 자랑스럽다

___ 삼우초등학교

남한산초등학교의 모델을 따라 좋은 교육을 꿈꾸는 교사들이 뭉쳐 또 하나의 대안적 공립초등학교를 만들었다. 전북 완주에 있는 삼우초등학교가 바로 그곳이다. 이곳에 둥지를 튼 교사들의 교육에 대한 문제의식 역시 남한산초등학교 교사들과 크게 다르지 않다.

교사들과 아이들 간에는 자연스레 상하 관계가 생기기 마련이다. 일방적으로 주입시키려는 속성이 있다. 그리고 현재 학교 구조로 보면 교사들이 의견을 내놓았을 때 교장, 교감 선생이 이를 수용하기보다는 차단하는 일이 더 많다. 교사와 학생은 언제나 배제당하는 쪽에 있었다. 교육 경력이 20여 년이 되었는데도 바르게 아이들을 키워 보려는 열정은 무시당하기 일쑤였다.

2004년 여러 연구 모임에서 교사들이 모여 뭔가 좋은 교육을 시도해 보자는 이야기가 나왔다. 모여서 함께하지 않으면 될 수 없다는 생각에 고민을 거듭했다. 남한산초등학교 이야기를 듣고 실제 가서 보고는 구체적인 방안을 마련했다. 그렇게 뜻을 함께한 교사들이 정말 힘들게 힘들게 모인 곳이 여기 삼우초등학교다.

인사가 나기 전까지 반신반의했는데 실제 인사 발표 날 우리 소원대로 되었어요. 교육청에 정말 고마웠지요. 인사 있고 바로 다음 날 다 모여 찻집에서 학교 방향에 대한 밑그림을 그렸어요. '행복을 이어 가는 만남'이라고 해 놓고도 논의가 거듭되었습니다. 용어 하나를 놓고도 철저히 토론을 벌였어요. 과거에는 교훈, 교칙 모두가 교장이 일방적으로 정했어요. 모든 것은 학생들을 위해 존재하는 것인데 실제로는 교장을 위해 존재했던 거지요. 농촌 학교로서 가야 할 방향이 있는데 일방적으로 정하다 보니 무엇을 이루어 보자는 방향이 없었어요. 그래서 우리끼리 논의하고 정하는 문화를 만들어 보자고 해서 그 긴 토론과 논의를 즐겼어요.

학무모, 교사, 교장이 한 몸이 되다

왜 하필이면 삼우초등학교인가? 좋은 학교, 작은 학교를 만드는 근거지로서 이 교사들이 삼우초등학교를 택한 배경이 궁금했다. 이 지역의 학부모들이 학교가 없어진다는 소식을 듣고 없애지 않으려고 갖은 고생을 다하고 있었다고 한다. 이러한 학부모들과 몇몇 뜻있는 교사들이 마음을 모은 것이다. 이 무렵 교장 선생님은, 이러한 학부모들과 교사들이 꿈꾸는 일이 "너무 큰일이라 내가 감당하기 어렵다"고 하면서 스스로 다른 학교로 떠났다고 한다. 그 후에 오셨던 분은 '바라만 보고 계신 분'이었다. 교장 선생님이 뒷받침해 주지 않으면 힘을 낼 수가 없다. 그분도 2년 있다 다른 데로 가고, 금년에 새로 온 교장 선생님은 이 교사들을 '독립운동을 하는 사람들'이라며 격려해 주고 궂은일을 본인이 다 처리해 줄 정도로 적극적이다. 제대로 임자를 만난 것이다. 지금의 교장 선생님을 만나면서 교사들은 날개를 단 셈이다. 학부모, 교사, 교장이 한 몸이 된 것이다.

뜻을 모은 교사들이 처음 한 일은 낡아빠진 학교 건물을 새로 짓는 일이었다. '새 술은 새 부대'에 담가야 하듯 이들이 꿈꾸는 교육 역시 새로운 교사에서 시작된 것이다. 당시 이들이 엄두를 낼 수 있었던 것은 새 정부(당시 참여정부)가 들어선 지 얼마 안 되었고 혁신이라는 화두가 널리 회자되었던 덕이다. 동시에 공교육 붕괴라는 소용돌이가 치고 있었기 때문에 교사들의 열정과 뜻과 노력이 주목을 받았다.

물론 처음부터 잘된 것은 아니었다. 교장과 학교운영위원장이 교육청을 방문해 "학교 건물이 너무 헐었고, 절대공간이 부족하며 두 학교가 통합되었으니 새로운 건물이 필요하다"고 했지만 교육청에서는 콧방귀도 안 뀌었다. 지역 인사들과 학교장, 학교운영위원장 등이 당시 국회 부의장인 김태식 의원에게 부탁도 했지만 보기 좋게 거절당했다. 표가 만만치 않다는 것을 보여 주기 위해 삼우초등학교 발전협의회를 발족하고 거창한 꿈을 가진 학교라는 것을 보여 주는 제안서를 만들어 김태식 의원 홈페이지에 올렸다. 그것을 보고 나서야 "바로 교육부 차관을 만나겠다"는 연락이 왔고 1주일 후 교육청에서 건물을 지어 주겠다고 답을 주었다.

이번에는 철저하게 교육적이고 친생태적인 공간을 지어 달라고 교육청에 강조했다. 이왕 지어 주는 것이니 과거 전형적인 교사가 아니라 전혀 새로운 것을 지어야 한다고 주장한 것이다. '한국교육환경연구원'에 용역을 주어 박사 세 분이 왔는데 그분들과도 충분히 논의했다. 공청회를 거쳐 교사들과 학부모들의 요구도 더했다. 설계와 시공 과정에서 설계 변경까지 하면서 공사 기간도 조금 늦어질 정도로 공을 들였다. 이로써 새로운 교사에서 새로운 교육의 꿈을 펼칠 준비를 마쳤다.

그러나 삼우초등학교 교사들이 거창한 것을 시작한 것은 아니다. 아주 새로운 것을 한 것도 아니다.

원래 모두 다 아는, 비정상적인 것을 상식적인 것으로 돌리려고 한 것뿐입니다. 상식적인 것만 잘하는 데 목표를 둔 것이죠. 예를 들면, 교사가 수업의 질을 높여야 하는 것이 최고의 의무인데요, 자기 수업의 장면을 누구나 볼 수 있도록 열어야 합니다. 그것을 알면서도 안 했어요. 나를 발가벗겨 보이는 것이 쉽지는 않아요. 우리 학교 선생들은 누구나 일주일에 한 번씩 수업을 공개하게 되어 있어요. 그러나 보여 주기 위한 수업이 아니라 일상적인 수업을 보여 주는 것입니다.

이렇게 해서 삼우초등학교에서 진행되는 모든 수업은 누구나 참관이 가능하게 공개되었다. 교장도 볼 수 있고 대학 교수도 볼 수 있다. 3월 개학하는 첫 주부터 공개해야 하는데 이것은 합의하

삼우초등학교의 교육목표는 '행복한 만남을 이어 가는 작은 학교' 이다.
자연과 인간과 문화와의 만남을 소중히 하는 어린이들이 마을공동체 안에서 자란다.

기가 쉽지 않았다고 한다. 1, 2, 3학년을 한 그룹, 4, 5, 6학년을 한 그룹으로 구분했다. 교장 선생님뿐만 아니라 다른 반 교사들도 서로 수업 시간을 조정해서 참관을 한다. 초등학교 수업에 대해 일가견이 있는 사람들도 초청을 한다. 꼭 잘해서가 아니다. 공개함으로써 더 준비하고 또 지적을 받아 더 발전할 수 있는 법이다. 이렇게 삼우초등학교에서는 남들이 하기 어려운 교육적 실험이 하나씩 진척되어 나갔다.

믿음과 배려 없이는 혁신도 없다

투명성과 공개주의는 삼우초등학교에서 가장 중요하게 생각하는 원칙이다. 그와 연관하여 학교가 결정해야 중요한 사안은 모두 교사 회의에서 다룬다. 언론 취재 요청이 들어오면 응할지, 거부할지도 모두 회의에서 결정한다. 가을운동회의 철학을 어떻게 정할 것이냐, 작년 운동회와 어떻게 다르게 할 것이냐, 개축 기념 행사와 어떻게 절충할 것이냐도 이 회의를 거친다.

이것 역시 교장 선생님의 동의와 양보가 있어야 가능한 방식이다. 다행히 삼우초 교장 선생님은 이 회의체와 회의 방식이 교장의 권위를 건드리는 것이 아니라 좋은 학교를 어떻게 만들까 고민하는 과정이라는 것으로 이해하고 기꺼이 용납한다. 여기서 명예로운 은퇴를 하겠다고 결심할 정도로 교사들의 뜻을 이해하고 전폭적으로 지원해 주고 있다. 삼우초등학교의 인복이 아닐 수 없다.

삼우초등학교가 위치한 이곳은 전형적인 농촌 지역이다. 3학년 반은 열 명인데 그중 다섯 명이 엄마가 없다. 할머니나 할아버지와 함께 살고 있는 이른바 조손 가정이다. 도시에서 이혼하고 난 뒤 아이를 시골로 보낸 것이다. 그리고 그중 두 명은 극빈 가정이다. 따지고 보면 그 반만이 아니다. 삼우초등학교 전체로 보더라도 40퍼센트 정도는 결손가정이다.

우리 아이 중에 수업 시작하면 책상 밑으로 내려가 계속 뭔가 찾는 아이가 있어요. 일종의 정신질환이지요. 말을 더듬는 아이들도 있는데 스트레스 탓인 것 같아요. 그 아이의 동생도 상황이 나빴어요. 학교에서 공부만 가르친다고 되는 것이 아닙니다. 학교에서는 명상 프로그램도 도입했지만 이것으로도 부족하고요, 가정과 연결되는 프로그램이 절박해요. 상담 치료도 꼭 필요하고요.

대한민국 교육 현장에서 지금 가장 필요한 것은 무엇인가. 삼우초등학교 교사들은 신뢰와 청렴이라고 대답했다. 교육장이 근무 평정을 제대로 하면 모든 것이 해결된다. 교육장이 마음먹으면 당장 할 수 있는 일이다. 모두 다 아는데 교육장만 모르는 것이 있다. 초임 교사 빼놓고 교육계의 뿌리 깊은 부패 구조, 부패 고리를 누구나 다 안다. 이것을 빼놓고 수업 개선, 혁신을 하라고 하면 누가 믿겠는가. 교육감이 인사권을 다 쥐고 있는 것도 문제를 야기하는 원인이 된다.

이런 부패 문제를 고치는 것은 법밖에 없다는 것이 삼우초등학교 교사들 생각이다. 교육감과 교육장만 반듯한 생각을 가지고 있으면 다 해결된다. 뇌물을 받고 납품 비리에 관련된 사람, 그 교장이나 장학관 한 사람만 확실히 징계하면 된다. 이 교사들의 이야기를 듣고 있으면 대한민국 교육 현실이 참 절망스럽다. 그러나 대안이 없는 것은 아니다.

너무 상식적인 것이지만 모든 것이 제자리만 잡으면 된다. 도 교육청에서 쥐고 있는 본래의 기능을 제대로 행사하면 된다. 학교를 제대로 만들고 강화하는 그런 기능과 메리트를 주어야 할 곳에 안 주고 엉뚱한 곳에 쓰니까 문제인 것이다. 아이 잘 가르치는 사람에게 돈과 관계없이 점수 제대로 주고 동시에 학교의 질을 바꾸는 데 기여한 사람에게 점수를 주면 되는 것이다.

삼우초등학교도 남한산초등학교나 거산초등학교와 같은 '작은 학교 네트워크'에 속한다. 이런 대안적 공립초등학교가 만들어진 경위도 대체로 비슷하다. 거산초등학교는 글쓰기연구회를 통해 모이고 이곳은 지역사회연구회를 통해 모였다. 이런 좋은 공립학교가 확산되기 위해서는 이런 교사들의 자발적 모임을 제도적으로 보장해 주면 될 일이다.

핵심은 인사이다. 내가 어느 학교에서 몇 년부터 몇 년까지 이런 일을 했다, 자랑스럽게 쓸 수 있도록 해 주면 된다. 모든 교사들이 승진이라는 줄에 서 있다. 5퍼센트만 승진한다. 많은 사람들이 승진하기를 기대하는데 승진하지 못한 사람들이 실망할 것은 당연하다. 승진하지 못해도 좋은 교사로서 좋은 교육을 했다는 자부심을 심어 주어야 하지 않을까?

삼우초등학교 교사들도 벌써 근무 기간이 5년이 다 되어 간다. 5년이 지나면 다른 학교로 전근을 갈 수밖에 없다. 교장 선생님이 이 교사들이 여기에 계속 머물 수 있도록 열심히 교육청에 로비를 하고 계신다고 한다. 지금의 교육감이 당선된 뒤 이곳을 방문했을 때도 이런 문제를 제기했는데 아직 아무런 대답이 없단다.

그러나 만약 규정 때문에 안 되면 어쩔 수 없이 현실을 인정하고 거기에 맞추어 대안을 만들어야 한다는 것이 교사들의 생각이다. 교사 한두 사람이 바뀌어도 교육철학을 이어 갈 수 있는 학교로 만들어야 하기에.

마을에서 배움을 찾다

양평은 온통 눈이다. 눈이 온 들판에 그대로 남아 있다. 양평 읍내에 와서도 고개를 몇 개나 넘고 강을 건너고 들판을 지나 세월초등학교에 도착했다. 아직 방학인 데다 운동장에 하얀 눈만 쌓여 있으니 학교는 고요하다. 입구를 찾아 헤매는 우리 일행을 맞은 이는 아주 곱상하게 생긴 젊은 남성이다. 바로 그이가 남궁역 선생이다. 그를 뒤따라 김도현 선생과 그 부인, 이 학교 1학년, 유치부에 다니는 딸 둘이 우리를 맞으러 나왔다. 나중에 알고 보니 이 가족은 내 사인을 받으러 왔단다. 너무도 황송하다.

폐교 위기의 학교에 오다

이 젊은 교사들은 왜 이 오지를 선택했는가? 안내된 2층 도서관에 앉자마자 이런 질문을 던졌다. 남궁역 선생이 주로 대답했고 김도현 선생은 옆에서 사진을 찍었다. 남궁역 선생이 세월초등학교에 온 지 벌써 3년째이다. 현재 세월초등학교 전교생이 67명인데, 내년에는 90명으로 늘어난다. 그 이전에는 50명도 채 안 되었다. 양평에서 큰 고개를 두 개나 넘어야 하는 외지이고, 농사 짓는 곳이라 계속 아이들이 줄어들고 교사들도 이곳을 기피한다. 어쩔 수 없이 새로 발령받은 교사들도 2년만 지나면 모두 도시로 간다. 오자마자 떠날 생각만 하는 것이다.

남궁역 선생의 답은 내 질문에서 여전히 비켜나 있다. 내 질문은 이렇게 열악한 학교에, 남궁역 선생은 왜 눌러앉았느냐는 것이다. 모두가 떠나려고 하는 학교에……. 거듭 묻자, 그는 자신이 이곳에 발령을 받아 온 것이 아니라 스스로 선택했다고 실토한다.

저도 서울 사람인데 우연히 양평에 첫 발령이 나서 눌러살았어요. 그런데 제가 양평에서 교사 생활을 하다 보니 학교의 통폐합 원칙, 즉 100명 이하면 통폐합한다는 원칙에 따라 작은 학교들이 사라지는 것이 안타까웠어요. 작으면 오히려 교육 조건이 좋은 것인데 말이지요. 시장을 공부한다면 아이들 데리고 시장에 갈 수 있어요. 제 차에 싣고 그냥 갈 수 있다, 이 말입니다. 선생님 숫자도 적으니까 합의도 쉽게 할 수 있고요. 그런데 자꾸 통폐합되는 것을 보고 이건 아니다 싶었죠. 이미 3년 전에 통폐합 대상이 된 이 세월초등학교에 동료 선생과 함께 우리가 들어가자, 이렇게 결심하고 설득을 했죠. 와 보니 정말 어렵긴 했습니다. 교장 선생님은 빨리 도시에 가려고 하고 학교를 제대로 만들 생각을 하지 않으시더라고요.

쉽지 않은 일을 가능하게 한 것은 바로 이 학교를 졸업한 동문들의 열정이었다. 이미 통폐합 대상에 올라와 문 닫을 날만 기다리고 있던 이 학교를, 동문들이 살려 보려고 안간힘을 쓰고 있었다. 동문들은 조금이라도 재학생 숫자를 늘리기 위해 한 대에 수천만 원 하는 버스를 사 주었다. 운전기사를 구하는 것도 힘든데 이 지역의 한 목사님이 그 차량을 운전해 아이들을 통학 시켜주겠다고 나섰다.

이 열정을 매개로 교사들은 지역사회와 관계를 맺기 시작했다. 사실 그 이전에는 교사들이 지역과 교류하는 일이 전혀 없었다고 한다. 학부모들은 그나마 지역사회의 요구 사항이 있을 때 교장을 만나 해결하려 했을 뿐이다. 교사든 교장이든 누구나 올 때부터 떠날 생각만 하는데 지역사회에서 학교를 왜 찾겠는가? 그것을 잘 아는 지역 인사들도 학교나 교사를 찾을 이유가 없었다. 그런데 폐교만은 면하자는 절박한 생각이 이런 소원한 관계를 벗어나 지역과 학교를 연결해 주었다. 이들은 동문들의 열정을 이용하면 학교를 변화시키는 뭔가 나올 것 같아 지역 주민들을 만나기 시작했다. 지역 주민과 함께하는 교육을 생각하게 된 것이다.

세월초등학교를 살리기 위해 한두 명의 아이들을 외지에서 데려오는 것은 임시 처방에 불과하다. 본질적인 정공법으로 상황을 돌파해야 했다. 좋은 교육을 하는 수밖에 없었다. 남궁역 교사가 고민 끝에 주목한 것은 바로 문화 예술교육이다.

그동안 저희들은 기능 위주의 교육을 주로 했어요. 바이올린 잘 켜고 악보 잘 보고 노래 잘 부르도록 하면 음악교육 다한 줄로 알았지요. 그런데 경기문화재단의 김지연 선생을 만나면서 생각이 바뀌었어요. 기능보다는 가치를, 아이들과 함께할 수 있는 교육을 해보자고 한 것이지요. 나도 문화 예술을 잘 몰랐던 겁니다. 담임선생과 문화 예술 강사와 협력해서 수업을 진행해 보기로 했습니다.

이렇게 해서 1주일에 한 번씩, 3월부터 12월까지 연극 수업을 했다. 문화 예술 강사가 수업을 진행하고 남궁역 선생은 관찰하고 지원했다. 아이들이 직접 시나리오를 만들고 배우가 되고 공연을 직접 주도했다. 그가 이 수업을 통해 배운 것은 연극 수업은 연극 자체를 가르치는 것이 아니라 그 수업을 통해 관계 맺기를 가르친다는 사실이었다.

이런 과정을 보면서 남궁역 선생은 2학기에는 직접 이 수업을 해 보겠다고 결심했다. 일단 역사 수업에 연극을 활용했다. 선사시대를 공부할 때에 교실 안에 움집을 만들고 아이들이 직접 선사시대 사람들의 복장과 도구를 만들어 선사시대 사람이 되어 보았다. 결과는 대박이었다. 아이들이 너무 좋아했다. 문화 예술을 접목시켜 수업을 하니 아이들이 흥미를 가지고 수업에 참여했다.

얘들아, 마을로 나가자

2008년에는 문화 예술교육을 좀 더 확장하기로 했다. 대부분의 학교가 학교 문을 잘 열지 않는다. 닫힌 교과서, 닫힌 교실이 있을 뿐이다. 세월초등학교 교사들은 아이들과 함께 마을로 나갔다. 김지연 선생을 비롯한 문화 예술 전문가들과 함께 마을이라는 주제로 축제를 기획했다.

보통 마을 축제라고 하면 먹고 마시고 노는 게 다이다. 마을 주민들은 객석에 앉아서 초대된 가수의 노래를 듣기만 한다. 자신의 마을, 자신이 주인인 행사에서 '관객화' 된다. 그러나 우리의 전통적 공동체 문화는 잔치 문화디. 서로 모여 음식과 가진 것을 나누고, 모두 주인공이 된다.

남궁역 선생을 비롯한 세월초등학교 교사들은 10월에 축제 날을 미리 정하고 교육과정을 거기에 맞추었다. 그리고 문화 예술 기법을 활용하여 수업을 진행했다. 남궁역 선생은 영화 수업을 맡았고 당연히 이 마을 이야기를 가지고 영화를 만들자고 했다. 교사와 아이들이 카메라를 들고 마을에 나가 할머니를 만났다. 교사가 마을 역사를 들어 보자고 제안한 것이 아닌데도 자연스럽게 그 마을의 역사가 나왔다. '금사리' 라는 마을이 있는데 금이 많아 사람들이 그 금을 캐러 모여들었다고 하여 붙여진 이름이라고, 어느 할머니가 이야기했다. 그것은 아이들은 물론이고 교사들조차두 모르는 처음 듣는 이야기였다. 이렇게 마을 주민과 함께하는 마을 축제가 되어 갔다.

그렇게 마을로 나가니 공부거리가 많이 생겼다. 할머니들이 가게 앞에서 도란도란 이야기하는데 아이들과 함께 지나갔다. 그 할머니들이 "세월초 선생들이 옛날과 많이 달라. 동네 사람들과 친하게 지내고 어쩐 일이래?" 하는 이야기를 들었다. 학교와 교사들이 이제 마을의 일부로 자리했다는 느낌이 들었다. 학부모들에게 교사는, 2년만 있다 가는 사람이었다. 그러나 지금은 교사와 아이들이 나서서 소통하고 대화하니까 신뢰가 쌓여 간다. 이제 마을 사람들과 함께 나눈 대화와 이야기, 그 작업을 가지고 가을 축제 무대에 올리는 일만 남았다.

남궁역 선생이 아이들, 마을 주민들과 함께 만든 영화와 연극도 축제에 올랐다. 마을 사람들과 어울려 할 수 있는 것이 없을까? 고민 끝에 나온 것이 이른바 교육공동체 연극이었다. 우리나라에서 처음 시도된 것이라고 한다. 전문 연극배우가 등장하는 것이 아니라 마을의 이장님, 아주머니, 학교의 아이들과 교사들이 배우로 참여하는 것이다. 대본 역시 기존의 대본을 사용한 것이 아니라 마을의 이야기로 대본을 만들었다. 마을 사람들을 모두 모아 연극을 같이 하자고 했더니 각자 이야기를 시작했다. 그 이야기로 연극을 만들었다. 연극 연습 시간에 마을 사람들은 평소 못 하던 이야기를 나누었다.

무대도 없었다. 운동장에 설치해야 했는데 동문 중에 건축을 하는 한 분이 건축 자재를 가지고 와서 뚝딱뚝딱 지어 주었다. 그렇게 완성된 무대에 마을 주민, 아이들, 교감 선생님까지 올랐다. 옆집 할머니와 이장님이 무대에 오르니 모두 웃고 즐거워했다. 6.25 겪으면서 학교가 불에 탄 이야기, 폐교가 되어 가는 이야기 등 마을 이야기가 연극이 되었다. 어떤 학부모는 옛날 생각을 하면서 눈물을 흘리기도 했다.

가정보다 더 좋은 학교, 가족보다 더 가까운 세월 어린이, 놀면서 배우는 신 나는 학교.
바로 우리가 꿈꾸는 학교 아니던가!

2008년 축제를 하면서 가장 어려웠던 것은 예산을 마련하는 일이었다. 돈이 필요한데 돈 나올 곳이 없어 여기저기 지자체에 제안서를 내며 돈 구하는 데 힘을 쏟았다. 그래서 그 후에는 돈이 들지 않으면서도 마을 사람들과 함께할 수 있는 게 무엇일까 집중적으로 고민했다. 그렇게 '우리 마을 달인을 만나다' 라는 프로그램이 만들어졌다.

산책을 좋아하는 김도현 선생이 마을을 돌아다니다가 서울에서 이사 오신 할아버지 할머니 집을 보게 되었다. 집 안마당을 보니 예쁜 장독도 있고 예쁜 돌도 있었다. 노부부가 서울에서부터 오랫동안 직접 수집한 것들이었다. 뿐만 아니다. 마을에는 다양한 재주를 가진 사람들이 살고 있었다. 이런 이야기들이 교사 회의에서 오갔고 신기한 물건이나 재주를 가진 마을 분들을 찾아보게 되었다. 당연히 아이들과 함께였다.

전북리라는 마을에 가서 돌의 달인을 만났다. 돌의 달인은 원래는 건축을 하시던 분인데 지금은 돌을 깎는 일을 하고 있다. 집 안에 돌로 만든 작품이 많았는데 모두가 사연이 있는 돌이었다. 예를 들면 삼풍백화점이나 성수대교가 무너졌을 때 그 돌을 주워와 작품을 만들어 둔 것이다. 또 이 동네에는 지푸라기로 망태기, 짚신 등을 만드는 분도 있었다. 이분은 과거 기능 대회가 있을 때 경기도 대표로 참가한 적도 있었다고 한다. 옛날에는 흔히 볼 수 있는 모습이었지만 지금은 보기 드문 일이어서 아이들에게 새로운 경험이 되었다.

학교 가까운 곳에 젖소를 키우는 곳이 있는데 그동안 아이들은 이곳에 관심도 없고 오히려 냄새가 난다고 지나칠 때면 짜증을 내기만 했다. 아이들을 데리고 체험을 하러 갔더니 주인아주머니가 당신 자식들도 이 학교를 졸업했다며 너무나도 잘해 주셨다고 한다. 아이들에게 따뜻한 우유를 주며 우유를 만드는 과정을 자세하게 가르쳐 주셨다. 판화를 하는 정원철 교수가 5분 거리에 살고 있어 아이들이 판화를 배우기도 했다.

이분들은 모두가 세월초등학교의 강사로 초빙되었다. 원래 재량활동수업이라고 하여 교사들이 특별히 하고 싶은 수업을 진행할 수 있게 일주일에 두 시간씩 배정되어 있다. 이 시간을 모아서 주기 집중이라는 형태로 2009년 9월, 마을의 달인들을 모셔서 다양하고 생생하게 살아 있는 수업을 진행했다.

마을에 나가고 주민을 만나니 아이들이 무척 좋아한다. 그리고 무엇보다도 교사들이 크게 변했다. 어떻게 변했는가? 남궁역 선생은 자신의 변화를 이렇게 설명했다.

나도 교지 경력 20년이에요. 교사는 변화를 싫어하고 교과서가 있으니까 공부 따로 안 해도 되었지요. 내가 열심히 가르쳤다고 생각했고, 나는 재미있다고 생각하는데 아이들은 재미없어합니다. 그 원인이 뭘까요? 바로 교과서였어요. '작은 학교 네트워크'를 통해서 대안교육을 하는 분들을 만나면서 그곳엔 교과서가 없다는 것을 알았습니다. 삶의 이야기, 마을의 이야기를 가지고 교과서를 만들어 갔습니다. 교과서만 가지고 하는 것이 재미가 없기 때문이죠. 아이들의 삶의 터가 마을 아닙니까? 그런데 그동안 우리는 자신의

흉물스러운 폐가는 아이들이 미술 활동을 하는 배움의 장소로 다시 태어났다.
마을 어른들이 교사가 되고, 아이들이 마을 사람들과 나눈 이야기는 영화가 된다.
그리고 아이들과 마을 사람들이 다 함께 축제 무대에 오른다.

삶과 아무 상관없는, 교과부가 만든, 전국 어디서나 쓰는 교과서를 가지고 수업을 했던 것이지요.

교과서를 가지고 시장에 대해서 배울 때 시장의 종류, 시장의 기능 등을 배운다. 시험에는 시장의 종류가 무엇인가가 문제로 나올 것이다. 아이들은 교과서를 외워서 답을 한다 그러나 삶으로 들어가 시장을 공부하자면 시장에 가서 물건을 사 보고 거스름돈도 받아 봐야 한다. 즉 구체적으로 시장을 이해하고 시장에서 무슨 일이 일어나는지 제대로 학습하려면 시장에 직접 가 보는 것이 제일 좋다. 그래서 남궁역 선생은 아이들에게 시장을 가르치기 위해 시장으로 갔다. 아이들과 시내버스를 타고 시장에 갔다. 요즘은 시골에서도 다 자가용으로 다니기 때문에 아이들도 버스를 탈 일이 별로 없다. 시장에 가서도 아이들은 길거리에 채소를 놓고 파는 할머니에게 다가가 이야기를 나눈다. 생활 속에서 겪고 사람들에게 듣는 것, 그 자체가 공부가 될 수 있음을 교사도, 아이들도 그제서야 깨달았다.

좋은 학교 만들기가 지속되려면?

세월초등학교와 교사들의 고민이 끝난 것은 아니다. 마을의 변화는 시간이 많이 걸린다. 한두 번의 행사를 열었다고, 마을 주민들이 좋은 반응을 보였다고 금세 새로운 교육을 지지하지는 않는다. 주민들의 성적 지상주의는 결코 수그러들지 않았다. 젊은 교사들이 하는 일을 보고 좋다고 하면서, 동시에 아이들의 성적에 집착하는 것은 고치지 못한다. 시골이라고 점수와 성적에 대한 집착이 약한 것이 아니다. 오히려 더 심하다. 읍내에 공립형 기숙학교인 양평고등학교가 있는데 전국 단위에서 아이들을 모은다. 농어촌 특별 전형이 있어 이 학교를 졸업하면 서울대를 비롯한 명문 대학에 입학하기 유리하다. 그러니 서울을 비롯한 전국에서 몰려온다. 그러다 보니 오히려 양평 아이들이 다른 곳으로 밀려난다. 고등학교, 대학교에서 경쟁이 생기니까 초등학교까지 경쟁판이다. 세월초등학교의 젊은 교사들이 벌이는 교육이 효과를 보려면 오랜 시간이 걸릴 것 같다.

그렇다고 이분들의 노고가 전혀 성과를 맺지 못한 것은 아니다. 세월초등학교 교사들의 노력이 3년째 이어지고 소문이 나면서 이 학교에 입학하려는 아이들이 훨씬 늘어났다. 더 이상 받으면 안 될 정도다. 특히 1~2학년이 많이 와서 20여 명으로 늘었다. 시장 체험을 하려고 해도 20명은 많다고 교사들은 말한다. 이들이 집중하고 있는 문화 예술교육은 행복한 삶을 어떻게 살 수 있을까가 목표이다. 그런데 현실적으로 사회가 요구하고 있는 교육의 목표는 대입이라서 이것이 교사들에게 가장 큰 곤욕이다.

남궁역 선생은 이미 부임한 지 3년이 되어 간다. 이 훌륭한 교사들이 이곳을 떠나면 그동안의 노력과 실험은 모두 수포로 돌아가고 말 것이 아닌가! 그런 생각이 퍼뜩 떠올랐다.

그래서 네트워크가 필요해요. 작은 학교 네트워크가 있고 경기도에도 있습니다. 양평군의 경우 더 유리하지요. 조현초등학교, 수입

초등학교, 정배분교와 우리 세월초등학교, 이렇게 네 학교가 있습니다. 선생님들이 주기적으로 모여 정보 교류도 하고 좋은 교육을 위한 학습도 해요. 공감대를 가진 이 선생님들이, 새로운 실험을 벌이고 있는 학교끼리 로테이션만 해도 유지가 가능할 것이라고 봅니다.

교사들이 가서 좋은 학교 만들다가 몇 명이 빠지면 학교가 확 무너지는 사례들이 흔하다고 한다. 그런 것을 방지하기 위해서는 지속성이 담보되어야 한다. 같은 생각을 하는 이들이 네크워크가 되어 뒷받침해야 한다. 좋은 학교가 만들어지려면 교사들의 노력과 협력 외에도 이런 시도를 지지하는 교장 선생님이 있어야 한다. 교장의 교사초빙권도 잘 활용해야 한다. 혁신학교 교사는 일반 교사보다 그 학교에 조금 더 오래 있을 수 있다. 이런 제도를 잘 활용해야 한다.

학생 수가 적고 학교 규모도 작아야 좋은 학교 만들기가 가능하다. 현재 경기 지역의 양평, 가평, 여주 지역에 소규모 학교가 많기 때문에 작은 학교가 지속 가능하다고 본다. 양평의 경우에 20개의 학교가 있는데 70퍼센트 정도가 100명 이하의 작은 학교이다. 학생 수가 많으면 아이들과 관계 맺기가 어려워 교사들은 한 학급당 15명 정도를 적정 인원으로 보고 있다. 그 수를 넘으면 아이 하나하나와 친밀한 관계를 맺는 것이 어렵기 때문이다.

학교 현장에서 이런 좋은 학교 만들기의 최대 장애물은 승진 구조이다. 이에 대한 대안이 교장공모제이다. 제도가 보완되고 강화되어 좋은 학교를 만들려는 이들의 꿈이 지속되기를 바란다.

학부모, 팔을 걷고 나서다

완주에서 순천까지, 순천 시내에서도 30분이나 더 걸려 도착한 별량면 송산분교. 분교라는 이름에 어울리지 않게 2층 건물이 자리 잡고 있다. 교무실에는 대여섯 분이 기다리고 있었다. 미리 요청한 것도 아닌데 여러 교사들과 학부모들까지 모여 있었다. 자리에 앉자 박진환 부장 교사가 "송산분교는 제일 늦게 걸음마를 시작한 곳입니다. 작은 학교 네트워크의 막내인데 왜 여기까지 오셨습니까?"라고 웃으며 물었다. 그러나 막상 본 인터뷰가 시작되자 우리가 이곳을 찾을 수밖에 없는 이유들이 속속 드러났다.

'작은 학교'마다 시작된 배경이 다 달라요. 송산분교가 주목받는 것은 아마도 교사 한두 명이 아니라 학부모와의 귀한 만남을 통해서 시작되었기 때문일 겁니다. 순천에 있는 대안학교인 평화학교에서 일반 학교로 진학하는 아이들이 있었어요. 그러면서 공교육에서도 마음대로 뛰어노는 학교가 지역에 필요하다는 논의가 시작되었죠. 2007년 9월에 몇 명의 교사와 학부모가 처음 모였어요. 9월에 만나 그 다음 해 3월에 결행할 수 있었던 것은 주변에 평화학교가 있었고, 대안학교가 주변에 있어서 공교육을 고민하는 학부모가 있었기 때문이지요.

말하자면 학부모 중 이미 대안학교에 아이를 보내며 교육의 문제를 잘 이해하고 있는 분도 있었고, 동시에 대안학교의 단점을 아는 분들이 공교육 안에서 대안적 교육을 추구하려는 문제의식을 가지고 있었다는 것이 다른 작은 학교와의 차이점이라는 것이다.

논의가 진전되면서 이들은 교육적 실험을 할 거점 학교를 찾고 동시에 그곳으로 전학 올 아이들을 모았다. 이들은 순천에 여러 학교가 있지만 본교는 안 되겠다고 판단했다. 본교는 업무가 너무 많아 교육과정에 투자할 시간이 없기 때문이다. 2008년 3월 재학생이 열한 명밖에 없어 폐교 위기를 맞았던 송산분교를 그렇게 찾아냈다.

송산분교가 최종적으로 낙점이 된 것은 본교 교장 선생님이 분교에서 교육과정의 자율성을 용인해 주었을 뿐만 아니라 아이들이 반드시 이 학구에 거주하지 않고 시내에서 등하교해도 좋다고 허용해 주었기 때문이다.

또한 송산분교 주변 자연 환경이 아주 좋아 아이들이 뛰어놀 수 있는 최적의 학교였고, 다른 분교와는 달리 2층 건물이 있어 다양한 활동을 하기에 적합했기 때문이다. 이제 실험을 해 볼 학교도 정해졌고 학교에 아이들을 보낼 학부모들도 모였다.

2008년 새로운 교육적 실험이 시작된 지 3년이 되지 않아 이 학교의 재학생이 108명으로 늘어났다. 작년에는 학교에 다닐 아이들을 선발하기 위해 추첨까지 했다고 한다. 지역에서는 목욕탕, 미장원에서 입소문이 나기 마련이다. 송산분교의 교육과정이 좋고 교사들이 훌륭하다는 소문이 삽시간에 순천 일대에 퍼져 나갔다. 원래 순천은 교육 도시라고 불릴 만큼 교육에 관심이 많다. 더구나 순천 시내 지역에 대규모의 큰 학교가 밀집되어 있어 학부모들끼리 정보 교환이 빠르다고 한다.

송산분교 교사들은 좋은 교육에 가장 적절한 학급당 인원수를 20명이라고 본다. 그런데 학교의 인기가 높아지면서 대기자들까지 생겨났다. 교사들은 학교의 실상이 왜곡되거나 과장된 측면도 있다고 우려한다. 특히 PD수첩에 언급된 후 문의가 많이 왔다. 심성식 교사는, 방송의 영향력이 크다는 사실과 좋은 교육을 바라는 학부모들의 열망이 크다는 것을 깨달았다. 작은 학교에 아이를 보내려는 부모들이 많은 것을 보고, 공교육에 정말 문제가 많다는 것이 실감되어 교사로서 자괴감까지 들었다고 한다.

송산분교에서 일어난 변화는 운동장에서도 발견할 수 있다. 아이들에게 운동장에서 놀 시간을 주면 처음에는 소리 지르고 악만 쓰며 놀았다고 한다. 그런데 시간이 지나면서 아이들끼리 그룹을 지어 고무줄 놀이를 하거나 오자미 놀이를 하는 놀이 문화가 형성되었다.

체험학습을 가면 보통 오랜 시간을 기다리게 되는데 송산분교 아이들은 놀이 도구가 없어도 손장난도 하고 맨몸으로도 자기들끼리 잘 논다. 인위적인 교육을 하지 않아도 주어진 자유 시간을 스스로 즐겁게 보내는 방법을 아이들이 터득한 것이다.

송산분교의 또 한 가지 특징은 상이 전혀 없다는 것이다. 실제로 작년에는 교육청에서 주는 상을 할 수 없이 받은 것 말고는 전혀 상을 주지 않았다. 왜 이 학교에서는 상을 주지 않을까?

아이들의 삶이 어떤 경우에도 수단이 되어서는 안 된다고 봅니다. 직장을 얻기 위해 12년을 보내서도 안 되고, 상을 위해 착한 일을 해서는 안 되는 것이지요. 스스로 공부하고 활동하는 것이 즐거운 것이 되어야 해요. 시상제에 대해서도 참 많이 고민했어요. 시상하기 위해서는 누군가가 평가를 해야 합니다. 독서상을 준다고 하면 어떻게 평가를 해야 할까요? 모든 사람이 그 기준에 동의할 수 있을까요? 그 시상 기준이 아이들에게 영향을 주기 마련입니다. 독서록을 잘 만든 아이에게 상을 준다면 모두가 독서록을 만들 것입니다. 시상제가 가진 문제는, 평가 기준을 만들고 그것이 다양한 활동과 창의성을 막는다는 것이죠.

이런 생각 때문에 송산분교는 시상을 위한 모든 대회를 폐지했다. 일반적으로 학교에서 실시하는 과학 행사, 통일 안보 행사, 글짓기 대회, 환경 그림 대회 같은 행사들을 학교 교육과정에서 없애 버렸다. 그림을 그리는 것 자체를 아이들은 즐거워하고 좋아한다. 교사가 그림에 대해 칭찬을 해 줄 수도 있다. 그런데 굳이 거기에 상을 줄 필요가 있느냐는 것이 교사들의 의견이다.

송산분교의 교무실은 문턱이 낮다고 한다. 교무실에 아이들이 스스럼없이 들어와
냉장고 문을 열어 보고 먹을 것이 있으면 먹는다고 한다. 어느 때는 아이들이 교무실 소파에 앉아 논다.
아이들은 늘 자유롭고 학교는 평화롭다.

시상제를 폐지한 것에 대해 교사들의 고민이 전혀 없는 것은 아니다. 아이들이 상을 받지 못하면 내신에서 불리하게 작용해서 외고나 과학고에 입학할 때 장애가 된다는 것이다. 게다가 송산 분교 학구 내에 살지 않으면서 사는 것처럼 위장 전입을 해서 입학한 아이들도 있다. 이래저래 불이익을 감수하고 학교에 입학한다는 것이다. 그런데 사실 학부모들은 실제로 이곳에 이사 오고 싶어 한단다. 다만 빈집도 없고 집을 지을 공간이 없어 오지 못할 뿐이다. 이 문제에 대해 교육청에 찾아가 진정도 했는데 변화는 없다.

대안교육과 공교육의 사이에서

이번에는 박경미 자모 회장이 나섰다. 이미 설명한 대로 송산 분교는 교사보다는 학부모가 많은 준비를 한 학교이다. 박경미 회장은 평화학교에 아이를 보내다가 이곳으로 왔다고 한다. 일반 학교가 싫어서 대안학교에 아이를 보냈는데 아이랑 안 맞았단다. 대안학교의 특징이 자율성인데, 부모가 보기에 문제는 그 속에서 아이들이 너무 풀어져 있었단다. 더구나 아이가 중학교, 고등학교에 진학해야 되는데 중고등학교를 일반 학교로 진학하는 경우 학업이 부족하다는 생각이 들었다. 심성식 교사 역시 평화학교 학부모이기도 하다. 교사로서가 아니라 학부모로서 그도 실존적 고민을 한다.

공교육 교사로 있으면서도 이건 아니다 싶어 내 아이를 대안학교에 보냈어요. 사실 공교육 교사로서 딜레마를 느끼지요. 평화학교와 같은 미인가 학교의 경우 학력 인정이 안 됩니다. 그렇다고 대안적 상급 학교로 가려고 해도 마땅하지가 않습니다. 대안중학교, 대안고등학교가 순천에는 없어요. 타지로 가는 수밖에 없다 보니 중학교 진학할 때 아이들에게 선택의 폭이 줄어들어요. 부모로서는 대단히 부담스럽지요. 학력이 인정되지 않는 학교를 계속 다니는 데 대한 부담감인 것이죠.

김애란 학부모 역시 공교육의 문제를 절감하고 이 학교로 왔다. 아이의 변화를 금방 느낄 수 있었고 아이의 변화를 보면서 이 학교 선택이 옳았다고 생각했다. 뿐만 아니라 자신도 학부모 입장에서 지옥에서 천국에 온 느낌이라고 한다.

일반 학교에서는 촌지 문제 때문에 학부모들이 고민이 많아요. 일반 학교에서는 어느 선생님을 만나는가 하는 것이 로또라고들 말해요. 좋은 선생님 만나게 해 달라고 백일기도 들어간다는 말도 있어요. 우리 딸은 의견이 있을 때 말을 그대로 하는 편인데 고리타분한 선생님은 타박을 준대요. 시험을 본 다음 선생님께 꾸중을 듣거나 힐난을 당하기 때문에 시험 결과에 아주 집착을 하더라고요. 결정적인 계기가 있었는데요, 어느 날 문방구 앞에서 병아리를 500원에 팔고 있었어요. 병아리를 사면서 먹이를 함께 사는데, 어떤 아이 하나는 먹이를 사지 않더라고요. 그러고는 병아리를 자전거로 밀어 죽였어요. 아이들의 긴장감이나 스트레스가 그 정도로 심

처음에는 송산분교의 모습이 마치 폐가 같았다고 한다. 그런 모습을 보고 부모들이 아이를 이곳에 보내겠다고 결정하기가 쉽지 않았을 것이다. 그럼에도 불구하고 통학 거리가 꽤 먼 학부모들도 이곳을 선택했다. 학부모들은 그 선택이 옳았다며 고개를 끄덕인다.

입학 상담을 할 때 학부모들이 공교육에 대한 불만을 많이 이야기한단다. 주된 이유를 살펴보면 무엇보다도 아이가 하나의 인격체로서 대우받지 못하는 것에서 오는 불만이다. 담임선생님과 아이의 갈등, 담임선생님과 학부모 사이에서도 갈등이 생기기 마련인데 30명이 넘는 교실에서는 그 갈등을 해결하기가 힘들어 일단 통제 중심으로 교실이 돌아간다. 그래서 아이들은 교실 안에서 개별적인 인격체로 존중받지 못한다.

두 번째는 아이가 너무 장난이 심하거나 폭력적이거나 소심해서 집단에서 따돌림을 당해 학교생활에 적응하지 못하는 경우이다. 공교육에서는 이 문제를 아이 개인의 문제로 보고 해결해 주지 않는 경우가 허다하다. 그 밖의 이유로는 답답한 도시 환경이 아닌 농촌의 자연 환경 속에서 아이를 자유롭게 키우고 싶은 마음 때문이다.

결국 큰 학교에 적응하지 못하거나 아이 삶에 변화를 주고 싶어서 송산분교를 선택한다는 것이다. 그러니 이 학교의 교사들은 우리가 남다르게 하는 것이 결코 아니라고 주장한다. 단지 "하지 말아야 할 것을 하지 않을 뿐이고 아이들, 나아가 학부모들과 인격적 관계를 맺고자 하는 것 뿐"이라고 말한다. 학부모들이 가진 기대감은 참으로 소박한데 그 소박한 바람을 충족시키지 못하는 오늘의 공교육 현실이 서글플 뿐이다.

송산분교의 실험이 별량중학교로 이어지다

참 반가운 소식은 송산분교의 이웃 학교인 별량중학교도 작은 학교로 전환하려고 준비한다는 사실이다. 지금까지 작은 학교 실험은 초등학교에서 이루어졌다. 문제는 '작은 학교' 초등학교를 졸업한 아이들이 진학할 '작은 학교' 중학교가 없다는 점이다. 이런 점에서 별량중학교의 변신은 송산분교 졸업생들에게 행복한 미래를 선물해 줄 것이다.

2008년 9월에 별량중학교에서 '작은 학교' 실험을 해 보자는 논의 모임이 시작되었어요. 우연한 기회에 만나서 10여 명의 교사들이 모여 초등학교에서 어떻게 '작은 학교'가 운영되느냐는 논의를 하면서 대화가 되었어요. 초등학교에서 가능하면 중학교에서도 가능하지 않겠느냐고 생각했지요. 중학교 사례는 다른 지역에도 모델이 없어요. 중등 선생님들의 경우 교과목이 따로 있기 때문에 어떻게 공동 학급을 구성하여 운영할 것인가가 논의의 핵심입니다. 일반 학교에서는 담임과 담임을 못 맡는 교사가 있어요. 학급 수보다 교사 수가 많은 것이지요. 그래서 부담임이라는 제도까지 있어요.

그런데 별량중학교에서는 여러 담임이 한 학급을 운영하는 것이지요. 세 명의 교사가 별량중학교에 전근을 가서 1학년을 상대로 1년간 운영해 보았습니다. '작은 학교' 분위기와 마인드 아래에서 자란 평화학교 아이들이나 송산분교 또는 시내 일반 초등학교 아이들이 별량중학교로 들어가요. 올해도 두 학급을 편성했다고 합니다.

별량중학교 학구는 별량초등학교나 그 분교이다. 보통 중학교의 학교 규모가 작으면 교사 한 명이 여러 과목을 가르치게 된다. 올해 학생 수가 적은 시도에는 교사 수를 줄여 버렸다. 수가 준 만큼 여러 과목을 맡아 순회하면서 가르쳐야 한다. 그만큼 교육 여건이 열악해져서 학부모들은 이런 중학교에 보내지 않으려고 한다. 그래서 별량초등학교 6학년이 되면 다른 학구의 중학교로 가기 위해 다른 지역으로 전학을 가는 일이 비일비재했다고 한다. 그런데 별량중학교가 새로운 교육운동을 벌이면서 상황이 달라졌다. 별량초등학교 6학년 아이들이 다른 곳으로 전학을 가지 않고 별량중학교로 진학하는 것이다.

초등학교와 중학교를 바라보는 눈이 다르다. 좋은 대학에 들어가야 한다는 부담이 중고등학교 가면서 커지기 때문이다. 그래서 아이들이 행복하게 공부하면서도 학업에서 경쟁력을 가지고 있다는 것을 보여 주어야 하는데 그것이 걱정이란다. 아직 그런 경험에 익숙하지 않기 때문에 교사들에게는 여전히 새로운 교육 실험에 대한 두려움이 있다. 아이들이 지금은 재미있게 학교생활을 하지만 나중에 대학 입시에 떨어지면 과연 행복하게 살 수 있을까, 하고 말이다.

'작은 학교' 더 나아가 일반 학교에서 어떤 아이라도 자유로운 학교생활을 하고 자신의 삶을 잘 꾸려 갈 수 있어야 한다. 송산분교 교사들은 아이들에게 그러한 믿음을 주어야 한다고 다짐한다.

벌써 교정에는 어둠이 내리고 손톱 달이 저 하늘에 떴다.

꿈을 가꾸는 작은학교

이런 "악독한" 교장이 늘어야 한다
___ 조현초등학교

방학은 학교를 적막하게 만든다. 눈 내린 운동장에는 뛰노는 아이 하나 없다. 약속된 시간보다 일찍 도착한 우리는 교무실에서 오늘 인터뷰할 교장 선생님을 기다렸다. 이윽고 나타난 조현초등학교 이중현 교장 선생님. 좀 무뚝뚝하고 고집도 있어 보이는 첫인상이다. 그런 꿋꿋한 성격이 있기에 올바른 교육에 대한 신념을 지켜 냈으리라.

이 교장은 먼저 학부모신문에 난 자신의 기고문을 보여 주었다. 조현초등학교의 교육과정 도표가 눈에 띄었다. 조현초등학교만의 교육과정이 무엇인지 궁금해 이것에 대해 물었더니 과묵해 보이던 그가 폭포수처럼 말을 쏟아냈다.

우리나라 교육과정이 너무 획일적입니다. 단위 학교의 자율성, 교사의 자율성을 너무 묶어 놓은 것이죠. 이 안에서라도 교육과정을 다양하게 할 수 있는 방법은 물론 많이 있습니다. 그런데 교사가 이중현 교장은 이렇게 비교했다. "영어 교사가 한 학교에 두 명이 있으면 평가 문제가 다를 수밖에 없다. 한 영어 교사는 어렵게 내서 80점을 맞고 다른 영어 교사는 쉽게 내서 100점을 맞을 수 있다. 이렇게 결과가 나오는 내신 성적은 공정하고 객관적일 수 없다."

결국 평가는 질적으로 이루어져야 한다. 에세이, 논평, 실험, 나름대로의 포트폴리오들이 지속적으로 이루어져야 한다. 외국도 객관적인 평가가 있지만 우리의 경우엔 양적 평가가 절대적이다. 입학사정관이 어떤 내용으로 어떤 수준으로 가르치는지, 평가가 어떻게 이루어졌는지, 아이가 어떻게 공부했는지 알아내야 한다.

그런데 모두 내신화, 수능 점수화되어 있는 마당에 알아낼 것이 없다. 대한민국의 고등학교가 꼭 같다. 질적 평가 방법이 마련된다면 국가 수준의 교육이 덜 분권되었더라도 교사의 자율성이 높아질 수 있다는 것이다.

평준화 이후에 대안이 있었나?

이 교장은 교육 내용의 다양화가 '우리의 핵심 과제'라고 단언했다. 그는 자신이 성장했던 교육 환경과 비교하면서 자신이 경험했던 교육 현실을, 교장이 된 지금 아이들이 똑같이 겪는 것이 비감스러운 듯했다.

나도 입시 세대입니다. 경북 의성이 고향인데, 시골 학교인데도 초등학교에서 중학교 갈 때, 공부하느라 도시락 두 개 싸 갔어요. 체육대회, 운동회, 소풍도 안 갔어요. 죽어라 공부만 했지요. 그 당시 과외가 망국병이다, 지역 격차가 너무 크다는 이유로 평준화했어요. 그래서 고등학교가 평준화되었고 무시험 추천제가 된 것이죠. 그런데 우리는 언어의 늪에 빠져 있어 평준화라는 말이 하위평준화라는 말로 통합니다. 그 상황에서 평준화되었다면 아이들을 성적이 아니라 개인이 가진 능력과 개성에 따라 자기 영역에서 수월성을 발휘할 수 있도록 바뀌어야 했어요.

그러고 보면 나도 이 교장과 같은 세대이다. 입시 경쟁이 치열했고 국, 영, 수 외의 과목은 뒷전이었다. 몸과 영혼이 피폐할 수밖에 없었다. 그나마 시골에서 자랐기에 자연과 생태 감수성을 높일 수 있었다. 이 교장은 사교육이 번성하는 이유, 학업 평가에 대한 문제 등을 명쾌하게 설명했다.

사교육 문제가 발생하는 핵심도 학교교육이 학교 밖에서 지식 습득이 쉽게 되도록 만든 것에 원인이 있다는 것이다. 선진국의 경우 학습의 개요만 정하고 세부적인 것은 교사에게 맡긴다. 그러다 보니 교사마다 문제의식과 수업 내용이 다를 수밖에 없다. 이런 나라에서 하는 평가는 양적인 평가가 아니다. 점수로만 되는 것이 아니고 질적인 평가로 이루어진다. 점수는 의미가 없는 것이다. 우리는 교과서만 해도 전국 300만 명이 꼭 같은 것으로 배운다. 양평에 있는 학교에서 3월에 분수를 배우면 제주 마라도 학생들도 분수를 배운다. 그러니 학원에서 대응하기 좋다. 보충 수업, 선행 수업을 할 때도 학원에서 지도하기 쉽기 때문에 학원이 많이 생기기 마련이다.

이 교장은 기본적으로 우리나라의 획일적인 교육과정은 아이들에게도 맞지 않는다고 생각한다. 지식 후기 사회를 살아가는 아이들에게는 획일적인 교과과정은 생리적으로도 안 맞는다. "이해찬 때문에 아이들이 이렇다"고 하는데 그것은 시대적 패러다임의 변화를 모르는 이야기라고 한다. 1980년대를 거치면서 절차적인 민주주의가 완성되었다. 기성세대에 의해서 경제적인 부도 축적되었다. 민주주의 투쟁으로 정치적으로도 다양성이 확보되었다. 기성세대는 독재와 경제 궁핍을 거치면서 의식의 변화는 별로 없었지만, 초중고 세대는 부모가 확보한 자산으로 자유롭게 살고 정치적으로도 다양성을 펼 수 있었다. 사회적인 가치의 다양성도 용인되었고 경제도 풍요로웠다. 이러한 시대 변화 속에서 학교는 어떻게 변해야 할까?

학교마다 여건이 다르니까 교육 내용을 다양화하는 방법도 다를 수 있다. 이 교장은 교과과정을 재구성해야 한다고 역설한다. 사회가 변하고 아이들이 변했는데 거기에 맞고 미래 세대를 살아

"책상 앞에서 지식만 습득한다면 모두 죽은 지식이지요.
그래서 우리 학교의 수업은 모두가 활동 중심입니다."

갈 아이들의 역량, 지역의 여건을 고려해서 교과과정을 재구성하자는 것이다.

자신이 근무하는 조현초등학교의 학생들과 같이 농산어촌 학생들의 기초학력이 약한 것은 사실이라고 한다. 사실 굳이 이 교장의 말이 아니더라도, 도시와 농촌의 상황을 비교하지 않아도 누구나 아는 사실이다. 그래서 이 학교에서는 국어, 수학 영역에서 기초학력을 다져 주고 있다. 예를 들면 수학 수업 시작 전 20분씩 연산 관련 공부를 매번 한다. 국어의 경우에는 어휘력이 있어야 독해력이 생기고 어휘력 자체가 사고력이기 때문에 어휘력 향상에 집중한다고 한다. 조현초등학교의 차별화된 교육과정을 이중현 교장이 들려준다.

조현초등학교는 다지기 학습을 중시한다. 다지기 학습은 기능적인 것을 말한다. 음악의 경우엔 리코더 수업을 예로 들 수 있다. 리코더를 부는 방법을 배우면 음악적인 기능과 감수성을 배우지만 그 외에도 공동체를 만들어 합주 대회 등 여러 활동을 할 수 있다. 제기 차기의 경우는 아이들의 놀이 문화이자 민속놀이이기 때문에 채택되었는데 늘 혼자서 하는 게임에만 익숙한 지금 아이들에게 이런 대안이 필요하다.

그리고 발전 학습이 있다. 국가가 만든 교육과정은 아이들에게 일방적으로 주는 것이고, 그 메뉴가 밥, 국, 김치밖에 없다. 학교가 아무리 노력해도 1:1 맞춤형은 어렵다. 그래서 조현초등학교는 1년에 17시간에서 34시간까지를 학생이 스스로 하고 싶은 것을 해 보도록 보장한다. 학생이 스스로 만들어 가는 교과과정이라고 할 수 있다. 시대적인 상황을 반영한 것이다.

통합 학습은 초중고 대학까지 분과 학습에 물들어 있는 상황에서 삶의 모든 것을 함께 고민해 보게 하는 과정이다. 삶은 통합적인데 학습은 너무 분과적이다. 교사가 왜 정치를 가르치는가, 아이에게는 정치를 가르치지 말라 이런 말을 많이 듣는다. 교육과 정치가 어떻게 분리될 수 있겠는가. 성악가는 과학을 몰라도 되고, 과학 모르는 것이 당연하다고 여긴다. 그러다 보니 삶이나 사회를 바라보는 관점도 통합적이 안 된다. 우리나라 전반적인 지성 수준이 그런 문제를 가지고 있다. 교육의 기본적인 목적이 삶을 통합적으로 바라보게 하는 것이다. 융합 대학을 만든다는 이야기도 있다. 통섭이 필요한 것이다. 우리나라는 너무 경제적인 요구로만 움직이는데 통합적인 기술이 아니고서는 고소득 경제 가치가 창출될 수 없다. 환경을 미술, 과학, 사회적인 측면에서도 이해해야 한다. 더구나 이를 이론만이 아니라 현장에서 이루어지게 한다는 것이다.

소통과 협력을 배우는 학교

이 교장은 이야기를 할수록 신이 났다. 자신의 열정을 바쳐 하는 일이니 이것을 다른 사람에게 설명할 때 신명이 나는 법이다. 게다가 그는 참여정부 시절에는 교육개혁위원까지 지냈다. 학교 현장에서의 실천성과 교육정책 전반에 대한 통찰력을 그에게서 다 함께 볼 수 있는 이유이다. 학교 현장에서 그는 문화 예술 학습과 생태 학습, 창조 학습이 이루어지도록 교육과정을 짰다고 한다.

문화 예술 학습은 학교교육이 주로 지식 기능 중심으로 된 상황을 반성하며 나왔다. 문화 예술은 기능만이 아니라 삶의 관점에서 배울 수 있도록 해야 한다. 무용 하나만 하더라도 그것을 통해서 나의 생각을 몸으로 표현하고 상대방을 이해하는 하나의 수단이 되어야 한다는 것이다. 거기에서 사회성과 감수성을 다 배울 수 있다. 지식 교육의 한 보완적인 방법이기도 하기 때문에 무용, 뮤지컬, 연극 등을 배우게 한다.

생태 학습은 조현초등학교의 장점이기도 하다. 지역 장점을 활용한 것이다. 과학 기술의 진보가 우리 삶에 도움이 될 것인가, 자연과 우리 인간이 하나로 살아가는 것, 생태적 감수성을 어떻게 키울 것인가를 연구해서 가르친다.

창조 학습은 아무런 시설 기반이 없어도 가능하다. 앞에 논밭이 널려 있으니, 논둑을 디자인 개념으로 이해할 수도 있고 나뭇잎을 디지털카메라로 찍어 나비 모양으로 만들기도 한다. 박물관이나 미술관 없어도 얼마든지 가능한 교육이다.

이 교장은 사물과 문리에 통달한 사람 같다. 교육이 다른 분야에 사통팔달 다 통해져 있음을 일깨워 준다. 자연과 인문, 교육과 예술이 모두 하나로 통해 있음을 그는 말한다. 그에게서 배우는 아이들은 행복할 것임에 틀림이 없다.

또한 조현초등학교는 동아리 학습과 전교생이 모여 활동하는 '어울 마당'이 유명하다. 동아리 학습은 모든 학교에 있는 것이기는 하지만 이 학교에서는 초등학생이라도 스스로 하고 싶은 것을 할 수 있도록 해 준다. 대학에서 취미가 같은 학생들끼리 자주적

으로 동아리를 만들어 가입하라고 하는 것처럼 조현초등학교에
서도 6학년이나 5학년생들이 "우리는 이런 그룹을 만들고 싶다"
고 복도에 그 내용을 붙여 함께할 아이들을 모으고 그것을 맡아
줄 교사도 아이들이 정한다. 초등학생의 경우 자발성은 낮더라도
스스로 학습을 조직하고 경험하게 하는 것이 중요하다는 판단에
서 이렇게 하고 있다는 것이다. 작년에 여섯 개가 생겨 활동했다
고 한다.

어울 마당은 전교생이 함께 모이는 행사이다. 전체적인 자치
활동이자 계발 활동이며 공동체 활동이다. 전교생이 모여 학교의
문제를 이야기하는 시간도 갖는다. 학생회가 행사 기획을 하고
아이들이 진행한다. 도전 골든벨, 퀴즈 대회, 피구 대회, 패션 대
회 등을 직접 아이들이 조직하고 진행했다. 아이들의 의견을 받
아 진행하니까 만족도가 높다. 작은 학교라서 자치 활동이 잘될
수 있다. 1학년부터 6학년까지 모여 소통과 협력을 배우는 기회
인 셈이다. 다른 학교에는 있는 조회나 종례 이런 것은 이 학교에
없다.

지역 주민의 소득까지 생각한다

경제나 사회 수준도 그렇지만 교육에서도 도농 격차가 심각하
다. 이 교장은 농촌에 있다고, 소득이 낮다고 학습 기회를 잃는
것은 막아야겠다고 결심했다. 아이들의 복지 차원에서 할 수 있
는 일은 전부 하겠다는 생각이다. 예컨대, 체험 학습을 갈 때도

교장공모제 이후 교육 내용과 커리큘럼이 달라졌다.
그리고 아이들의 눈빛이 달라졌다. 아이들이 당당하고 자신감과 생동감이 넘친다.

학부모의 호주머니를 털지 않고 학교 예산을 편성하여 모든 학생들이 무상으로 체험 학습을 갈 수 있도록 기회를 더 많이 주겠다는 것이다. 실제로 조현초등학교의 다양한 행사들이 학부모 부담 없이 진행된다. 무상급식만 되면 조현초등학교의 경우 완벽한 무상교육이다. 무상급식의 경우 경기도 의회에서 반대해 무산되었지만 그 실현은 시간문제라고 본다.

학교장이 할 일은 다양한 프로그램을 무상으로 추진할 수 있도록 각종 프로젝트에 공모해서 예산을 받는 일이다. 교과부에서 '전원학교' 지정 사업을 했다. 조현초등학교도 신청을 해서 당선되었다. 전국의 초중학교 6개교를 공모하면서 예시로 이 학교를 넣었다고 하니 당선이 안 될 수가 없었다. 3년간 연간 1억 7천만 원을 지원받는데 시골 초등학교로서는 적은 돈이 아니다. 경기도 교육청의 혁신학교사업에도 신청했다. 이미 전원학교로 지정되었기 때문에 혁신학교가 되어도 현실적으로 지원금은 추가로 받지 못한다. 그렇지만 혁신학교의 네트워크가 되어 다른 학교에 이 학교 사례가 도움을 줄 수 있다.

이 교장은 전원학교에 지정되면서 받는 예산 중 일부를 이 지역의 경제 살리기를 위해 사용하려고 한다. 조현초등학교 학구 안에 선점리라는 마을이 있다. 용문산 부근의 관광지인데 이 마을 자원을 활용해 체험 학습장을 개발하여 학부모들의 창업 지원 사업을 벌이려는 것이다.

이 사업과 관련해서 '예술 문화 체험을 통한 학부모 연수'가 학교 예산 3천만 원으로 곧 시작된다. 유치원에서 봄, 가을에 체험 학습을 많이 오는데 체험 학습장을 만들고 거기에서 마당극도 하

고, 인형극도 하고 자연물을 활용하여 UCC를 제작하겠다는 계획
이다. 또한 마을의 특산물도 팔고, 이 학교 학부모 15명이 가이드
역할, 강사 보조 역할 등도 맡아 학부모 일자리도 창출하자는 것
이다. 그 수익이 생기면 마을과 학부모가 배분할 예정이다. 학교
와 교사들이 지역 경제 활성화와 마을 살리기에 적극 개입해서
성공한다면 전국적으로 좋은 모델이 될 것이다.

이 교장은 지역사회 현실에도 관심이 많다. 학교와 그 지역사
회는 떼려야 뗄 수 없는 관계라고 그는 생각한다. 농어촌 학교의
경우 교사가 그 지역사회에서 가장 지식의 중심이다. 과거에는
시계가 고장 나면 교사를 찾아왔다. 지금은 그것이 다 무너졌다.
교사가 지역사회에서 역할을 하지 못하다 보니 학교나 교사는 섬
이 되었다. 더구나 교사들이 다른 지역에서 출퇴근하다 보니 지
역 주민이 보기에는 동네 사람이 아니고 이방인일 뿐이다. 이중
현 교장은 지역사회에서 교사들이 적극 참여해야 한다고 본다.
학교가 지역사회에 무슨 기여를 할 것인가가 중요한 것이다. 학
교가 학부모와 소통하는 공간을 넘어 마을을 창조하는 공간이 되
어야 한다. 이것이 이곳과 이 마을을 생태 학습 체험장으로 만드
는 이유이다.

동네 청년들도 이 생태 학습 체험장에 관심이 많다고 한다. 마
을 청년들과 함께 소비적 문화에 익숙해져 있는 지역 축제를 이
런 문화 예술 체험 학습장으로 바꾸어 보겠다는 것이 이 교장의
생각이다. 이미 용문산 은행나무축제를 하고 있는데 사람들이 은
행나무는 보지 않고 그냥 가수들 노래만 듣는다고 한다.

생태 학습 체험장을 만들면 은행나무축제와 연동하여 서로가

윈윈 할 수 있을 것이다. 이는 학교의 공간을 확대하여 외부의 전체 공간을 축제의 마당, 문화의 공간으로 쓰는 것이기도 하다.

보통 학교 축제는 아이들의 재롱 잔치를 학부모가 와서 보는 학예회에 불과하다. 그러나 조현초등학교의 경우에는 학부모와 교사도 참여하는 공동체 행사다. 작년에는 학부모 세 팀도 출연했다고 한다. 학부모와 교사, 학생 들이 한 달 정도 공연 연습을 함으로써 그야말로 학부모, 교사, 지역사회가 함께하는 공동체 행사가 되었다.

교장공모제의 실과 허, 주인 없는 학교에 주인을

"내가 교장으로 공모에 당선된 것은 기적이다." 이중현 교장은 이렇게 당시 상황을 설명했다. 인터뷰에 함께한 박성만 선생과 최탁 선생이 설명하는 당시 분위기다.

전교조 출신 선생님이 교장으로 온다고 하니 주민들 중에서, 빨갱이가 온다면서 반대했던 분도 있습니다. 그런데 지금은 모두 만족하고 있어요. 아니 모두 팬이 되었습니다. 과거에는 학교운영위원회가 왜 필요한가, 이런 게 굳이 있어야 하나, 그런 분위기였는데 지금은 학운위원을 아무나 뽑으면 안 된다고 생각할 정도로 스스로 자랑스러워합니다. 교장 선생님이 온 뒤 이렇게 생각이 달라진 것이지요.

지금까지 공모제를 통해 선출된 교장이 350여 명에 육박한다고 한다. 공모제는 세 가지 유형이 있는데 하나는 초빙형이다. 교장 자격을 가지고 있는 분을 모셔 오는 경우가 이에 속한다. 개방형은 특성화 학교 중심으로 교장을 모셔 오는 경우로 교원 자격이 없는 사람도 가능하다. 대학 교수나 기업체 임원도 지원이 가능하다. 이천도예학교의 경우 학교의 특성 때문에 도예 전문가가 교장이 되었다. 교사 출신이 지원할 수 있는 내부형도 있다. 교사, 교감, 교장도 지원이 가능하다. 그런데 350개교의 공모 교장 중에서 내부형은 50~60곳으로 아주 적다고 한다.

그런데 불행하게도 교과부가 사실상 교장공모제 확산을 차단하는 정책을 펴고 있다. 기존의 승진 트랙으로는 학교가 변할 수 없다고 해서 만든 제도인데 유명무실하게 된 것이다.

이 교장은 일선 교사로서, 교육정책가로서 다양한 경험을 가지고 있기 때문인지 교육 현안에 대한 정확하고도 명쾌한 입장을 술술 풀 수 있다. 그는 교육의 획일성을 극복하기 위한 또 다른 방법으로 바로 차터 스쿨을 제시한다.

예컨대, 희망제작소에서 이런 인력들을 가지고 이런 지향을 가진 학교를 만들겠다고 교과부에 제안을 한다. 교과부에서는 이 제안을 검토한 뒤 제안이 건강하고 합당하다고 여겨지면 예산을 지원해 준다. 이른바 미국의 차터 스쿨의 구현이다. 물론 그의 걱정은 스카이(SKY. 서울대, 고려대, 연세대의 약칭)전문대학이 나오지 않을까 하는 것이다.

그는 학교가 유연해져야 한다고 강조한다. 유연한 교육정책, 유연한 교육과정, 유연한 인사 정책이 필요하다는 것이다. 더구나 지금의 한국 사회가 교원들만으로 교육한다는 것은 넌센스라고 단언한다. 외부에 학교교육에 필요한 자원과 지식이 널려 있는데 그것을 활용하고 있지 못하다는 것이다. 아이 하나를 마을 전체가 키운다는 말도 있다. 외부 자원을 학교로 끌어들이고 학교를 외부로 확장하는 그런 모형을 그릴 때가 되었다. 학교가 유연하고 다양해지려면 예산이 많이 들 수도 있다 그러나 이제 산업화의 패러다임으로는 감당이 안 되는 시대가 되었다. 그는 옆에 계신 교사들을 가리키며 이렇게 말했다.

선생님들이 너무 고생이 많아요. 모든 것이 새로워지니까 새로운 기획을 해야 합니다. 실행 프로그램을 만들어야 하지요. 학교의 모든 방면에 변화가 있으니까 업무 부담이 많아졌고요. 내가 교권을 심각하게 침해한 악독한 교장으로 비난받아 마땅해요. 우리 선생님들은 일주일에 3일은 밤 12시까지 야근을 합니다. 양평초등학교 전체 야근이 우리 학교의 야근 시간보다 더 적을 겁니다.

우리나라에 이런 "악독한" 교장이 더 많아졌으면 좋겠다.

3부
따로 또 같이, 학교 밖 아동 청소년 교육공동체

2009
강북 청소년문화존

청소년들의 오아시스
__ '품' 청소년문화공동체

나는 품둥이 출신 품 활동가이다. 1996년, 중학생에서 고등학생으로 거듭나던 시기에 품을 만났다. 내가 살던 미아2동에 사회복지관이 들어섰고, 그 복지관 지하에 품이 자리를 잡으며 나와 품의 만남이 시작되었다. 아마도 그때부터 품이 아이들의 일상과 지역에 대한 고민을 시작했던 것 같다. 당시 고등학교 1학년이었던 나는 학교가 끝나면 자동으로 품에 가서 시간을 보내곤 했다. 방학에는 품에서 하는 캠프를 놓치지 않고 다녔고, 학기 중에는 품에서 운영하던 청소년 토론 동아리에서 활동했다. (……) 품둥이로서의 경험과 품에서 활동하는 실무자로서의 경험을 합쳐 보면 아이들에게 동아리 활동은 단순히 새로운 학습 방법을 통해 학교생활에서 부족한 점을 충족하고 아이들 간 교류를 한다는 것 이상의 의미를 지닌다. 동아리 활동을 하며 자연스럽게 집단과의 관계를 통해 사회적 소통과 나눔에 대한 경험을 할 수 있다. 또한 타인을 이해하고, 세상과 소통하는 것을 경험할 뿐만 아니라 자신의 삶을 자신이 직접 기획할 줄 아는 주체적인 삶의 경험을 할 수 있는 것이다.

나하나, 청소년 동아리 행복 찾기, '품' 청소년문화공동체,
2008년 1월 18일 여는글

오늘날 우리 청소년들의 실상과 교육의 문제를 되돌아보자. 학업에 뒤처진 아이들은 갈 곳이 없다. 청소년들은 학교나 학부모에게서도 따돌림을 당하며 절망의 수렁을 헤매다가 결국 지진아나 낙오자로 비극적인 인생을 살아야 한다. 그러나 학업이 다는 아니다. 다른 인생의 길을 찾을 수 있도록 도와주는 곳이 있다. 바로 청소년문화공동체 '품' 이다.

여기에는 동아리 친구들이 많습니다. '품' 이 하려는 것은 청소년들이 자신의 삶을 찾아가도록 하는 것이지요. 자신들의 이야기로 사회와 소통하는 것을 돕습니다. 주변의 환경들을 돌아보고 지역에서 아이들의 생각이 힘이 되도록 환경을 만들어 가는 겁니다. 주변에 있는 기성세대를 만나 설득하고 교사들을 만나 아이들의 가치, 철학을 전달하려고 해요. 대학생들도 청년으로서의 힘을 가질 수 있게 노력하고요.

'품' 의 지역문화운동팀에서 일하는 이상섭 씨의 설명이다. 그 역시 '품' 의 품에 안겨 청소년 시절을 지냈다. 그리고 다시 이곳에서 상근 간사로 일하며 자신의 경험을 바탕으로 청소년들과 함께하는 삶을 선택했다.

퀴퀴한 지하 방에서 '청소년 천국'을 꿈꾸다

도봉구 쌍문동의 한 주택가. 한 건물의 지하층에 세 들어 있는 청소년문화공동체 '품' 사무실에 들어서는 순간 퀴퀴한 냄새가 훅 끼쳤다. 이곳에서 아주 오래, 아니 늘 생활해야 하는 청소년들이 참 안쓰럽다는 생각부터 들었다 도대체 20주년이 다 되어 가는 유서 깊은 단체가 아직도 이런 곳에서 세 들어 살아야 하다니……

이들은 무슨 꿈을 꾸기에 이 곰팡이 냄새와 싸우며 자신들의 열정을 바치고 있단 말인가.

1988년으로 거슬러 올라간다. 83학번 동기 심한기, 이준호, 양금석은 유네스코 청년문화원에서 눈이 맞았다. 노래와 청소년을 사랑하는 공통분모를 가진 세 남자는 대번에 자신들이 해야 할 일이 무엇인지 알아차렸다. '10대들과 행복하게 사는 단체를 만들자'는 그들의 꿈은 1992년 청소년놀이문화연구소 '품'으로 시작되었다.

세 청년의 꿈은 말처럼 쉽지만은 않았다. 보호의 개념으로만 바라보는 청소년 복지의 다른 대안을 만들기 위해 노력했지만 주변의 우려는 그칠 줄 몰랐다. 많이 부딪히고 깨졌다. 청소년과 관련이 있다면 안 해 본 일이 없을 정도이다. 청소년 캠프 위탁 사업, 어울 마당, 노래패 공연, 장애 청소년 축제, 대학생 및 지도자 교육……. 그들은 무엇을 위해 싸우는지를 처절하게 고민하며 '품'을 만들어 갔다.

심한기 대표는 지금 네팔에 가 있다. 이상섭 씨가 '품'의 심한기 대표 이야기를 전해 준다. 산을 무척 좋아하는 그는 자주 혼자 떠나곤 하는데, 몇 년 전 네팔의 한 산동네에 갔다가 주저앉을 뻔했다는 것이다. 그래서 그곳의 형제들에게 '품' 활동을 해 보자고 손을 내밀었고 이제 4년이 되었다. 요즘도 그는 1년 중 서너 달을 그곳에 가서 지낸다고 한다.

네팔 사람들이 경제적으로 어려워도 자연과 소통하면서 어울리고, 그들의 에너지가 스스로 얼마나 큰 것인지를 알게 하는 활동을 하고 있다. 네팔의 작은 마을 두 곳에서 '해피 빌리지'라고 하여 마을이 자치적으로 성장할 수 있도록 청년 조직과 학교를 중심으로 진행하고 있다고 한다. 직접 만나지 않았어도 이렇게 국경을 넘어 일을 벌이고 다니는 그의 끝없는 끼와 도전 의식, 열정을 느낄 수 있었다.

당신을 주주로 임명합니다

문화 예술이 척박한 대한민국 땅에서 '품'이 잘될 리는 만무하다. 더구나 청소년 단체에 큰 후원이 있을 리도 없다. 근 20년을 살아남은 것이 신기할 뿐이다. 청소년문화공동체 '품'은 지난 20년 동안 생존하는 법을 배웠다. 두 가지 방법이 주주 모집, 공모 사업에 응모하여 사업을 벌이는 것이었다.

그중 주주 모집은 참 신선하다. 주주라고 해도 일반 후원 회원과 다를 바는 없다. 그러나 주식회사에서 주주가 주인이듯이 청소년문화공동체 '품'의 주인도 이 주주인 것이다. 그리고 주인인 주주가 운영을 책임져야 하는 것은 당연하다. 주주가 되는 길은 간단하다. 월 회비 1만 원을 내거나 연회비 10만 원을 내면 된다. 그런데 그 주주의 지위와 혜택이 장난이 아니다.

'품'의 주주가 되시면, 이렇게 좋은 일이!

- 작지만 소중한 일상의 행복을 전해 드립니다
  - 재미있기로 소문난 '품'의 뉴스레터, '품 늬우~스'를 받아 보실 수 있습니다.
  - 봄, 여름, 가을, 겨울, '품'의 가치와 활동이 담긴 소식지 '두레 품'을 보내드립니다.
- 여러분의 자녀를 책임지겠습니다.
  - 청소년기에 꼭 필요한 건강한 만남과 활동의 기회를 나눕니다.
  - 방학 중 아이들을 위한 캠프에 함께하실 수 있습니다.
  - 아이들이 참여할 수 있는 다양한 행사 및 교육 정보를 전해 드립니다.
- 그리고, 오직 주주만을 위한 혜택!
  - 메마른 지성과 감성을 자극해 주고, 좋은 인연을 만날 수 있는 '주주 콜로키움'에 참여하실 수 있습니다.
  - 매년 1월, '품' 주주들과 함께하는 네팔 여행 '오~ 히말라야'에 참여하실 수 있습니다.
- 문화가 가난한 아이들, 꿈을 잃은 아이들의 소중한 '품'이 되실 수 있습니다.

꿈을 잃은 아이들, 꿈이 없는 아이들, 팍팍한 현실 속에서도 자신의 꿈을 지키고자 애쓰는 아이들.
그들이 자기 이야기를 할 수 있도록 힘을 실어 주는 것, 그것이 '품'의 역할이다. 그것이 '품'의 운동이다.

후원 회원 주주에게 자녀를 책임지겠다고 약속한 것이 눈에 띈다. 이렇게 훌륭한 사업이 좀 더 알려지고, 그 청소년 캠프나 축제, 동아리, 문화 활동이 얼마나 중요한지 학부모들에게 알려지면 주주들이 구름같이 몰려들 텐데, 아직 품의 마케팅 역량이 부족한 것임에 틀림이 없다. 그러나 더 중요한 약속은 마지막 구절이다. "문화가 가난한 아이들, 꿈을 잃은 아이들의 소중한 '품'이 되실 수 있습니다."라는 문장에 이르면 감동이 밀려온다.

'품'이 재정을 마련하는 방법은 특정 사업의 제안서를 내서 사업비를 만드는 일이다. 물론 이것이 잘 안 돼도 일을 포기하는 법은 없다. 거의 20년이 되어 가는 조직의 재정이 꽤 어려울 텐데도 품은 꿋꿋하다. 사실 '품'을 가난하다고 불쌍하게 보는 이가 많지만, 늘 넉넉하다는 생각을 하면서 살아가고 있다고 한다.

축제가 아이들의 일상을 바꾼다

'품'의 활동 반경은 도봉구, 강북구에만 한정되지 않는다. '품'이 가장 중요하게 생각하는 일은 '지역과 사람 흔들기'이다. 초창기에 어울 마당 캠프 등 많은 활동을 했지만 변하지 않는 아이들의 삶의 환경을 보게 되면서 지역의 중요성을 알게 되었다.

'품'은 한국 사회 청소년 복지의 문제의식에서부터 시작되었다. '품'이 생긴 직후에는 그저 평범한 보통 아이들이 행복한 삶을 살도록 문화적인 접근을 고민했다면, 지금은 문화를 통한 운동을 고민한다. 이를 위해 청소년, 문화 전문가, 교사, 청소년 활동가, 예비 지도자는 물론 학계와 현장을 연결하여 청소년 활동의 새로운 대안을 제시한다.

'품'이 맨 먼저 고민하고 실천한 것이 바로 축제다. 입시에 찌들고 학교와 가정에서 소외된 아이들에게 일상과 신명, 공동체, 축제라는 문화는 익숙하지 않다. 그러나 청소년 축제에서 청소년들은 스스로 가능성을 발견하고 다른 친구들, 나아가 사회와 소통하는 법을 배운다.

축제를 통해 아이들과 즐겁게 잘 노는 일에 많은 에너지를 쏟아 왔던 '품'은, 10년이 지나도록 변하지 않는 아이들의 현실을 지켜보며 새로운 고민을 시작했다. 일상의 축제라는 말이 무색하게, 축제가 끝나면 아이들은 각자의 일상으로 돌아가 여전히 힘겨운 싸움을 계속하기 때문이다. 축제의 감동이 아이들의 일상으로 이어지게 하려면 근본적으로 환경을 바꾸어야 했다.

아이들이 지역 문화를 만든다

이번 축제의 타이틀이 '추락기'였다. 가을 추秋, 즐거울 락樂이다. 일 년에 한 번 하던 축제를 '일상'으로 펼치기가 4년 전부터 시작되었다. 청소년 문화존 사업과 연결하여 즐거운 '동네 문화 만들기'에 집중하고 있다. 아이들의 생활권은 동네이다. 아이들이 자기가 중심이 되는 생활을 학교, 집 동네 안에서 꾸며 내도록 하는 것이다. 10대와 기성세대가 만나기, 관공서 제대로 알기, 주부들과의 만남, 시장 상인 만나기 등등의 활동을 통해 동네에서 아이들과 어른들이 서로 소통하게 하고 있다.

매일 방과 후가 되면 20~30여 명의 아이들이 '품'으로 몰려온다. 일상에서 활동을 어떻게 펼쳐 나갈까 회의하고 의견을 모은다. 아이들이 동네 주민, 기성세대들과 만난다는 것은 지역 전체의 의사소통이 되게 한다는 것이다. 그러면 지역사회도 살아나고 아이들은 부모 세대를 다시 보게 된다. 아이들은 이런 활동을 통해 공부 말고도 세상을 다르게 살아가는 방법이 있다는 사실을 깨닫게 된다. 사람들이 일상을 탈출하자는 말을 많이 하는데, '품'은 일상 안에서 그 답을 찾고 있다.

'품'에서 만난 세 고등학생들 '세 개'는 문화기획팀에서 활동하고 있다. 처음에는 여섯 명으로 시작했다. 모두 친구였다. '품'에 놀러 오다가 간사들이 같이 축제 기획을 해 보지 않겠냐고 해서 생각할 것도 없어 만들었다고 한다. 서로 먹겠다고 싸우는 모습이 모두 '개' 같다고 해서 세 명, 아니 세 마리의 개(세 개)가 된 것이다. 고등학교 3학년생들인 서인석, 송성호, 김준혁 '세 개'에게 기획을 하면서 어떤 것을 배웠는지 물었다.

저희가 하는 일은 학교 공부와 거리가 멀잖아요. 친구들처럼 학교나 학원에 다니지 않고 '품'에 오가면서 학교교육이 너무 일방적이고 재미없다고 느꼈어요. 그래서 인문학 교실을 만들어 공부를 하고 있어요. 학교에서 배울 수 없는 것을 '품'을 통해 배우거든요. 여기 선생님들과 친구들과 이야기하고 기획 작업을 하면서 나 자신을 알게 되었어요. 사람 만나고 이야기하면서 사회에 대한 고민, 살아가는 고민을 많이 나눈 거지요. 내가 어떤 청소년이 되어야 하는지도 고민했어요. 지금은 그 답을 찾는 중이고요.

대안대학을 고민하다

아이들이 자라면서 대안대학을 고민하게 됐다. '품'과 같은 지역에 살고 있는 예술가 박찬국 선생과 인문학, 문화, 삶이 연결된 대안대학을 구상하고, 조금씩 그 준비를 하고 있다. '품'은 현재 그 고민의 연장선으로 고등학교 3학년 '세 개'와 인문학교를 운영하고 있다. 학교 선생님께 '품' 이야기를 했는데 선생님은 여기서 하는 일 자체를 잘 이해하지 못하고 오히려 "왜 그렇게 힘들게 살려고 하니?"라고 되물었다고 한다. 다른 친구들은 대학 입시나 취업 준비로 한창 바쁠 텐데, 친구들의 그런 모습을 보며 불안하지는 않을까?

우리는 아직 10대예요. 어른들이 하시는 말씀 중에 이해 안 되는 것이, "공부도 때가 있다"는 말이에요. 그 말이 이해가 잘 안 돼요. 지금 하는 일이 제 인생의 마지막 선택이 아니에요. 지금 이것을 택하더라도 나중에 다른 것을 선택할 수도 있잖아요? 열아홉이니까, 고3이니까 꼭 취직하거나 대학에 가야 한다는 것은 잘 모르겠어요. 스스로 다른 선택을 해야겠다는 생각을 할 때까지 이런 일을 계속하고 싶어요. 지금 인문학 교실을 하는데 이 공부를 하면서 또는 그것이 끝난 뒤에 심각하게 생각하려고요. 기존의 관념대로 지금 당장 선택해야 한다고는 보지 않아요.

대학 입시 준비를 그만둔 '세 개' 부모님들을 이해시키기는 쉽지 않은 일이었다. 그러나 아이들이 변화하는 것을 보면서 부모님들도 조금씩 마음을 열기 시작했다. 아이들 스스로 자기 선택을 명쾌하게 할 수 있는 시간이 필요하다는 사실을 부모들도 깨닫게 된 것이다.

현재 전박한 문제는 공간이다. 지하 공간은 환기도 되지 않고 습기가 많아 청소년 건강에도 좋지 않고 아이들이 활동하기에 비좁기 때문이다. 아이들이 마음 놓고 지내고 활동할 수 있는 공간을 얻기 위해 모금 운동을 벌이고 있다. 그들은 이것을 '지하 탈출 작전'이라 부른다. 부디 이들이 지하를 "탈출"해서 땅 위로 솟구쳐 날아오르기를…….

• '품'은 사무실을 지상으로 옮기는 것보다 10대들을 위한 대안적 공간 마련이 시급하다는 생각으로 '지하 탈출 작전' 모금 운동을 벌였다. 이렇게 모은 돈을 보태어 2010년 5월 아이들의 공간을 마련했다. "세상이 무언가 만들어 주기를 기다리기보다 우리가 필요한 세상을 만들어 볼랍니다."라고 외쳤던 10대들의 꿈이 이루어진 것이다. 또한 지하 '품' 사무실 역시 지하를 탈출하여 땅 위로 올라서게 됐다. '품'이 새로운 공간에서 더욱더 넉넉해지기를 기도한다.

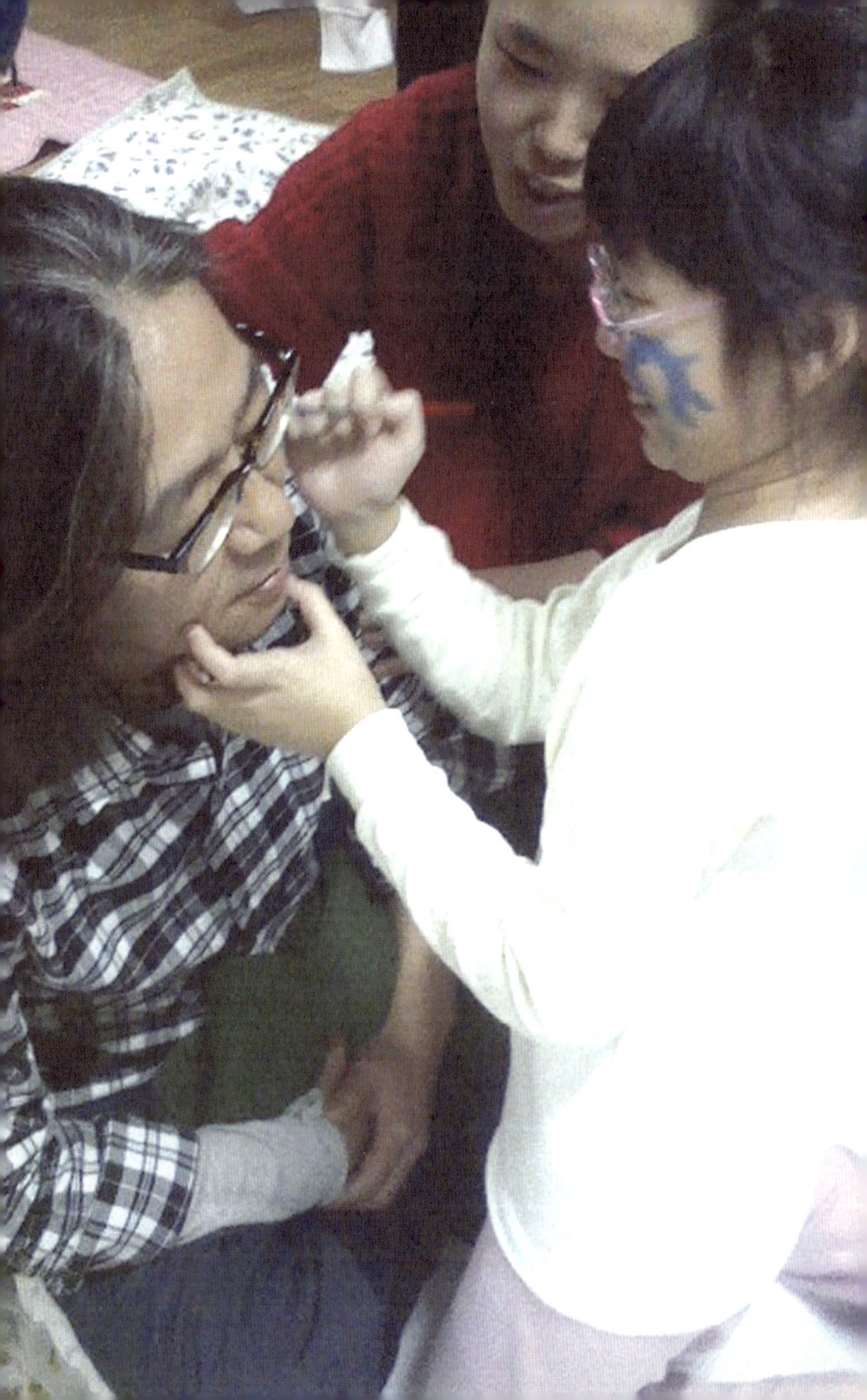

공부하지 마, 놀아!

__ '청춘' 청소년교육문화공동체

　나는 젊은이들이 부럽다. 그들의 젊음이 부럽고, 자신의 감정을 숨기지 않으며 주장을 주저 없이 드러낼 줄 아는 그 당당함이 부럽다. 나의 젊은 시절이 그렇지 못했다는 아쉬움에서 시작된 부러움인지도 모르지만, 오늘의 젊은이들의 이런 모습은 시대와 맞부딪치면서 더욱 상승효과를 빚어내는 부분이 아닌가 싶다.

　하지만 때론 그들의 당당함이 당혹스러울 때도 있는 게 사실이다. 나이가 들면서 가장 넘기 힘든 국경이 '세대'가 아닌가 싶을 만큼 세대 차이를 느끼곤 한다. 그건 논리적 차이라기보다는 말 그대로 느낌이다. 콕 집어 설명할 수는 없지만, 젊은이들과 우리 세대, 그리고 그 중간 세대 사이에는 특정 시대를 살아온 이들의 감정과 감정이 만나 이루어진 높은 벽 하나가 놓여 있는 듯한 기분이 들 때가 있다. 물론 그 벽 사이를 통과하는 공통된 감정들을 느낄 때면 그 벽의 높이만큼 큰 기쁨을 느끼지만 말이다.

　그들에 대한 이러한 '부러움'과 '당혹스러움', 그 사이에서 빛어지는 '세대 차이'와는 상관없이 어른 세대로서 그들에게 느끼는 또 다른 책임감이 있다. 너무 빤한 말이지만 우리의 미래가 그들에게 있고, 그들은 우리보다는 조금 덜 미숙했으면 하는 바람이다. 우리가 겪었던 착오를 조금이라도 덜 겪으면서 우리보다 더 넓고 큰 눈으로 세상을 바라봐 주길 바라는 마음이다.

그들이 그렇게 클 수 있도록 하는 책임은 바로 어른 세대인 우리에게 있다. 가정교육이 그렇고, 교육정책이 그렇다. 그들에게 꿈과 미래를 심어 줘야 할 책임이 우리에게 있다. 입시 지옥에서 간섭과 공부에 대한 압박에 치여 말을 잃은 아이들, 그들에게 "공부하지 말고, 놀라"고 말하는 곳이 있다. 청춘, 그 설레는 단어에 딱 어울리는 단체 청소년교육문화공동체 '청춘'을 찾았다.

대전 선화동의 청소년 문화 마당. 차에서 내리자마자 특별한 공원이 나타난다. 청소년들은 농구를 하고 있다. 의자 하나, 가로등 하나 새롭고 신기하다. 공원 끝에 보이는 작은 건물의 독특한 색채가 예쁘다. 바로 청소년교육문화공동체 '청춘'의 사무실이다.

마음이 늙지 않는 '청춘' 사람들

'청춘' 사무실에서 마음이 늙지 않는 이들을 만났다. '청춘'의 문성호 대표, 권순표 사무국장, 윤미옥 교육국장 등이다. 대전의 청소년들을 위한, 청소년들이 만들어 나가는 교육문화공동체 '청춘'은 지난 2002년 이름을 달고 활동을 시작했지만 그 시작은 10여 년 전으로 거슬러 올라간다. 1980년대 말부터 학교 안과 밖에서 조그만 소모임과 동아리를 만들어 의미 있는 일들을 해 보자는 이들이 모이기 시작했고, 그들이 한 땀, 한 땀 놓은 수가 지난 2002년에 완성된 셈이다.

1989년에 대전 청소년 문화 공간으로 창립했습니다. 청소년 맘판이라는 행사를 개최하고, 동아리들을 만들면서 조금씩 대전의 청소년들 사이에서 저희의 자리를 만들어 나가기 시작했죠. 2000년부터 청소년 대안문화 프로그램을 수탁하고 조금 더 규모가 커지면서 2002년 청춘으로 개명하고 새로운 창립을 알렸죠. 청소년 독서 모임, 역사 탐방, 감성 치유, 자기관찰, 축제 기획 프로그램을 진행하고 있어요. 이렇게 다양한 활동을 통해서 저희 스스로 청소년에 대한 이해가 깊어졌고, 조금 더 청소년들과 가까워졌죠.

창립 당시부터 대표를 맡았고 현재 운영위원인 유낙준 씨의 설명이다. '청춘'은 또 지난 2005년부터는 대전 유일의 청소년 문화 광장인 '청소년 문화 마당'을 위탁해 운영하고 있으며, 신문일디 '닷'을 만들어 청소년들이 직접 그들의 이야기를 하도록 장을 마련하기도 했다.

청소년 어울 마당과 광장 캠프, 다양한 배움터 프로젝트는 기본이다. 그야말로 청소년 운동, 혹은 활동에 대한 일상 속의 대안을 만들어 가고 있으며 그 속에서 청소년들이 자유롭게 자신에게 맞는 삶을 스스로 선택하고 변화시켜 나갈 수 있도록 돕고 있다. 관련 비용은 지자체 지원금, 후원 회비, 외부 프로젝트 지원비 등으로 충당한다. 후원 회비는 월 150만 원가량 되는데 '청춘'을 거

"'나를 찾아 떠나는 여행'은 나의 내면으로 떠나는 감성 여행이야.
바쁜 일상 속에서 한숨 돌리고 나를 깊이 바라볼 수 있는 시간을 만들어 주는 거야.
우리가 살고 있는 세상과 관계들에 대해서 되돌아보고 내가 어떤 모습으로 살아가야 할지
즐겁게 고민해 보는 여행이 될 거야. 어떻게 여행을 하는 건지 막막하다고?
걱정하지 마. 여행을 도와줄 친구가 너를 기다리고 있어."

쳐 간 청소년들이 운영위원회도 꾸리고, 공연도 하고, 또 스스로가 '청춘'의 후원 회원이 되기도 한다.

말을 잃어버리는 청소년

유낙준 씨는 '한풀련'이라는 대전 지역 고등학교 학생 회장 모임에서 만난 한 고등학생의 이야기부터 들려준다. 한풀련은 매년 12월마다 불우 학우를 돕는 문화 공연을 하는데, 그 학생은 보통 학생들의 이야기도 하고 싶다고 했다. 그러나 교육청에서는 이를 꺼린다. 두발 자유화 문제와 관련해서 전국적인 활동도 있었지만, 자신의 일상적인 삶 속에서 느끼는 목소리를 내면 학교에 속한 대부분의 학생들은 바로 제지당할 수밖에 없다. 의사소통의 단절이 심각해질 수밖에 없는 부분이고, 그래서 학생들은 말을 잃게 된다는 것이다.

그렇지만 어른들의 관심은 저조하다. 당장 자기 자식을 키우는 문제에는 목숨 걸고 뛰어들지만, 그 자식이 포함되어 있는 청소년 세대에 대한 관심은 저조하니 아이러니하다. 그러니 청소년은 데미안이 말했듯이 스스로 깨고 뛰쳐나갈 수밖에 없다.

청소년 시기에 어떤 경험을 하는지에 따라 그 사람 인생이 달라진다. 남다른 인생을 만들 수 있도록 청소년들을 위한 사회적 조건을 만들어 주어야 하는 것은 어른들의 몫이지만, 어른들의 관심은 낮고 당사자인 청소년들은 당장의 경쟁에 쫓긴다. 프로그램을 만들어도 시험이나 취직 때문에 못 한다는 이야기를 한다.

어른들의 가치관에 물이 들어 청소년들 스스로도 벌써부터 더 많은 돈을 벌어야 한다고 생각한다. 몸도 마음도 바쁘고 여유가 없어졌다. 청소년들을 위한 공간과 프로그램은 많아졌는데 과거보다 청소년들의 입지가 더욱 좁아진 느낌이다.

현재의 사회에 적응시키는 것이 지금의 교육이다. 지금의 교육은 지금의 사회에 적합할지도 모른다. 하지만 미래 세대에 대한 교육이라면 현재 사회에 기반하면서도 미래에 대한 비전을 담고 있어야 하지 않을까?

아이들에게 꿈이나 정말 하고 싶은 게 뭔지 물으면 모른대요. 자신의 인생 방향을 설정하지도 못하고 꿈 없이 사는 거죠. 아이들 스스로 꿈과 삶을 찾을 수 있도록 해야 하는데 우리는 그 방법을 가르쳐 주기보다는 주입해서 넣어 주고만 있어요. 안타까워요.

절로 고개가 숙여질 만큼 당연한 문제의식이다. 우리는 아직도 속된 성공과 그를 위한 지름길, 그리고 그에 걸맞은 직업을 가지라고 가르치고 있다. 아이가 어떤 직업을 원하는지, 어떤 인생을 살고 싶어 하는지, 어떤 분야에서 일가를 이루고 싶어 하는지는 관심 없이 말이다.

공부 외에도 다른 길이 많다, 그 길을 인정하라!

경쟁에 치인 그들, 벌써부터 어른들이 말하는 성공을 꿈꾸는 그들에게 '청춘'의 사람들은 다른 길이 많고, 그 길을 인정하라고 이야기한다. 춤을 잘 추고 좋아하는 친구가 있는데, 지금은 춤을 그만두고 대학 입시를 위해 공부에 전념하고 있다. 동아리 활동, 학생회 활동은 성적과는 별도여서 입시에 도움이 안 되고, 학교의 틀은 공부하고 취업하는 것 외에는 인정하지 않으니까 별수 없다. 그 친구는 춤을 잘 췄고, 정말 좋아했지만 학교의 틀 안에서 공부할 수밖에 없게 된 것이다. 사회에 나온 이들 중에서 공부를 통해 자신의 꿈을 실현할 수 있는 경우도 있지만 그렇지 않은 경우도 너무 많다. 그런데 우리는 하나의 틀로 학생들을 키우고 있는 것이다.

학부모가 아이들에게 협박하며 하는 말이 "네가 지금 하는 것에 대해 후회하지 않을 자신 있니?"라는 것이다. 낙오자가 될 수 있다는 것이고, 사실상 기존의 틀을 강요하는 것이다. 하지만 '청춘'은 이렇게 말하고 싶어 한다. 후회하더라도 가 보자고. 분명 후회할 텐데 그대로 가 보자고. 자신의 삶을 후회해 보지 않은 사람이 있을까? 인생은 어차피 후회를 동반하게 마련이다. 그래도 자기가 선택한 삶을 후회하는 게 선택하지도 않은, 강요받은 삶을 후회하는 것보다는 조금 더 나은 길 아니겠는가.

그러하기에 '청춘'의 방침과 방향이 때론 학교교육의 부족한 부분을 보완하기도 하지만, 때로는 수평선을 그으며 대립하기도 한다.

학교에서는 공부하라고 하지만, '청춘'에서는 놀라고 이야기한다. 공부하는 것이 즐겁고 행복해야 하는데 아이들은 즐겁지 않다. 사실 즐겁지 않을 수밖에 없다. 함께하는 것, 행복을 느끼는 것, 지금 살고 있는 것이 즐거워야 한다. 조금씩 그것을 도출해 주는 것이 '청춘'의 역할이다. 다른 삶들에 대해 인정해 주고, 희망이 있다고 격려해 주고, 그것을 표출할 수 있도록 지원해 주는 것이다. 현재의 삶을 잘 살 수 있게 해 주는 건데 사실 마당만 열어 주면 청소년들은 스스로 아주 잘한다.

이 사무실로 옮기기 전에 '청춘'의 사무실은 지하였는데 그곳에서도 청소년들은 전혀 개의치 않고 북 치고, 춤추며 놀았다. 그 탁한 공기나 답답한 공간과는 상관없이 청소년들은 마당이 열렸다는 것만으로도 얼마든지 끼를 펼쳤다. 왜 그럴까? 이곳에서는 마음껏 소리치고 마음껏 발산할 수 있기 때문이 아닐까? 그것이 바로 청소년교육문화공동체 '청춘'이 존재하는 이유다.

문화소통공동체를 꿈꾼다

'청춘'은 최근 문화소통공동체 사업을 구체화하고 있다. 이는 궁극적으로 '청춘'의 방향이기도 하다. 문화소통공동체는 주입식 교육이 아니라 청소년들이 대안적 삶을 풀어내는 문화적 생활공동체를 의미한다.

개미와 베짱이 이야기를 하면서 선과 악으로 나눠 해석하기도 하는데 사실 베짱이는 열심히 노래하는 사람으로 이해될 수도 있어요. 다른 시각으로 세상 보기, 문화를 만들어 내고, 가지고 노는 그런 공동체를 지향합니다. 내가 부르는 노래, 내가 추는 춤을 시민

'청춘' 사람들은 청소년들을 친구라고 부른다.
그저 호칭으로서 쓰는 표현이 아니라
신심으로 함께 세상을 살아가는 친구라고 여기다,
청소년들이 겪는 시행착오를 그들 또한 겪었고,
청소년들처럼 후회할 선택을 하기도 한다.
'청춘' 은 청소년들이 자신의 정체성을 확립하고
자신의 인생을 살아가는 데 함께하는 길동무이다.

문화소통공동체는 건물을 만들어서 청소년들이 갈 수 있는 공간을 하나 만들어 내는 것보다 더 큰 의미가 있다. 우리는 곧잘 덩그러니 큰 건물 하나 지어 놓고 다 했다는 착각에 빠지지만 그것보다 더 중요한 것은 그 공간에서 함께 어울릴 공동체를 형성하는 것이다.

콜로세움 하나 만들어 두고 청소년 정책 다 했다고 생각하는데 가까운 거리에 청소년들이 갈 수 있는 작은 공간들이 많아야 한다. 동 단위마다 만들어져야 한다. 홍콩은 아파트 1층을 도서관이나 어린이집 등 공익 공간으로 쓰고 있다고 한다. 우리도 그런 공공 공간이 있어야 한다. 집에서 밥 먹고 금방 나와서도 놀 수도 있는 곳, 생활의 일부분으로 놀이 공간, 공부 공간들이 만들어져야 하는 것이다.

그런 공간이 없다 보니 청소년들은 길로 나가게 마련이다. 대전에서도 신개발지에 지하도를 만들었는데 차량이 아직 다니지 않다 보니 청소년들이 그곳에서 춤을 추며 논다고 한다. 굉장히 위험한 일이다. 하자센터의 경우 아이들의 연습 공간이 나름대로 많이 마련되어 있고, 그들을 위한 흡연실도 있었다. 놀라운 일이기도 하지만, 청소년들의 흡연이 이미 이뤄지고 있다면 그들을 더 이상 후미진 골목길로만 내몰 수도 없는 일이라는 것이다.

정부나 지자체, 교육청 등에서 제안이나 요청할 정책이 없는지 묻기도 한다. 하지만 '청춘'은 그저 간섭하지만 말아 달라는 입장이다. 예컨대 청소년 어울 마당 프로그램을 하더라도 마음대로 진행할 수가 없는 형편이다. 경쟁적 프로그램을 지양하지만, 정부에서는 더 많은 인원을 동원하는 데 더 주력한다. 청소년 백 명이 조금씩 즐거울 수 있는 프로그램 하나보다 청소년 열 명이 더 많이 즐거울 수 있는 다양한 프로그램 열 개가 필요한데도 말이다.

'청춘' 사람들 모두 월급도 제대로 받지 못한 채 일을 하고 있는 형편이지만 조금이라도 청소년들을 향한 우리의 시선, 문화를 바꿀 수 있다면 기쁜 마음으로 감수하겠다는 각오로 일하고 있다.

그렇게 오랜 세월을 버티며 조금씩 성장하고 있는 '청춘'이 조금 더 힘을 내준다면 지역 내 청소년들의 입지가 조금은 달라지지 않을까 기대한다.

산촌유학 1호

이른바 산촌유학이라는 말이 한국에 들어온 것은 10여 년에 지나지 않는다. 일본에서 30여 년간 발전해 온 산촌유학이 우리나라에서도 생겨난 것이다. 사라져 가는 농촌 사회와 시골 학교를, 경쟁과 입시에 찌든 도시 아이들의 탈출구로 되살리고 더불어 마을공동체와 지역사회도 활성화시키는 산촌유학. 이제 우리나라에도 산촌유학이 널리 퍼지고 있다. 우리나라 산촌유학 1호인 완주 고산면의 고산산촌유학센터를 찾아 나섰다.

시골살이의 실패자

완주군 고산면 양아리는 그냥 주저앉고 싶은 마음이 드는 아늑한 마을이다. 산이 병풍처럼 쳐져 있고 아래로는 저수지가 있고 주변 논밭이 마을 사람들을 먹여 살릴 만큼 풍족하다. 이 마을은 도시의 소란스러운 개발과는 거리가 멀어 보인다. 가는 날이 장날이라고 빗방울이 떨어지는 날 오후, 우리는 이곳에 도착했다. 비에 마당은 온통 진흙투성이가 되었고 거기서 뛰어노는 아이들의 신발은 그야말로 가관이다. 고산산촌유학센터 조태경 대표는 처음부터 산촌유학의 꿈을 꾼 사람은 아니다.

전에 환경 단체에서 오래 일했던 조태경 대표는 반환경적이고 반생태적인 공간에서 환경을 살리자고 하는 자신의 모습이 초라하게 느껴졌다고 한다. 삶과 불일치했던 것에 고민하면서 이러한 삶을 벗고 근본적인 가치에 맞는 삶을 찾으러 시골로 내려왔다. 도시는 그런 삶과 안 맞는다 여기고, 농촌의 가치를 찾아내고 그 안에서 살고 싶었던 것이다. 아무 정보나 준비가 없었다. 사실 낫질 한 번 한 적이 없었다. 평생 농업에 대해 공부하거나 체험해 본 적이 없었고 쌀이 나무에서 열리는 줄 알았다. 유기농을 기반으로 생태공동체를 구성하지 않고서는 새로운 시대를 열 수 없다고 생각하고, 대안경제, 사랑의 경제, 나눔의 경제, 돌봄의 경제를 지역사회에서 실천해 보겠다고 내려왔지만 조태경 대표는 바로 착각이라는 것을 알게 되었다.

준비 안 된 귀농자의 처절한 실패. 생존하는 것조차 힘들었다고 회고한다. 혼자서 자급자족한다는 명분으로 논밭을 가꿔 경제적 수익을 올린다는 것은 무모한 일이었다. 1천만 원 투자하면 1천만 원 건지기도 힘들었다. 1년 내내 자신의 모든 것을 투자했는데 거두는 것이 없었다. 물론 초년병이기도 했지만 농사꾼으로서 너무 역부족이라는 사실을 철저히 깨달았다. 그때 이후 그는 농사를 기반으로 한 생계는 포기했다.

먹고살기 위해 시작한 산촌유학

그는 아이들마다 내재된 빛이 있음을 안다. 모든 아이들에게 하나님의 씨앗, 불성, 신성이 있다. 한 아이 한 아이가 거룩한 존재인데 요즘 아이들은 영혼이 따뜻한 날을 살지 못한다. 그래서 내면 치유 프로그램을 개발했다. 학부모기 아이를 내 새끼, 내 자녀 하면서 소유하려고만 하지 아이와 온전한 관계를 맺지 못한다. 부모, 자식 간에 올바른 관계가 정립이 안 되고 사랑이라는 이유로 스트레스를 많이 준다. 온전하고 자유로운 관계가 성립되지 못하고 있다.

그래서 유기농으로 자급자족하는 것을 버리고 아이들을 치유하자, 위대한 자연의 치유력을 아이들에게 접목시키자고 결심했다. 조태경 대표는 자신은 교육자가 아니며, 우리 아이들이 이곳에 왔을 때 자연이 스스로 치유력을 제공할 뿐이라고 말한다. 아이들의 심성은 자연의 파도에 맞닿아 있고, 부모들이 거세한 체계를 회복시켜 준다는 것이다. 스스로를 교사라기보다는 협력자이고 보조자일 뿐이라고 말한다. 자연이 거기에 작동되도록 해줄 뿐이라고 말이다.

모든 것이 황무지였다. 맨땅에 헤딩하는 식이었다. 산촌유학이 이랬다면 선택하지 않았을 것이라고 그는 말한다. 뭐가 뭔지 몰랐기 때문에 시작이 가능했다. '아이들' 이 뭔지도 몰랐다.

산촌유학 아이들 대부분은 과도 행동 장애, 아토피, 비만, 컴퓨터 중독 아이들이었다. 그 당시는 차라리 수용소라고 해야 마땅했다고 한다. 아이들 수발드는 데 모든 시간을 투자했다. 상상할 수 없는 수준이었다. 저녁에는 아내가 밥해 놓고 쓰러져 잤다. 그래도 젊었기에 새벽에 일어나 아이들 아침밥을 먹일 수 있었다. 아이들 10명으로 그렇게 시작했다. 월급은 물론 없었다. 궁하면 통한다고 자신들의 어려움에 대해 주변에서 좋게 봐 주었다. 눈물이 날 정도였다.

산촌 유학비로 아이 한 명당 월 49만 원을 받았다. 그러나 남는 것이 별로 없었다. 아이들의 먹을거리를 100퍼센트 유기농으로 해야 한다고 고집하는 바람에 전체 지출의 50퍼센트를 식비가 차지했다. 지금은 전부는 아니지만 설탕, 참기름 등은 유기농으로 고집하고 있다. 주변에서 자원봉사의 방식으로 교사로, 보조자로, 주방장으로 한 사람 한 사람이 도움을 주었다. 물론 자원봉사자들은 월급을 받지 않았다. 대표인 그도 지금에서야 겨우 100만 원 정도 월급을 받는다.

산촌유학에 대한 철학이 담보되지 않으면 선생님의 밑천이 쉽게 드러난다. 비폭력을 가르치면서도 아이들에게 체벌을 가할 때가 있었는데 아이들은 선생님이 자신을 진심으로 사랑한다는 것을 안다고 말한다. 이곳에 있는 교사들은 돈을 보고 온 것이 아니다. 오직 대안적 삶에 대해 고민하고 삶의 가치와 지향을 보고 온 것이다.

산촌유학센터에서 일하는 사람들은 대부분 NGO 활동가 출신이다. 성공회대에서 석사 마친 사람이 있고, 캄보디아 평화센터에 다녀온 분, 다문화센터나 지역아동센터를 운영한 이도 있다. 부대표인 윤영병 선생은 회사와 단체에서 일한 경험도 있고 인드라망 생명공동체에서 운영위원장을 지내기도 했다. 김비타 선생

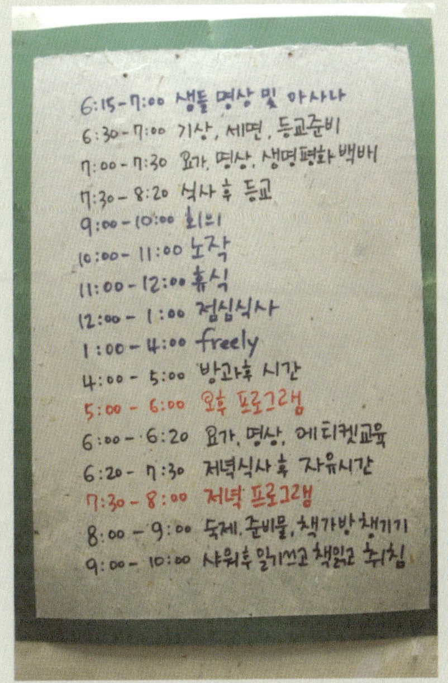

"아이들은 자연이다. 자라나는 우리 아이들 가슴속에 자연이 담겨야 한다."
고산산촌유학센터는 도시의 아이와 농촌 사회를 살려 내고,
시골 공교육의 장을 높일 수 있는 상생의 대안을 모색하고 있다.

은 프랑스 베르사유 대학을 나오고 여기에 귀농하여 지역 주민이
되었다. 10년 유학을 마치고 강남에서 천재교육을 하다가 삶에
회의를 느껴 모든 것을 버리고 왔다. 연세대 경영학과와 성공회
대를 거치고 아시아의 친구들, 캄보디아 평화센터를 거친 나무샘
강영석 선생도 있다. 이 시골 마을에 최고의 학력과 경력을 가진
사람들이 즐비하니 참 놀랍다.

우리는 물질이고 인간이지만 우리는 파동이고 에너지 덩어리입니
다. 아이들은 언어로 사고하는 것이 아니라 감정으로 느끼는 존재
이지요. 맑은 정신으로 만나지 않으면 안 된다고 생각해요. 아이들
보다 먼저 일어나 명상하고 아이들을 맞는 것이 올바른 태도라고
믿습니다. 저는 매일 아침 일찍 일어나 목욕탕을 다녀옵니다. 그러
고 난 뒤 아이들을 깨워 오체투지 명상을 합니다. 이렇게 우리 선
생님들은 아이들을 만날 준비와 자세가 되어 있습니다.

제3의 운동, 산촌유학

고산산촌유학센터에서 그동안 발전시켜 온 교육과 체험 프로
그램은 매우 다양하다. 대부분이 자연 속에서 자연과 노는 것들
이다. 이곳에 와서 지렁이를 처음 본 아이들도 있다고 한다. 그런
아이들이 지렁이를 만지는 데 한 달 걸린다. 일단 만지기 시작하
면 자기들끼리 지렁이 놀이라 하며 지렁이를 갖고 노는 놀이 방
법을 열 가지 정도 만든다고 한다. 지렁이를 잡아서 자르기도 하

지만 교사들이 처음에는 이를 그냥 둔다고 한다. 잘못을 스스로 깨우치고 반성하도록 하기 위해서이다. 한 달에 한 번 PC방에 가는데 요즘은 아이들이 하는 게임이라 해도 칼싸움이 나오고 피가 흐르는 잔인한 장면이 많다고 한다. 제지하고 싶지만 교사들은 아이들 스스로 그것이 좋지 않다는 것을 깨닫고 자제할 때까지 믿고 기다린다.

아이들 스무 명이 모인 사회는 무서운 사회라고 조태경 대표는 말한다. 아이들 공동체 속에 왕따도 있고 폭력 문제, 성 문제도 있다는 것이다. 또한 보이지 않는 질서와 서열이 있다고 한다. 교사들은 모든 것을 알고 있지만 일단 두고 본다. 스스로 정화하는 힘을 가지게 하기 위해서다. 그리고 교사 회의에서 심각하고 진지하게 고민하고 대안을 만든다. 아이들 하나하나에 대한 논의를 해서 어떻게 도울 것인가를 토론한다.

아이들과 모두 함께하는 공동체회의가 1주일에 한 번 있다. 매주 월요일 8시에 있는 이 회의는 지난 4년 동안 한 번도 빠지지 않고 했다. 민주주의가 무엇인지도 모르고 살던 아이들이 이 과정을 통해 많은 것들을 배운다. 처음에는 자기 의견 표현을 못 하다가 3~4개월쯤 지나면 말문이 터지고, 설득력 있는 의견을 내면 자기 요구가 통한다는 것을 알게 된다. 예를 들면 모두 함께 찜질방에 가자는 의견을 낼 때 이 의견에 타당한 이유를 말해야 의견이 통한다는 것을 아이들이 깨우치는 것이다. 이런 과정을 통해 아이들은 설득력 있는 의사 표현 방법을 터득한다.

산촌유학센터는 다양한 프로그램을 통하여 아이들이 공동체 생활을 가능하게 하고 동시에 삶의 자세도 바로 세운다. 이런 교육 프로그램은 교사 회의에서 정한다. 교사 회의는 민주적으로 매일 진행되며 사소한 교육과 행사, 활동의 모든 내용을 논의하고 결정한다. 그리고 결정된 모든 사항은 부모들에게 공지한다.

산촌유학센터는 대안학교도 아니고 물론 공교육은 더욱 아니다. 굳이 정의하자면 제3의 운동이라고 할 수 있다. 이 동네에 있는 초등학교 분교에 아이들을 보냄으로써 공교육을 받게 하고 동시에 방과 후 시간은 산촌유학센터에서 보낸다. 지식 교육은 학교에서 담당하고 산촌유학센터는 오감 교육을 통해 아이들에게 행복 찾기를 해 주는 셈이다. 특별한 수업 도구를 활용할 때도 있고 비디오나 책을 가지고 공부하기도 하지만 농촌은 그 자체로 이들에게 교재가 되어 준다. 조 대표는 비폭력 대화법이란 프로그램을 자랑한다.

우리 아이들이 너무 거칠어요. 아이들의 말에도 가시가 돋아나 있습니다. 여기에서 누구나 욕을 하면 100배 절을 하게 합니다. 《호노포노의 비밀》이라는 책이 있는데요. 그 책에 따라 절할 때마다 서로 마주 보고 "미안합니다.", "용서하세요.", "(용서해 주었으니) 감사합니다.", "사랑합니다." 이 다섯 말을 다섯 번씩 소리 내 말합니다. 스무 번의 사이클로 진행하면 전체 100번이 됩니다. 심각할 때는 교사가 함께할 때도 있습니다.

이렇게 벌 받는 일이 과거에는 잦았다. 지금은 2주일에 한 번 정도밖에 안 한다. 다투더라도 폭력을 자제하는 힘이 늘어난 것이다. 비폭력 비디오를 보고 토론하고 비폭력 대화법을 진행하니 아이들이 이렇게 평화적으로 변했다.

음식을 먹을 때도 그냥 먹지 않는다. 음식을 앞에 놓고 "음식이 하늘입니다. 이 음식이 내 앞에 오기까지 고생하신 모든 분들께 고맙게 생각하며 맛있게 먹겠습니다."라고 말하고 먹는다. 이런 작은 의식을 통하여 아이들은 음식과 그것을 만든 사람들에게 감사하는 마음을 가지게 된다.

산촌에 아이들이 몰려온다

아직 시설이 열악하고 공간도 협소한데 아이들이 몰려들어 벌써 입학 경쟁률이 5 : 1이 될 정도이고 이번 겨울 캠프에 오간 아이들이 100명이다. 오겠다는 아이들은 다 받고 싶지만 수용 능력 때문에 받지 못하는 형편이다. 밥, 빨래, 청소를 해 주는 교사, 기사 교사 모든 분을 포함해 상근하는 교사가 11명이니 이미 적은 숫자는 아니지만 교사들이 가진 역량에 맞게 아이들을 맞을 계획이라고 한다.

학교의 모든 재정을 아이들의 유학 비용으로 충당하다 보니 오히려 경제적 능력이 있는 부모의 아이들이 온다고 한다. 부모의 직업 비율을 보면 의사, 회계사 등 고소득 직업이 50퍼센트 정도를 차지한다고 한다. 그래서 정원의 일부는 사회적 취약 계층의 아이들을 받고 있다.

올해로 산촌유학센터가 설립된 지 4년이 되었다. 처음엔 적막한 시골 마을에 아이들 웃음소리가 들리니 마을 사람들이 뭔가

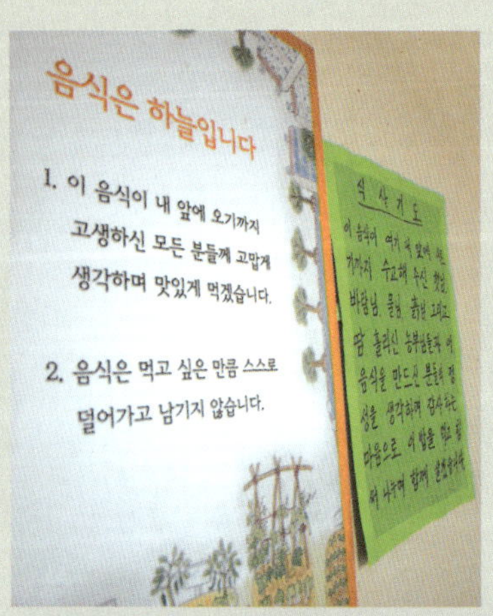

알콩달콩 쑥덕쑥덕 어울렁더울렁 좌충우돌……,
아이들이 자연 속에서 맘껏 뛰놀며 몸과 마음이 철드는 곳,
자립적인 생활양식을 배우고 스스로의 삶을 소중히 가꾸는 곳,
생명의 신비와 그 소중함을 알아 가는 곳, 내가 누구인지 생각하는 아이를 키우는 곳,
영혼이 따뜻해지는 날들의 추억 속에 담는 곳을 지향합니다.

했단다. 지금은 지역의 농산물을 사서 아이들 먹을거리를 해결하고, 지역 농가에 한 달에 50만 원씩을 지원하며 아이들이 농가형 체험을 할 수 있는 프로그램도 운영한다. 농가 수입에도 도움이 되니까 산촌유학센터를 대하는 태도가 호의적으로 바뀌었다.

깊은 변화는 아이들에게도 일어난다. 시간이 지날수록 아이들의 변화가 크다. 우울증이 치료되기도 하고 사람들과 정상적인 관계를 맺어 간다. 표현력이 강화되고 자신감을 가진 아이가 되어 삶을 자신의 것으로 만든다. 조 대표는 '대단한 임계점'이라고 표현했다. 이 삶이 내 것이라는 것을 산촌유학센터를 통해 아이들이 알아 간다는 것이다.

일본에 비하면 거북이 걸음

지역사회와 좋은 관계를 만드는 과정에서 험난한 경험을 하기도 했다. "너희들 숙박 업소 아니냐. 학원법에 저촉된다!"는 비판이나 진정도 잇따랐다. 유학 비용과 관련하여 학부모와 분쟁도 있었다. 어느 학부모가 국민고충처리위와 감사원에 부당 이득을 취했다고 진정서를 넣은 것이다. 이런 민원에 대해 정당한 평가를 받기 위해 오히려 공개적으로 대응했다. 결국은 모든 것이 잘 해결되었지만 이런 부당한 비난에 그만둘까 몇 차례 고민하기도 했다고 한다. 이 대목에서 그는 눈물을 훔쳤다.

주민등록등본을 떼면 내 밑으로 세 장이 나와요. 아이들의 이름이

다 나오는 거지요. 모두 내 동거인이고 가족입니다. 정말 대가족이
에요. 제가 이 아이들을 버리고 어디로 갑니까?

　일본은 100군데가 넘는 지자체에서 이미 산촌유학을 시행하고
있다. 산촌유학법, 산촌유학보험제도까지 완비되었다고 한다. 조
례 제정도 모두 끝났다. 일본은 교사를 '산촌 부모'라고 칭한다.
정말이지 부모의 마음이 아니고서는 이 아이들을 데리고 살아가
기가 힘들 것 같다. 조 대표는 일본의 교육 주체 간의 긴밀한 연
대 체계가 부럽다고 말한다. 일본의 경우 문부성, 교육청, 지자체
가 서로 협력하여 아이들을 돌볼 수 있는 여건을 만들어 준다고
한다. 예를 들면 아이들이 안전하게 다닐 수 있도록 시골길에 인
도를 깔아 주기도 하는데 우리는 아직까지도 지자체에서 호의적
이지 않다. 많은 아이들이 방 한 칸에서 잠을 자기도 하고 위생이
나 안전에도 문제가 있다고 한다.
　교육청은 이 귀한 교육기관, 교육 자산을 알아보지 못한다. 와
서는 소방 시설이 제대로 되어 있는지만 확인하고 간다. 폐교가
되면 인센티브가 있는데 산촌유학센터 때문에 자꾸 아이들이 불
어 폐교가 안 되니 불평만 한다. 분교에 29명이 다니는데 원주민
아이는 9명이고 나머지는 모두 산촌유학의 아이들이다.
　산촌유학은 시대적인 아이콘이다. 물이 위에서 아래로 흐르듯
역사의 방향도 일정한 곳으로 흘러간다. 산촌유학은 발전할 수밖
에 없는 시대의 흐름이다.
　산촌유학은 농촌 마을의 수익성, 지역사회 활성화, 공교육 살
리기로서 좋은 아이템이다. 시대적인 큰 흐름으로 한국에 이제

상륙한 단계이다. 일본에서는 지나가는 사람들에게 물어보아도 산촌유학의 개념을 다 안다. 한국은 일본에 비하면 아직은 거북이 걸음이지만, 앞으로 10년이면 따라잡을 것이다.

그러나 산촌유학의 의미를 경제적 득실로 따져서는 안 된다. 도시 아이들의 영혼과 육체를 살려 낼 수 있는가가 중요하다. 이런 사상적, 철학적 원칙이 낄리지 않고, 그 키워드를 잃어버린 상태에서 산촌유학은 불가능하다. 하드웨어를 만들 수는 있지만 아이들이 "내 영혼이 따뜻했던 날이었다", "내 마음의 진정한 고향이 여기였다"는 생각을 가지게 못 한다면 허사이다. 아이들을 보아야 한다. 나머지는 따라오는 것이다. 그래야 폐교가 살아나고 지자체도 살고 농촌도 산다. 그러나 그것은 어디까지나 부산물일 뿐이다.

은평구 대조동 엄마들의 마을 혁명

한 아이를 안고 엄마가 책을 읽어 줍니다.

걷는 아이 손을 잡고 온 아빠가 책을 읽습니다.

집에 들어가는 길에 아이가

친구와 함께 책 속에서 놉니다.

도서관은 우리의 과거와 현재

그리고 미래를 만나는 곳입니다.

마을도서관은 좋은 책을

가까운 곳에서 만날 수 있습니다.

_대조동 꿈나무어린이도서관 팸플릿에서

꿈나무어린이도서관은 은평구 대조동 마을 어린이들과 청소년들이 꿈을 키우는 공간이다. 동시에 이곳은 이 마을 어머니들의 꿈이 결실을 맺은 공간이기도 하다. 마을 어머니들의 자발적인 제안과 참여로 이루어진 성과이며, 지금도 온전히 이들의 자원봉사로 꾸려지는 도서관이다. 공공도서관이라고 하지만 장소만 공공장소를 이용한 것일 뿐 어머니들이 주도적으로 운영한다. 이 꿈 같은 도서관을 찾아가 본다.

사설 도서관 만들려고 나섰다가

은평구 대조동 마을 도서관의 씨앗은 이미경 씨에게서 먼저 싹텄다. 이 도서관이 잉태된 2000년 당시 이미경 씨는 자신의 딸아이를 학교 외에는 어떤 학원에도 보내지 않고 직접 가르쳤다. 그러나 독서 지도와 일기 지도는 혼자 가르치기가 벅찼다. 더구나 좋은 책을 혼자서 다 사 보는 것도 한계가 있었다. 집 근처에 도서관이 하나 있었으면, 하는 마음이 들었다. 그래서 사설 도서관을 하나 만들 생각까지 하고, 실제로 주변 건물을 빌려 도서관을 만들려고 알아보고 다니기도 했다.

그러나 임대료가 너무 비쌌다. 자신이 살고 있는 집을 도서관으로 개조해서 운영한다면 모를까 도서관을 만든다는 것은 현실적으로 불가능했다. 결국 개인적으로 도서관을 열겠다는 생각을 접었다. 그런데 신문을 보다가 대조동 동사무소가 주민자치센터로 바뀐다는 소식을 접하게 되었다. 기회다 싶었다. 학교운영위원회 운영위원을 하고 있던 터라 다른 어머니들에게 이야기하여 주민자치센터에 도서관을 만들어 달라고 힘을 모아 청원했다.

미국 전역에는 3.2킬로미터마다 공공도서관이 인체의 실핏줄처럼 퍼져 있어서 단순히 문화 시설이 아니라 미국 교육의 터전인 동시에 주민들의 실생활 편의 공간으로서의 기능을 다하고 있다고 합니다. 프랑스 파리 역시 면적은 서울의 5분의 1도 안 되지만 20개 구 전체에 62개의 작은 도서관이 자료를 특화시켜 작은 도서관과 큰 규모의 도시관이 조화롭게 운영됩니다. 이에 비해 우리나라는 인구 12만 명당 도서관 한 개가 있는 실정입니다. 큰 규모의 공공 도서관이 아니라 작은 도서관이 더 많이 생겨 지식과 정보를 균등하게 공유해야 할 것입니다.

위의 글은 당시 청원서의 일부이다. 도서관을 만들려고 애쓴다는 것이 동네에 알려지면서 동네 아이들도 서명을 해 주었다. 이미경 씨는 대조동 동장도 직접 만났다. 동장도 좋은 생각이라고 받아들여 대조동 주민자치위원회의 안건으로 채택했다. 이들은 만장일치로 도서관 설립에 합의했다.

이제 남은 것은, 도서관을 짓는 것이 아니라 어떻게 운영하는 것이냐였다. 구청에서 운영 방안을 묻는데 질문에 답을 잘못하면 무산될까 봐, "엄마들이 자원봉사로 하겠다"고 했다. 그래서 2000년 12월에 공식 결정되고 새로 대조동 주민자치센터를 지으면서 그 안에 공간을 얻어 2002년 1월 개관했다.

그때부터 지금까지 도서관은 완전히 어머니들의 자원봉사 체제로 운영하고 있다. 도서관 운영에 문제가 없었던 것은 아니다. 도서관이 주민자치센터 3층에 있었기 때문에 가끔 엘리베이터 사고가 나고 유모차가 올라가기도 힘들었다. 이러한 문제를 해결할 수 있는 방법을 찾기 시작했다.

2003년도에 기적의 도서관 팀이 찾아왔다. 현재의 도서관 자리가 파출소였는데 통폐합되면서 비어 있었다. 도서관을 이곳으로 옮기면 좋겠다고 판단했다. 기적의 도서관 자료를 수집하고 조사해 구청에 찾아가 도서관을 옮길 수 있게 해 달라고 직원들을 설득했다. 대조초등학교 교장 선생님을 찾아가 사정하기도 했다. 그래서 마을 사람들의 소망이 담긴 최장의 엽서(기네스북에 오를 정도로 길었다고 한다.)를 만들고, 학생들이 종이학을 접어서 기적의 도서관 유치 신청서를 냈다. 그런데 지자체가 재정 부담을 해야 하는데, 은평구청에서는 사정이 안 된다고 하여 결국 뜻을 이루지 못했다.

그러나 성과가 전혀 없었던 것은 아니다. 그 과정에서 빈 파출소 자리에 들어와 있던 자유총연맹이 동의를 해 주어 이 공간을 도서관 이전 부지로 쓸 수 있게 되었다. 그러나 도서관을 새로 지을 돈을 어떻게 마련할지 막막했다. 어머니들이 공동모금회에 신청을 했고, 5천만 원을 지원받게 되었다. 이것을 근거로 동사무소와 구의회 의원들을 찾아다니며 동네 도서관을 만들어 달라고 요청했다. 결국 서울시에서 지원하는 비용과 구청 예산을 합쳐서 4억 정도를 들여 건물을 짓게 되었다.

그런데 산 너머 산이었다. 이번에는 그 중간 땅이 재경부 것이라고 해서 그 승인을 받느라 또 1년 기다렸다. 긴 기다림 끝에, 2005년 파출소 자리에 꿈나무어린이도서관 새 건물을 세웠다. 마을 어머니들이 진정 해낸 것이다.

도서관 하면 빼놓을 수 없는 채 잔치. '두서과 학교'에서 사서 교육을 받은 어머니들이
"도서관에는 책이 있다 놀이가 있다"는 타이틀을 붙여 '책잔치한마당'을 열었다.
이주민 여성들과 함께하는 한글학교, "예쁘지 않은 꽃은 없다"의 수업 장면.
청소년 기자단 온새미로 아이들과 이야기를 나누고 있다.

'어머니 사서'를 기르는 도서관 학교

법적 위상으로 보면 이 도서관은 주민자치센터 별관으로서 운영된다. 도서 대출, 반납, 회원 관리는 기본 업무다. 보통 전문 사서와 풀타임 직원들이 하는 일을 20여 명의 30~40대 어머니들이 자원봉사로 모두 한다. 이 도서관의 자랑은 무엇보다도 이 어머니들이 열정적으로 만드는 신 나고 뜻깊은 프로그램에 있다. 가장 잘된 프로그램으로 들 수 있는 것이 바로 학교 도서관 활성화 사업이었다.

은평구 안에 좋은 도서관이 많이 생기면 좋은데 그게 생각대로 안 되었다. 대조동 꿈나무어린이도서관이 은평구에서는 유일한 어린이 도서관이었다. 동사무소 비는 곳마다 공공도서관으로 만들자고 여러 차례 서명도 했다. 이러한 노력들이 수포로 돌아가자 그렇다면 이미 있는 도서관이라도 잘 활용해 보자는 운동으로 바꾸었다.

초중등학교에서는 반마다 한 명씩 어머니를 뽑아서 도서관 자원 활동을 하게 한다. 매년 한 학교에서 30여 명 도서관 도우미(명예 사서)를 뽑는다. 그런 엄마들에게 책을 대출하는 단순 업무만 시키고 만다. 이 엄마들이 더 적극적으로 책과 아이를 연결하는 준사서가 되어야 한다. 그래서 그 엄마들 50명을 모아 18강 강좌를 했다. '도서관 학교'가 바로 그것이다. 올해는 '찾아가는 도서관 학교'라고 해서 16개 학교에서 이러한 강좌를 하려고 한다.

이렇게 교육과정을 마친 어머니들은 이미 전문적이면서도 열정적인 도서관 운동가로 변신했다. 바로 그 엄마들과 함께 학교

운동장이나 교실에서 '책잔치한마당'을 진행하기로 했다. "도서
관에는 책이 있다 놀이가 있다"라는 타이틀을 붙인 '책잔치한마
당'이었다. 어머니 활동가들이 없었다면 할 수 없는 일이다.

　이런 사업을 하니까 어머니들이 보람을 느끼고 자신감도 갖기
시작했다. 원래 이 어머니들이 생각한 것은 물론 도서관의 설치
와 운영까지였다. 그런데 8년이 지나고 다양한 활동들을 하면서
경험과 열정이 쌓이고 그 에너지가 이 도서관을 넘어 지역에 넘
쳐흐르게 되었다. 이미경 씨의 말대로 "조용히 있던 학교 도서관
을 마구 흔들게 되었다"고 한다. 지금은 적극적으로 도서관 문화
를 바꾸어 놓는 역할을 하게 된 이들은 주민자치박람회에서 우수
프로그램으로 상도 받았고 작년에는 은평 대상도 받았다.

'아시아를 품은 마을 대조동' 프로젝트

　다문화 사업은 꿈나무어린이도서관이 진행한 또 다른 우수 프
로그램이디. 한 엄마가 주민자치센터 한글 교육 보조 교사로 일
한 것을 계기로 이 일이 시작되었다. 은평구에는 이주민 여성이 5
천여 명 정도 된다. 한글 강의를 듣는 이주민 여성들이 한글학교
가 재미없다고 해서 조금 더 재미있게 만들어 볼 궁리를 했다. 결
론은 문화적으로 접근해 보자는 것이었다. "예쁘지 않은 꽃은 없
다"는 제목을 붙었다. 그냥 일방적인 한글 교육이 아니라 중간에
요리도 하고 이야기도 많이 들어 주고 노래도 하는 콘텐츠로 구
성되었다. 처음에는 10여 명 나오다가 나중에는 20여 명이 되었

다. 올해에도 계속 진행해 달라고 해서 올해에는 마을 의제 사업으로 하게 되었다. 대조동 주민 모두가 받아 주어야 이주민 여성들이 한국 사회에서 함께 살아갈 수 있다. 그래서 제목도 '아시아를 품은 마을 대조동'이라는 제목으로 정했다.

여성 이주민들 외에도 '함께 가는 아시아 여행'이라고 하여 어린이 프로그램도 마련했다. 이주민 자녀들이 엄마 고향 나라를 알아보도록 하는 프로그램이다. 이 과정을 통해 우리나라 아이들과 이주민 아이들이 아시아의 문화와 특성을 공유한다. '우리는 지구촌 시민'이라는 지역 축제를 10월에 열 예정이다. 이 행사의 가장 큰 의미는 주민자치위원을 대상으로 다문화 가정에 대한 교육을 한다는 점이다. 주민자치위원들이 다문화 사회 속에서 스스로 할 일을 살피고, 이주민들을 적극적으로 이해하는 계기를 만들어 준다.

8년여 가까이 도서관 활동에 집중하면서 어머니들끼리 아주 친해진 것은 물론이다. 이제 이 어머니들의 아이들도 많이 자랐다. 특히 이미경 씨 아이들도 고등학생이 되었다. 그래서 이 마을은 이제 새로운 시도를 해 보려고 동분서주하고 있다. 즉 공동체 창업을 준비 중이다. 엄마들끼리 워커즈콜렉티브(일본의 주부들이 만든 종업원지주회사) 공부를 하고 있다고 한다.

어린이들과 청소년들을 위한 먹을거리 기업을 만들어 보자는 것이다. 지역 생협과 함께 유기농 식재료를 사용한 도시락을 만들려는 것이다. 학원 다니며 바쁜 아이들이 짬짬이 사 먹는 게 편의점 삼각 김밥이다. 영양적으로 형편이 없다. 아이들에게 좋은 음식 먹이려는 엄마 열 명이 공동으로 투자를 해서 매장도 내고 일자리도 만들 계획이다. 이미경 씨는 엄마들의 열정에 대해 이렇게 말한다.

여기서 봉사하는 엄마들이 스물여섯 명이에요. 은평에서 어머니로서 살면서 할 수 있는 사업이 무지무지 많아요. 도시락 가게, 반찬 가게만이 아니에요. 아이들에게 맥도날드 먹지 말라고 하면서 어른들인 우리가 다시 맥도날드에서 커피 마시잖아요. 그러니 우리가 대안적 카페도 만들어야겠더라고요. 이렇게 보면 우리들이 할 일이 정말 많아요.

어머니 마을 활동가의 탄생

이 어머니들의 열정은 무엇보다도 자원 활동가들의 봉사 정신에서 비롯된다. 자원봉사센터에서 네 시간 근무에 급양비 명목으로 주는 돈이 5천 원이다. 어머니들은 그것을 모아서 월 40~50만 원으로 만든다. 그것을 이 도서관 운영에 따르는 회의비, 프로그램 진행비 등으로 쓴다. 한 푼 한 푼 절약하여 다시 이 도서관의 운영비로 쓴다. 진짜 대단하다. 그러나 이들에게 고비가 없었던 것은 아니다.

주부들은 자원봉사가 처음부터 몸에 배어 있지는 않았다. 남편이 반대한다, 시간이 없다고들 하면서 발을 빼는 경우도 있었고, 가끔 예고도 없이 약속한 시간에 나오지 않는 어머니들도 있었다. 그러다 보니 몇몇 열성적인 어머니들은 늘 비상 대기조로 있어야 했다. 그래서 열심히 할 수 있는 어머니들로 다섯 명의 운영위원회를 꾸렸다. 그런데 어느 날 그중 네 명이 그만두겠다고 했다. 하늘이 노랬다. 최선을 다하겠다던 엄마들이 그만두겠다니 정말 하늘이 무너지는 것 같았다. 너무 절망이어서 며칠 간 자리에 누워 있었다.

그러나 물러서지 않았다. 이미경 씨는 다시 일어섰다. 이렇게 힘들어진 이유를 분석해 보았다. 그것은 조직이 분리되고 이원화되어 있었던 탓이었다. 운영위원들이 정보를 독점한다는 이야기도 있었다. 그래서 참여하는 모든 주부들이 다 함께 다시 시작했다. 같이 밥도 먹고 함께 이야기 나누는 시간도 늘렸다. 그렇게 하니 운영위원회가 저절로 조직되었다. 몇 사람이 열심히 한다고 되는 것은 아니다.

이미경 씨는 셋째를 임신하고도 열정적으로 일했고, 그 아이를 낳고도 일을 멈추지 않았다. 심지어 갓난아기를 도서관에 데려와 내려놓고 일하기도 했다.

그러나 하루 종일 일만 생각하다 보니 스스로 힘들어졌다. 그 당시는 모든 일을 잘하려고만 했다. 자신과 다른 사람 모두 함께 피곤해졌다. 휴식이 필요했다. 잠시 일을 놓고 싶어서 일산으로 도망치듯 이사를 갔다. 그러나 결국 십리도 못 가서 발병이 났다. 이미경 씨는 다시 대조동에 돌아왔고 다시 이 꿈나무어린이도서관의 대표가 되었다.

관이 준 최고의 선물이에요.

어머니들이 성장하면서 마을도 성장했다. 그들을 바라보며 대한민국 한구석에서 희망의 샘이 콸콸 솟아나오는 것을 확인하게 되었다. 화창하고 즐거운 봄날이다.

새숲과 함께하는 청소년자원활동

사서체험교실

모집대상: 중학 1,2,3 학년 (10명내외)
모집기간: 2010년 2월 25일까지
활동기간: 2월27일~5월 24일 (격주 총8시간 진행)
활동내용: 도서관 사서가 하는 모든 일!!
(책정리보수팀/ 대출반납팀/프로그램진행팀)

신청 및 궁금증문의: 839-1121 (난곡주민도서관 새숲)
또는 직접방문환영합니다!(11시~7시)

난곡주민도서관 '새숲' 은
주민들의 후원으로 운영되는
비영리 민간 단체이며,
서울시립청소년활동진흥센터
터전인증기관입니다!

난곡주민도서관 새숲

책은 누구에게나 평등합니다

대학 시절에 자원봉사자로 전설적인 철거민 소외 지역 난곡에 들어와 나이 마흔이 넘도록 이 지역의 터줏대감, 산증인이 된 지역 활동가가 있다. 지금도 난곡주민도서관 '새숲'의 관장으로서 열정을 아끼지 않는 이명애 씨가 바로 그 주인공이다.

도서관학과 대학생들이 만든 난곡주민도서실

1987년 6월 항쟁은 당시 모든 대학생과 지식인에게 새로운 세상을 꿈꾸게 만들었다. 도서관학을 공부하는 젊은이들이라고 예외일 리 없었다. 1988년 전국도서관학과연합회가 처음 만들어졌고, 1989년부터 본격적으로 활동을 시작했다. 이때 이명애 씨는 숙명여대 도서관학과 3학년이었고, 학생회 활동을 열심히 하고 있었다. 1989년 연합회 선배들이 중심이 되어 난곡주민도서실을 만든다는 이야기를 듣고 함께하기로 결심했다.

그 당시 공공도서관은 낡은 책들만 쌓인 곳, 중고등학생들의 연애 장소로 알려져 있어 인식이 좋지 않았다. 그러나 주민도서관을 만들려면 주민들과 가까운 곳, 누구나 걸어서 갈 수 있도록 집 가까운 곳에 만들고, 기왕이면 도서관 혜택으로부터 가장 소외되어 있는 곳에 만들기로 했다. 마침 난곡 낙골교회에 다니고 있던 선배가 난곡 지역에 도서관을 만들자고 제안했고, 이곳에 활동 기반이 있었기 때문에 난곡에 도서실을 만들게 된 것이다.

1989년 5월, 도서관을 만들기로 뜻을 모은 도서관학과 재학생들과 졸업생 10여 명이 낙골공부방에서 자원 활동을 하면서 지역 조사를 했고, 마침내 10월에 난곡도서실 문을 열었다. 난곡 종점 바로 뒤에 있던 남부야학의 네 평짜리 교실 한 칸을 빌려 사회과학 서적과 리얼리즘 소설 등 2천여 권을 마련하여 시작했다. 동네 청년들과 청소년들이 많이 찾았다. 맨 처음 청소년 모임을 만들었고, 이듬해 6월에는 독서 토론을 하는 청년 모임이 시작되었다. 탁구 모임, 미용 강좌 등 소모임 활동이 그때는 아주 활발하게 전개되었다.

이명애 씨는 난곡주민도서실이 만들어진 지 1년쯤 지나면서부터 활동을 시작했다. 신 나고 보람 있는 시절이었다. 그러나 95년 이후 주변에 책 대여점들이 생겨나면서 위기가 닥쳐왔다.

주민들이 좋아하는 《영웅문》이라는 책이 있었는데 이것을 사야 하느냐 말아야 하느냐는 논쟁이 벌어질 정도로 타격이 컸다. 대여점에 주민을 완전히 뺏기지 않으려고 결국 주민들이 좋아하는 책을 갖춰 놓았지만, 싼값에 마음껏 보고 싶은 책을 볼 수 있는 대여점을 이길 수 없었다. 대출자와 이용자가 대폭 줄었고 이런 어려운 기간이 2~3년 동안 이어졌다. 이런 상황에서 난곡주민도서실을 계속 운영해야 할지 등 의견이 분분했지만, 차마 문을 닫지 못하고 어렵게 버티던 실정이었다.

그러나 어려움 끝에 다시 기회가 왔다. 1997년 말 IMF가 오고 나서 지역에 큰 변화가 생겼다. 동네에 한 집 건너 한 집이디시피 할 정도로 엄마가 집을 나갔다는 이야기가 들리고, 아이들은 부모의 보호로부터 방치되어 있었다. 이대로 계속 가다가는 굶어 죽는 사람이 생기겠다 싶었다. 위기감을 느낀 지역 활동가들이 '실업극복국민운동' 사업에 참여해 긴급 구호 활동을 벌였다. 이때 난곡주민도서실이 구호 활동의 한 포스트가 되었다. 이즈음 대여점들도 문을 닫기 시작했고, 난곡주민도서실은 직접 주민들과 접촉하는 기회가 많아지면서 다시 활성화되기 시작했다.

지역 운동 단체와 함께하며 시너지 효과를 얻다

난곡은 서울에서도 가장 유명한 빈민 지역이었다. 그러다 보니 지역 운동도 가장 활발한 지역이 되었다. 지금 현재까지도 7개의 기관, 즉 난곡주민도서관, 낙골공부방, 우리자리공부방, 남부교육센터(과거의 남부야학), 낙골교회, 일터나눔지역자활센터, 꿈학교(대안학교)가 열심히 활동하고 있다. 현재는 해소했으나 이들 단체들이 모여 지역의 문제를 함께 고민하고 해결하기 위해 난곡지역단체협의회를 구성했다. 난곡 지역에서 연대 운동의 역사는 난곡지역협의회를 이은 난곡주민회준비위원회를 거쳐 난곡지역단체협의회로 이어졌다. 난곡지역협의회와 난곡주민회준비위원회가 활동가와 지역 청년 개인들을 중심으로 하는 연대 기구였다면 난곡지역단체협의회는 단체를 기반으로 한 연대 운동이었다.

1991년 지방선거에 김혜경 선생이 난곡 지역의 관악구 의회 주민 후보로 당선되었다. 빈민 운동 판에서 주민 대중조직을 만들어야겠다는 논의가 활발하던 때였다. 1991년 6월부터 난곡주민회 준비위원회가 만들어졌다. 2~3년 정도 활동하다가 1993년 지나면서 해소되었다. 이와 비슷한 모임이 빈민 지역인 봉천동 일대에 몇 개 더 있었는데, 이들 지역에서 활동하던 사람들이 모이게 되었다. 지방선거와 재개발 사업이 이런 모임의 결성을 촉발했다. 동 단위에서 대응하던 것을 함께 모여 대응하자고 했다. 김혜경 선생이 구의원이었기에, 동절기에 강제 철거를 금지하는 주민 청원운동을 벌여 1만 명 정도 서명을 받았다. 이것이 통과되면서 그 동력으로 1995년 3월에 '관악주민연대'를 만들었다.

이렇게 탄생한 관악주민연대는 당시에는 상당한 활동력을 가졌다. 동마다 각 지역 모임이 있었고 지역마다 신문이 만들어졌다. 난곡에서는 〈난곡신문〉이 발행되고 있었다. 이것을 모아 관악주민연대는 〈관악주민신문〉을 내기 시작했는데 1997년 무렵 주식회사로 전환해서 신문을 안정적으로 발행할 수 있었다.

동시에 관악주민연대에서 '관악사회복지'라는 기관을 부설로 만들었다. 그 당시 공부방이나 도서관을 운영하고 있는 활동가들이 새로운 상황에서 어떻게 활동한 것인가 하는 고민에서 관악사회복지가 탄생되었다. 1994년 대선이 끝난 뒤 지역 운동 판에서 많이 나온 것이 전문성이라는 이야기였다. 과거에 공부방을 하면 아이들을 돌보기도 했지만 실제로 활동가들의 머리를 지배한 것은 공부방이 주민들을 조직하는 거점이라는 생각이었다. 그런데 대선이 끝나면서 공부방이라면 아이들을 제대로 돌보아야 하고 아동 교육의 전문성을 가져야 한다는 것이었다. 빈민 지역에서 활동하던 사람들이 방향 모색, 전문성 상화라는 이야기와 더불어 관악사회복지라는 사단법인을 만들고 이것을 통해서 공동의 지역복지를 고민해 보자는 것이었다.

1998년 겨울, 난곡 지역에서는 '난곡지역단체협의회'라는 명칭으로 협의회를 복원했다. 실직 가정 아동을 위한 사랑의 학교를 열고, 생계비 지원 활동 등을 하면서 난곡주민도서실도 시너지 효과를 얻었다. 2000년 난곡주민도서실이 있던 남부야학이 땅 문제 때문에 쫓겨나게 되었을 때, 난곡지역단체협의회에서는 '어린이 청소년을 위한 난곡사랑방'이라는 공간을 새로 마련하게 되었는데, 이때 난곡주민도서실이 함께 활동할 수 있도록 공간을 제공해 주었다. 이후 자연스럽게 난곡주민도서실은 어린이 청소년을 대상으로 한 활동을 주로 펼치게 되었다. 실직 청소년들을 대상으로 웹디자인 교육을 하고, 정기적으로 독서 토론회도 열었다.

정문으로 나가는 아이들과 후문으로 나가는 아이들

2000년 난곡에 재개발 사업이 시작되면서 지역 주민 구성에 변화가 생겼다. 재개발이 되면서 고층 아파트 단지가 들어섰다. 가난한 사람들이 사라진 것처럼 보였다. 관악사회복지에서는 재개발 이후 난곡에서 빈곤 계층이 어떻게 살아가고 있는지 조사를 했다. 그 결과는 어떠했을까? 산 쪽에 살던 빈곤 계층은 확연히 줄었지만, 난곡 길을 따라 아래쪽에 있는 동네들에는 빈곤 계층이 훨씬 늘어났다. 독거 가구, 기초 수급자도 늘어났다. 재개발로 밀려나 아랫동네 다가구주택 지하 셋방으로 옮겨 간 것이다. 정말 아주 외부로 빠진 인구는 오히려 많지 않았다. 그래서 도서관은 여전히 가난한 사람들을 지원하거나 조직하는 역할을 해야 한다고 본다. 말하자면 유입해 들어온 중산층들과 기존의 빈곤 계층 사이에 난곡주민도서관 '새숲'의 고민이 있다.

이 작은 지역사회에서 빈부의 대조는 바로 아이들에게서 나타났다. 과거에 난향초등학교와 난화초등학교가 있었다. 이미 난향초등학교가 있는데 왜 다른 학교가 생겼을까? 난향초등학교 정문으로 등하교를 하는 아이들과 뒷문을 이용해서 산동네로 가는 아이들이 따로 있었던 것이다. 산동네 아이들과 함께 교육받기 싫다고 해서 난화초등학교가 따로 만들어졌다. 이곳이 국회 단지로 개발되어 유력한 사람들이 제법 살았던 것이다.

그러나 그 후 아이들이 줄고 통합 운영이 되면서 난화초등학교는 장애인전문학교가 되었다. 재개발이 끝나고 나니 과거에는 후문이었던 곳이 정문이 되었다. 이제는 정문을 이용하는 아이들은 모두 산 쪽에 세워진 고층 아파트에 사는 아이들이고, 후문을 통해서 다니는 아이들은 밀려난 가난한 집 아이들이다. 아파트에 사는 친구 집에 갔다 온 아이들이 왜 우리 집은 이 모양인가 하고

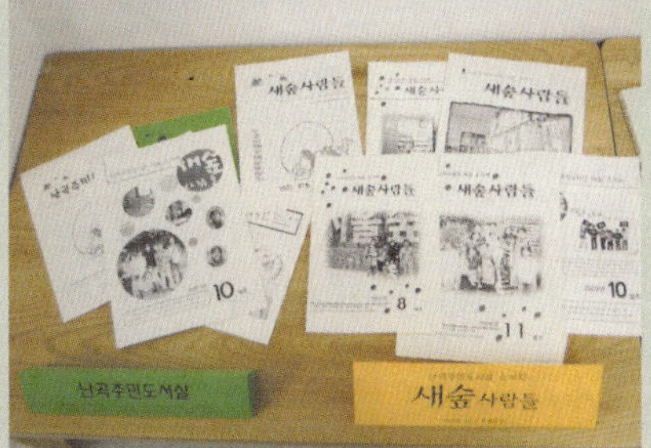

난곡주민도서관 '새숲'은 도서관을 통해 지역사회를 변화시키고자 하는 작은 도서관 운동의 효시라고 할 수 있다. 가난한 지역에서 책을 통해 함께 사는 세상을 만들기 위해 노력해 온 난곡주민도서관은 지역 주민들의 사랑방으로 지역 주민들의 아픔과 슬픔에 동참하는 친구로 역할을 하고 있다.

불평한다고 한다. 자기 집을 부끄러워한다는 것이다.

가난하다고 인간적으로 열등한 것은 아니지만, "저 아이가 어디 산
다"고 쉽게 이야기하는 부모들의 말 속에 차별적 시선이 담겨 있
고, 아이들은 이를 예민하게 받아들이고 상처를 받아요.

난곡주민도서관 '새숲'으로 다시 태어나다

2007년 난곡도서실은 난곡주민도서관 '새숲'으로 이름을 바꾸
었다. 난곡주민도서관 '새숲'은 누구에게나 열려 있는 편안한 도
서관, 아이들이 꿈과 희망을 키우는 도서관, 주민 스스로 만들고
함께 성장하는 도서관, 지역사회와 소통하고 나누는 도서관을 꿈
꾼다.

20여 년 전, 가장 가난하고 소외 받는 사람들 곁에서 책을 통해
평등한 삶을 지향했던 난곡주민도서실은 난곡주민도서관 '새숲'
으로 거듭나면서 다시 변화의 시기를 맞았다. 처음에는 운동권이
었던 도서관학과 학생들이, 그 다음에는 지역의 청년들이, 그 다
음에는 과거의 청소년 모임 출신 청년들이 운영해 온 난곡주민도
서실은 이제 새로운 운영 주체를 필요로 한다. 이제는 청년 조직
을 만들기가 힘들다. 사회가 그만큼 변한 것이다. 새로운 주체는
지역의 여성, 즉 '주부'들이다.

난곡에 재개발 사업이 시작되고, 아파트 단지가 들어서면서 가
사와 육아를 담당하는 30~40대의 젊은 중산층 주부들이 늘었다.

그들의 관심은 아이들이다. 또한 40을 넘기면서 자기 자신에 대해 고민하는 주부들도 적지 않다. 아이들 교육과 삶, 자기 정체성에 대해 고민하는 주부들이 이 지역 도서관을 운영하고, 콘텐츠를 채울 필요가 있다.

스토리텔링이라고 해서 옛날이야기와 심리학을 결합해서 자신을 성찰해 보는 일을 하려고 합니다. 이야기를 통해 자신의 삶을 성찰할 수 있게 하는 것이지요. 지난 석 달 동안 운영해 보았어요. 의외로 그런 프로그램들이 효과가 있어요. 참여했던 분들이 후속 모임을 하자고 의견을 모았어요. 어떻게 후속 모임을 이끌어 갈지 고민입니다.

주부들이 도서관 서비스를 받는 주체에서 운영하는 주체로 거듭나는 일이 쉽지는 않을 것이다. 주부들이 도서관 운영 주체로서 아이들은 물론 이웃들과 소통하고 교류하면서 더불어 사는 난곡 지역공동체를 새롭게 일구어 나가기를 바란다.

'기차길옆작은학교'에는 특별한 호칭이 없다. 모두 그냥 이모, 삼촌으로 통한다. 일하는 사람, 자원봉사자 모두가 이모이고 삼촌이다. 기차길옆작은학교의 설립자인 김중미 씨도 큰이모로 불리고 김중미 씨의 남편은 큰삼촌으로 불린다. 기차길옆작은학교의 또 다른 선생인 김수연 씨는 수연 이모로 불린다.

1987년, 인천역과 대우중공업을 오가는 철길 옆 판잣집에서 시작한 '아가방'을 '공부방'으로 바꾼 것은 1988년이었다. 공부방 건물은 다락과 1층을 다 합해서 13평 정도 되는 판잣집이었다. 김중미 씨의 신혼 살림집이기도 했다. 초등부로 시작한 공부방은 한 학년에 네 명씩만 받았다. 그 후로 공부방은 중등부, 고등부로 확장되었고 초등부는 스무 명 정도를 유지했다. 공부방이 좁은 이유도 있었지만 공부방에서는 학원처럼 많은 아이를 놓고 가르칠 수는 없었다. 그렇게 하면 아이들과 인격적 관계를 맺을 수 없기 때문이다. 이름만 학교이지 하나의 정신적 공동체나 다름없다.

운명처럼 깃든 곳

김중미 씨는 천주교의 도시빈민회라는 빈민 운동 단체에 소속되어 있었다. 1980년대에도 대규모로 강제 철거가 이루어졌는데, 그때의 빈민 운동은 철거 대책 운동이었다. 그러나 그 이후 지역으로 들어가 빈민공동체 운동을 하는 흐름이 생겼다. '소공동체'를 만드는 것이 중요하다고 보았던 것이다. 김중미 씨도 그것이 옳다고 생각했고, 인천 출신이었기에 인천에서 가난한 지역을 찾다 보니 화평동, 만석동, 송림동을 주목했다. 특히 만석동은 개항의 중심지로서 인천 조계지 옆에 빈민들이 오래 살던 지역이었는데, 김중미 씨가 만석동에 깃들던 무렵인 1980년대 후반까지 계속 빈민 지역으로 남아 있었다.

식민지 시대에 일본 병참기지로서 빈민들이 살기 시작한 만석동은, 한국전쟁 이후에는 황해도에서 피난 온 사람들이 많았다. 그 이후에는 전국에서 이농한 사람들이 모여들었다. 김중미 씨는 스스로 "운명처럼 여기로 왔다"고 말한다.

이 동네에 김중미 씨가 들어와서 처음 한 일은 신문을 돌리는 일이었다. 그러면서 많은 아이들이 방치된 것을 보았다. 당시 이곳 주민들의 주된 일은 덕적도 등에서 굴을 가져와서 깐 다음 연안부두에 파는 것이었다. 그러니 아이들을 돌볼 여유가 없었다. 그 당시 전국적으로 탁아소 운동이 시작될 때였지만 이 동네에서는 돈을 내고 아이를 맡긴다는 인식이 없었다. 아이들을 위한 공부방이 가장 필요한 동네였다. 이렇게 해서 '기차길옆공부방'이 만석동에 만들어졌다.

당연한 일이지만 모든 것이 쉽지 않았다. 처음 공부방을 함께 시작한 친구들은 이런저런 이유로 만석동을 떠났고 김중미 씨 혼자 남았다. 그 후 공부방에 자원 교사로 온 사람들과 함께 공부방을 꾸려 나갔다. 주민들과 관계를 맺고 아이들과 정들고 마을의 변화를 지켜보며 여기까지 왔다.

지금 유행하는 공동체에 대한 개념이 처음부터 명확했던 것은 아니다. 김중미 씨와 함께했던 사람들은 필리핀과 남미의 공동체에 대한 공부를 많이 했던 이들이다. 그렇다고 지역에 들어가자마자 공부방 아이들을 매개로 주민 조직을 만들어 내거나 하지는 않았다. 아이들이나 학부모들의 삶 속에 들어가 결합하고 싶었다. 그래서 아예 이 마을에 살면서 결혼하고 아이도 낳았다. 아이들 그리고 그 부모들과도 가까워졌다.

아이들은 정이 있는 공동체 속에서 자라면 질풍노도의 시간도 잘 극복한다. 그런데 고등학생이 되면 부모들은 대학에 입학시키기를 원하기 때문에 공부방 대신 학원에 보내는 경우도 생긴다. 인문계 고등학교 아이들을 위해 이모, 삼촌 들이 열심히 수업을 해 주지만 학원과 같지는 않을 것이다. 그러나 학원이 해 주지 못하는 것을 기차길옆작은학교에서는 많이 준다.

대학에 입학하면 그 안에서도 갈라진다. 공부방에서 이모, 삼촌을 하면서 대학 생활을 하는 아이도 있고 대학 맛을 보고 이곳을 등지는 아이도 있다. 직장을 선택한 아이도 직장에 다니면서 기차길옆작은학교 후배들을 위해 일하기도 한다. 이 공부방은 이곳에서 자라난 모든 아이들에게 영원한 마음의 고향이다.

“저도 기지촌에서 자랐어요.”

따지고 보면 이 학교의 큰이모 김중미 씨도 소외된 지역, 기지촌 출신이다. 가난했다. 그러나 문학이나 예술에 관심이 많은 부모님 덕분에 마음은 풍요로웠다. 김중미 씨가 어린 시절 살던 집에 네 가구가 살았는데, 모두가 가족 같았고 주인집과 셋집 구분이 없었다고 한다. 여러 가족이 함께 살면 좋겠다는 상상을 하며 자랐다. 이것이 바로 오늘의 이 공동체를 이룰 수 있는 배경이고 힘이다.

김중미 씨는 집안의 첫째여서 대학 진학을 포기하고 직장을 선택했다고 한다. 강남성심병원 원무과에서 근무했는데 그곳이 원풍모방 바로 앞이어서 손이 잘리거나 구사대와 싸워 부상당한 여성 노동자들이 실려 오는 모습을 많이 봤다고 한다. 그런데 그 사건이 신문에는 한 번도 나오지 않았다. 대학 진학의 꿈을 꾸고 있을 때였는데 이런 것을 보고 ‘대학을 가는 것이 과연 행복한 것인가?’ 하는 고민에 빠졌단다.

사회의 모순이 보이기 시작했지만 어디서부터 그 문제를 보아야 할지 막막했다. 책방에서 책을 찾아보며 공부했는데 궁금증이 채워지지 않았다고 한다. 병원의 사서가 그녀에게 원하는 책을 다 사 주겠다고 약속해서 종합병원 도서관에서 실천문학이라든지 민중신학, 제3세계 문학 전집 등을 읽을 수 있었다고 한다. 비록 대학에는 못 갔지만 책을 통해서 사회를 보는 눈을 떴다. 어느 날 원풍모방의 파업에 외국인 신부가 중재에 나서는 걸 보면서 감동을 받아 그분에게 1년간 교리를 받고 영세를 받았다고 한다.

이런 과정을 통해서 어떻게 살아야 할지 눈을 떴다. "그곳이 나의 대학"이었다고 그녀는 말한다.

게다가 그녀가 다닌 가톨릭 인천 교구가 진보적이었다. 해직 교수나 지식인 들을 모아 민중대학을 열었는데 시를 좋아했던 그녀는 김정환 시인의 강연을 들으러 갔다. 김정환 시인은 아름다움에 대해 이렇게 이야기했다. 진정한 아름다움은 꽃이나 푸른 바다가 아니라 어머니와 노동자의 굵은 손마디라고. 강연이 끝나면 관심 있는 청년들을 모아 모임을 만든다고 해서 어디서 그런 용기가 났는지 바로 인천 가톨릭청년회에 가입했다. 빈민 문제에 관심 있는 것을 알고 한 선배가 천주교도시빈민회를 소개해 주어 이곳에 들어가 몇 년간 활동했다. 이것이 만석동으로 들어오게 된 직접적인 계기가 되었다.

가난은 대물림 된다

김중미 씨는 이 동네에서 23년을 살았다. 젊은 시절 들어와 이제 중년이 되었다. 그때 초등학생이었던 아이들이 이제 결혼을 했다. 이런 것들을 지켜보면서 단언하는 것은 '가난은 대물림 된다'는 사실이다. 그녀의 입에서 가난한 사람들의 인생 유전이 어떻게 이루어지는 술술 나온다.

열심히 살아도 그 자리입니다. 가난이 대물림 된다는 말이 100퍼센트 사실이죠. 한국 사회에서 계층 이동이 가능한 것은 1980년대에

"기차길옆작은학교는 가난한 이웃들 속에서 밥, 집, 평화를 나누는
공동체를 만들려고 합니다. 나누고 또 나누어 더 나눌 것이 없을 만큼 가난해져서
모두가 넉넉할 수 있는 공동체가 되는 것이 기차길옆작은학교 사람들의 바람입니다."

끝났어요. 저희가 처음 왔을 때 전라남도, 충청도에서 오신 분들이 많았어요. 그 전에는 황해도 해주에서 피난 온 분들이 많았는데 결국 바닷길을 통해 인천으로 온 것이죠. 자기가 태어나고 자란 비슷한 곳을 찾는다고 하는데 대부분 피난 2세대, 이농한 사람들이지요. 그나마 고향에 땅이라도 있었던 사람은 이곳에 와서도 집이라도 마련하고 자식들을 2년제, 4년제 대학에 보내기도 해요. 여기 와서도 다른 삶을 살 수 있는 기반이 미미하게나마 있는 것이지요. 나머지는 몸뚱이 하나로 만석동에 사는 분들이에요. 기술 하나 없이 힘든 노동을 합니다. 목재 공장이 많았어요. 기술 없이 와서 대부분 남자나 여자나 힘든 일을 하게 되고 육체노동이라는 것이 몸을 빨리 노쇠하게 하니까 오래 못 하지요. 맞벌이 하면 아이들을 방치하게 되고 아이들끼리 있으니 아이들이 공부할 분위기가 안 되는 겁니다. 삶이 고달프다 보면 알코올 문제가 생기고 폭력을 낳아요. 경제적으로 가난할 뿐만 아니라 인지 발달에도 문제가 있어 학교에 가서도 뒤처지지요. 자신감 부족은 고등학교까지 이어집니다. 대학 갈 수 있는 사람은 정해져 있어요. 고등학교 졸업하고 선택할 수 있는 직업도 정해져 있고요. 구제 금융 지나면서 정규직이 계약직으로 변합니다. 어머니가 목재 회사를 다니면 보험도 되고 학자금도 나왔는데 계약직은 이것마저 없앴어요. 경제적으로는 더 나빠진 거지요. 구제 금융을 거치면서 신용카드를 남발하는데 신용 불량자가 더 많이 나왔어요. 구제 금융기 2년보다 그 후가 더 힘들어졌다고 볼 수 있어요. 고등학교 나와서 취직한 세대들이 그것마저 떠안게 되었어요. 우리 사회에서 소비는 평등하니까 핸드폰, 컴퓨터는 다 가지게 마련인데 소득은 줄고 소비는 더 는 셈이지요.

이곳에는 20대나 심지어 10대에 원하지 않은 아이를 낳는 경우도 많다고 한다. 인생의 출발부터 어렵게 시작하는 것이다. 김중미 씨가 처음 이곳에 왔을 때 상당수는 10대 후반에 시골에서 가출해 이 지역으로 올라오거나, 만석동에서 나고 자랐지만 원래부터 가난한 사람이었다. 그렇게 결혼하고 낳은 아이들이 이제 20대가 되었다. 세상은 바뀌었지만 그 부모들 세대와 비슷한 위치에서 살아간다. 성실하게 산 부모 밑에서 공부 열심히 한 아이들이 드물게 4년제 대학을 간 아이들도 있지만 대부분은 2년제 대학을 가거나 고졸 출신으로 사회 하층 계급을 이룬다.

이곳마저 사라지면

이제 이 지역도 아파트 단지로 변하고 있다. 아파트 공화국에서 어쩔 도리가 없다. 옆 동네인 만석동 41번지 일대는 이미 철거되었다. 아이들의 놀이터는 추억만 남겨 놓고 사라졌다. 임대 아파트와 분양 아파트가 복합적으로 건설되었다. 원주민이 아파트로 들어간 경우는 별로 없다. 어릴 때부터 철거라는 단어를 귀가 아프도록 들어온 아이들이 이번에는 '얘들아 거꾸로 가자' 라는 인형극을 통해 아이들과 도깨비가 힘을 합쳐 개발 업자를 골탕먹이는 이야기를 세상에 내놓았다.

재개발로 자신의 삶터에서 밀려난 사람들이 사는 동네에 자꾸 이상한 일이 일어납니다. 사람들이 산을 깎아 콘크리트 세상을 만들고 바다를 메워 도시를 만드는 바람에 땅 밑으로 들어가 살던 도깨비들이 나타났기 때문입니다. 이번에도 사람들 때문에 땅 위 세상으로 나온 도깨비들은 우연히 자신들과 처지가 같은 아이들을 만나 친구가 됩니다. 도깨비들은 자신과 친구들의 삶의 자리를 파헤치는 사람들과 맞서려고 합니다. 하지만 도깨비들의 장기인 똥 싸 놓기, 집 옮기기, 변신하기 따위로는 힘센 개발 업자들을 막을 도리가 없습니다. 그러다 겨우 생각해 낸 것이 도깨비들이 좋아하는 씨름입니다. 희망동 산 49번지를 놓고 싸우는 조 사장과 도깨비의 씨름은 어떻게 될까요?

_ '얘들아 거꾸로 가자' 인형극 줄거리

상상만으로도 신 나는 이야기이다. 무엇보다도 만석동 아이들 자신들의 이야기이다. 자신들의 마을이 찢겨 가는 울분과 슬픔을 상징한 것이다. 예전에는 여기가 하나의 마을로서, 그 악다구니와 공동체가 고스란히 살아 있었다고 한다. 진도에 딸린 조도라는 섬의 한 마을 사람들이 모두 이곳으로 온 경우도 있었다. 농촌의 전통 공동체가 여기에 살게 된 것이다. 동네 물을 함께 끓여 먹는 아궁이가 있었다. 우범 지역이었고 대마초의 온상이기도 했다. 이곳 청소년의 꿈은 술집 기도였다. 그렇지만 그때가 그립다. 살아 보려는 의지가 있었고 잘살 수 있다는 희망도 있었다. 그런데 이 공동체가 1990년대 초부터 무너지기 시작했다. 개발이 이루어지고 주변에 아파트 단지가 들어섰다. 2천 가구가 이제 150가구로 남았다. 섬으로 변한 것이다.

이렇게 동네가 쇠락해 가면서 이 공부방의 운명도 알 수 없게 되었다. 이 동네에서 사람들이 모이고 큰 소리가 나는 것은 이 공부방이 유일하다. 그동안 아이들은 다른 동네로 이사를 가도 버스 타고 다니는 경우가 많았다. 이 동네가 철거되면 아이들과 어떻게 헤어질지가 걱정이다. 가옥이 철거되고 아파트가 들어서면 가난한 사람들이 모여 사는 공동체는 해체될 것이다. 그렇다고 가난한 사람들이 없어지는 것은 아니다.

아이들은 "가난한 사람들을 우리가 찾아다니자"고 말한다. 트럭을 개조해서 인형극 무대를 만들어 유랑 극단을 만드는 것이 이들의 꿈이다. 이들처럼 가난한 사람을 찾아 전국 방방곡곡을 다니자는 것이다.

당장 그 꿈을 실현하지 못하고 고민 끝에 옆 지역인 강화로 갔다. 철거 이후의 공부방에 대한 고민으로 우선 자급자족할 수 있는 농사를 해 보자는 시도였다. 그러나 그쪽 땅값도 너무 비싸 앞으로 공부방 식구들이 그곳으로 이주할 수 있을지는 모른다고 한다. 강화로 가서 살다 보니 그 집에도 아이들이 모였고, 강화에도 작은 공부방이 생겼다. 공부방을 중심으로 모여 사는 이들이 삶의 자리를 어디로 옮길지는 아직 알 수 없다. 여기 주민과 아이들이 어디로 흩어지는지 보아야 한다. 김포나 양곡이나 강화 지역이 어마어마하게 개발되고 있지만 이들이 갈 곳 역시 그 범위를 벗어나기 어려울 것이다. 닥치면 그때 생각할 것이라고 했다. 그 외에 달리 무슨 방법이 있겠나.

가난의 대물림, 그 고리를 끊어라

가난한 사람들이 자립하려면 의지만 가지면 된다고, 자포자기하지 말라고 정부와 사회에서는 이야기한다. 그러나 새로운 삶을 시작할 수 있도록 정부가 해 주는 것이 없다. 그런데도 개인의 무기력과 무능력만 탓한다. 가난이 대물림 되지 않기 위해서는 자신감과 더불어 남이 가진 것을 나도 가지고 있어야 한다. 대학이라도 가야 하는데 대학을 갈 수가 없다. 대학에 입학하면 대학 등록금이 500만 원에 가깝다. 그것을 마련하기가 정말 어렵다. 대출을 받고 졸업 후 상환하는 제도가 있지만 그것은 있으나 마나 한 제도라는 것은 누구나 안다. 종교 기관이나 사회복지 기관에서도 주로 고등학교까지만 학자금을 지원해 준다.

아이들에게 가난이 대물림 되지 않도록 하려면 대학 등록금 지원을 해 주면 된다. 우리 사회에서는 절대적으로 해결해야 할 문제이다. 대학에 입학한 아이 때문에 김중미 씨 자신도 막막하다고 한다. 대학 등록금은 기초생활수급자나 차상위계층의 혜택을 받아 용케 해결하더라도 B학점을 계속 취득해야 장학금 수혜를 받을 수 있다. 그런데 이곳 아이들이 대학에 합격했다고 해서 수학 능력이 월등한 것이 아니다. 학업 따라가는 것도 힘든데 성적이 좋을 리 없다. 게다가 가정 형편상 아르바이트를 안 할 수도 없는데 아르바이트까지 하면서 그 학점을 유지하기 힘들다.

전문계 고등학교 문제도 심각하다. 선생님의 멸시, 주변의 멸시 때문에 스스로의 자존감을 버릴 수밖에 없다. 또 사람들은, 전문계 고등학교에 갈 수밖에 없는 아이들은 공부를 못하는 아이들이라는 선입견을 갖고 바라본다. 예전에는 공부를 잘해도 가정 형편 때문에 실업계를 가는 경우가 많았다. 그러나 지금은 가난하거나 공부를 못하는 아이들이라고 여긴다. 이렇게 되니까 "꽁지 붙잡고라도 인문계 고등학교 보내야 한다." 그렇지 않으면 그나마 있는 자존감마저 잃고 무기력해지기 때문이다. 대한민국 교육 정말 큰일 났다.

열다섯 쌍이 결혼하고 눌러 사는 공동체

아이들마다 개개인별로 관심과 애정을 기울이고 그 아이의 발전을 위해 신경을 쓰는 이모, 삼촌 들의 노력을 아이들은 다 알아준다. 그러면서 이들 사이에는 다른 곳에서는 맛볼 수 없는 진한 '관계'가 형성된다. 선생님들이 최선을 다하니 아이들도 반응하기 마련이다.

이곳에서 맺어지는 선생님들, 아이들 사이의 관계는 가족과 같다는 것이 정확할 듯하다. 20대를 공부방에서 보내고 나면 "공부방을 그냥 삶으로 받아들인다"고 한다. 여기에서 자원 교사로 시작한 공부방 교사들도 본가가 있지만 여기에서 유대 관계가 더 진하게 된다. 이 공부방을 중심으로 새로운 삶이 시작되고 발전되는 것이다. 공부방 사람이 된다는 것은 기존의 친구 관계, 가족 관계가 멀어지는 것을 의미한다고 할 정도이다. 여기 투신했다는 것을 교사 스스로나 아이들 모두가 받아들인다. 여기는 자원 교사로 왔다가 잠깐 봉사하고 가는 그런 곳이 아니다. 아이들 눈에도 이모, 삼촌 들이 이곳에 삶을 던졌다는 것이 들어오는 것이다.

저희 아이들이 처음 공부방 했을 때 늘 물어보았어요. 언제까지 공부방 할 것이냐고요. 내가 결혼하고 아이를 낳자 그런 소리가 줄어들었어요. 이모, 삼촌 세 쌍이 결혼하고 난 뒤 그런 말이 아주 줄었어요. "지금 이렇게 사는 것을 후회하지 않죠?"라고 아이들이 물어봅니다. 이모, 삼촌도 이런 삶에 투신하고 쉽게 떠나지 않을 거다, 이 삶을 진짜 좋아한다고 믿죠. 진로를 이야기할 때 아이들은 "폼나게 살고 싶다", "돈을 벌고 싶다"고 해요. 그러다가 이모, 삼촌은 이렇게 사는 것이 좋냐고 확인해요. 성공하거나 취직하지 않았어도 이모, 삼촌 들의 삶도 한 방식으로 인정하지요.

자원 교사들이 여기 모여 살다가 열다섯 쌍이 결혼했다고 한다. 그중 열한 쌍이 만석동이나 강화의 공부방 주변에서 산다. 열한 쌍의 부부가 이 부근에서 여전히 이 공동체 안에서 함께 산다. 공부방에서 함께 자란 아이들이 자기들끼리 결혼한 사례도 있다. 자원 교사로 온 사람과 여기서 자란 아이가 결혼한 사례도 있다. 이렇게 결혼한 사람들 사이에서 난 아이들이 스무 명이나 된다.

외부에서는 이 공동체의 구성을 이해하지 못한다. 구성원의 연령대가 유아에서 40대에 이르기까지 다양한 데다 행색이 후줄근하고 시끌벅적하니 사람들이 다 한 번씩 쳐다본다. 용산 남일당 미사(용산 참사 희생자들을 위한 기도회)에 가는 길이면 전철 한 칸을 공부방 식구가 다 차지하고 떠든다. 어떤 모습일지 상상이 된다.

우리는 프로 인형 극단

다른 공부방과 같이 여기도 아이들이 방과 후 학습을 하는 것이 기본이다. 그러나 이 공부방이 다른 점은 모든 아이들이 정기 공연 연습을 한다는 점이다. 공연은 공동체를 엮어 주는 핵심 고리이다.

매년 10월부터 다음 해 4월까지는 전체가 정기 공연 준비를 한다. 일주일에 세 번 화요일, 목요일, 일요일에 연습을 한다. 이 공부방 안에는 인형극, 사물놀이, 노래패, 춤패가 있다. 춤패는 저학년이 하지만 나머지는 보통 초등학교 4학년에서부터 대학생까지 섞여 한다. 처음 들어온 아이들은 자신감이 없어 목소리를 잘 내지도 못하지만, 제대로 소리가 나올 때까지 혼도 나고 격려도 하면서 서로 맞추어 나간다. 사춘기 아이들은 이유 없이 반항하거나 남을 괴롭히기도 한다. 연극과 공연, 그것을 연습하는 과정에서 자신도 누군가를 배려할 수 있다는 것도 느끼고, 성취감도 얻게 된다. 선배의 자리에 가면 과거를 돌아보며 후배를 배려하기도 한다. 그리고 사회인이 되면 이모 삼촌의 처지를 이해하고 책임감을 가지게 된다.

어릴 때 상처를 받은 아이들이 많기 때문에 공연을 통해 배운 성취감이 몸으로 전해지고 머리로 가서 기억이 된다고 한다. 이런 어려운 과정을 통해 성취가 이루어진다는 것을 이해하면서 삶의 원리와 방식을 터득하기도 한다. 공연 때 괜히 칭얼거리고 뛰쳐나가는 경우도 있다고 한다. 이런 고통과 방황, 좌절과 혼란을 겪으며 공부방에 대한 애정도 생기고 서로에 대한 이해도 깊어

기차길 옆 '아가방'이 '공부방'을 거쳐 '기차길옆작은학교'가 되었다.
기차길 옆 아이들이 자라 이제는 이모 삼촌이 되어 아이들 곁을 지킨디.

진다.

처음에는 일일 찻집을 하려고 했는데 문화적으로 소외된 아이들이라 그런지 인형극이나 연극이 더 좋았다고 한다. 그래서 '우리 아이들의 나라는'이라는 이름으로 매년 공연을 하게 되었다. 이모 삼촌 들이 사물놀이를 판굿으로 만들었다. 7~8회를 지나면서 남이 아니라 '우리 이야기'를 해도 좋겠다고 결정하고 연극이나 인형극의 주제를 가난이나 이 마을, 이 아이들 자신의 이야기를 다루었다. 지금까지 선보인 '재미네골 이야기'[2002], '하느님 나라'[2003], '칠형제 이야기'[2005], '하늘문'[2006], '길동무 꿈'[2007] 모두 자신들의 이야기들이다.

연극을 하면서 초등학생부터 대학생, 이모, 삼촌까지 모두 하나가 된다. 재능이 돋보이는 아이들도 있다. 처음에는 전문적인 식견을 가진 외부 강사를 모셔 와서 연극을 배웠다. 그러나 이들은 이 아이들을 잘 모르기 때문에 좋은 공연을 만드는 것에만 관심이 있지 아이들의 변화에는 관심이 없었다. 그래서 나중에는 이모, 삼촌 들이 공부를 해서 직접 지도에 나섰다.

공연은 이제 기차길옆작은학교의 상징이 되었다. 최근에는 어린이인형극단으로 정식 등록까지 마쳤다. 서울에서 유료 공연도 두 번 했다. "국내의 어떤 극단보다 잘한다"고 스스로 자부심을 가질 정도다. 텍스트로 보나 공연 수준으로 보나 그렇다는 것이다. 특히 아이들은 돈을 받고 공연을 한다는 것에 자부심을 가진다고 한다. 그럴 만도 한 것이 2007년 춘천에서 열린 아마추어 인형극경연대회에서 대상까지 받았다. 그러나 무엇보다도 이 과정을 통해 아이들이 자아와 정체성을 찾는다는 것에 의미가 있다.

"가난한 삶 속에서도 꿈과 희망이 있고 삶의 소중한 가치를 지켜 가며 살아야 한다"는 것을 배운다는 것이다. 아이들이 배운 대로 살아갈 수 있도록 우리 사회가 좀 더 넉넉하고 여유로워지기를 바란다.

4부
새로운 교육 모델을 찾다

특목고
TNT
경시대회
수 상
토플
○○학원 로드맵
사교육 전문가 22인이 밝혀낸
잘못된 사교육 정보 12가지
아깝다 학원비!
사교육걱정없는세상

교육 문제를 해결할 바람을 일으키자

__ 사교육걱정없는세상

그는 '좋은교사운동' 대표를 13년 했다. 아이들을 가르치는 일과 교사 운동을 동시에 하는 것은 불가능했다. 전교조는 휴직 제도가 있어 가능한데 노동조합이 아닌 교사 단체는 그런 제도가 없다. 그는 결국 2003년에 교직을 떠났다. 퇴직하고 5년을 더 좋은교사운동 대표를 하고 후임자가 나타나자 그제서야 단체를 떠났다. 지금은 '사교육걱정없는세상'을 만들어 일을 벌이고 있다. 사교육걱정없는세상의 대표 송인수 선생의 이야기이다.

송 대표가 학교를 퇴직할 때만 해도 노조원이 아닌 교사가 교육 단체를 위해 일할 때는 휴직을 허용하는 법적 지원 체계가 없었다. 그래서 송 대표는 교사 운동을 하려는 후배들을 위해 법 개정 운동을 벌였다. 교육부에서 계속 거절하다가 2007년 국회에서 통과가 되었다. 바로 송 대표의 노력의 쟁취물이다.

사교육걱정없는세상을 만든 지 1년이 조금 넘었지만 아직 자리를 잡지 못했다. 송 대표 자신의 월급조차 받기 어려운 형편이다.

그래서 좋은교사운동에서 개인 후원 모임을 만들었다고 한다. 주로 교사들과 지인들이 회원이고 모자라는 것은 좋은교사운동 경상비에서 지원받는다.

오래 기다려 온 그 학교, 등대지기 학교

사교육걱정없는세상을 시작할 때 이 운동을 같이할 사람을 모으는 것이 급선무였다. 그래서 생겨난 것이 '등대지기'라는 교육 프로그램이다. 고 황주석 선생의 책을 읽고 생협 등대지기 모임을 보고 크게 영감을 얻어 만들었다고 한다. 처음에는 오프라인 모임을 갖다가 지금은 온라인 모임으로 전환했다. 전국에서 시민 500여 명이 와 8주간 8개 강의를 듣고 졸업을 한다. '행복한공부연구소' 박재원 소장, 서울대 영어교육과 이병민 교수, 《솔빛 엄마 부모 내공 키우기》 저자 이남수, 18억 연봉의 잘나가는 스타 강사 생활을 접고 무료 인터넷 강의를 시작한 이범 사교육 전문가, 한국사이버대 신을진 교수, 이우학교에서 교감을 지낸 이수광 선생, 성공회대 고병헌 교수, 사교육걱정없는세상 송인수 공동 대표 등이 강사진이다.

교육 참가자들은 교육 소감문을 제출해야 하고 졸업 여행도 가고 졸업 문집도 만든다. 이 교육의 또 다른 목적은 이 교육을 통해서 회원을 확보하는 일이다. 이런 교육 과정을 거치면 후원금만 내는 것이 아니고 사교육 근절 운동을 이해하는 진정한 회원이 되기 마련이다.

사교육걱정없는세상은 회원 1만 명을 모으는 것이 목표이다. 지금까지 등대지기학교 3기까지 배출했는데 아직은 턱없이 부족하다. 8년 정도는 되어야 뜻하는 바를 이룰 수 있으리라고 본다.

희망을 위해 서명하자

사교육에 관한 잘못된 생각 12가지

1. 성적을 올리고 싶으면 학원에 보내야 해.

2. 아이들이 원해서 학원에 가는 것은 괜찮아.

3. 학교와 달라. 학원은 아이들 부족한 부분을 개별적으로 보충해 준대.

4. 맞벌이 부부는 어쩔 수 없어. 학원 안 보내고 방치할 수 없잖아.

5. 학원에서 미리 공부해 두면 학교 진도 나갈 때 좀 더 효과가 있어.

6. 수학은 어려운 과목이라 선행 학습이 필요해.

7. 영어교육은 빠를수록 좋대. 외국어 습득에는 결정적 시기가 있다네.

8. 요즘 초등학생 때 6개월이나 1년 단기 영어 유학은 필수래.

9. 고비용 영어 캠프가 영어에 대한 흥미를 더 심어 줘.

10. 특목고 가려면 학원이 제시한 로드맵을 무시할 수 없지.

11. 일단 성적을 올려놓아야 진로 선택 폭이 넓어져.

12. 안정적이고 잘나가는 직업을 목표로 공부하는 것은 당연하지.

_ '아깝다 학원비! 100만 국민 약속 운동'에서

"사교육걱정없는세상은
비교육적인 입시 사교육 부담의 근본 원인을 제거하고
행복한 교육을 만들기 위해 국민들 스스로가 전개하는
자발적 대중운동입니다."

사교육걱정없는세상이 내세우는 '사교육에 관한 잘못된 생각 12가지'의 내용이다. '아깝다 학원비' 프로젝트는 필요한 사교육과 불필요한 사교육에 관한 지식을 제공하는 운동이다. 사교육에 관한 잘못된 편견과 올바른 사교육에 관한 지식을 정리해 30페이지짜리 책자를 발간했다. 100만 명에게 이 자료집을 제공하고 10만 명의 서명을 받는 것이 이 운동의 목표이다.

책자 보급 운동을 내년 8월까지 벌이고 그것을 토대로 2차 사업을 벌일 예정이다. 이 책의 정신에 동의하는 가정들을 '사교육 없는 세상을 꿈꾸는 우리 집' 1호, 2호 이렇게 모을 것이다. 부부가 동의하지 않으면 불가능한 일이다. 이런 약속 운동을 가정별로 1천 가정, 2천 가정 모아 가면 큰 변화가 일어날 것이라고 송 대표는 믿는다.

다음으로 사교육 문제를 해결하고자 하는 학교를 모아 학교별 약속 운동을 하려고 한다. 기업이나 학원, 종교 기관도 가능할 것이다. 이 기관들은 자체적으로 몇 가지 지침을 가지고 약속하게 된다. 사교육걱정없는세상에서는 이 기관의 문 앞에 문패나 현판을 다는 것을 지원한다.

물론 법률 개정이 최종적인 운동이 될 것이다. 법률 개정이 이뤄지기 위해서는 이해관계자들이 사회적 타협책을 가지고 풀어가야 한다. 그래서 사교육걱정없는세상은 가정, 기관에서 사회적인 협약 모델을 만들려고 한다.

대중적 차원의 운동도 진행하고 있다. 수능 시험이 끝나면 학교마다 플래카드를 붙여 서울대 몇 명, 연세대 몇 명 보냈다고 자랑을 한다. 명문대에 가지 못한 학생은 자동적으로 들러리가 된

다. 그래서 사교육걱정없는세상은 합격 플래카드 내리기 운동도
벌인다.

생각을 바꾸어 법을 바꾸어야 한다

우리나라 사교육 문제를 해결하기 위해서는 교육 내적인 것만
으로는 해결 안 된다는 것이 송 대표의 생각이다. 우리나라 교육
은 대학과 노동시장, 그리고 생존 문제와 직결되어 있다. 진정으
로 사교육을 해결하기 위해서는 대학 입시 제도도 건드려야 하고
사회구조도 고려해야 한다. 교육은 이 모든 문제가 총체적으로
엮여 있는 문제이다. 이것을 바로잡기 위해서는 정책과 제도가
바뀌고 정부가 개입해야 한다는 것이 분명하다.

그러나 문제는 정책과 제도는 정치인들이 바꾸는 것인데 정치
가들은 절대로 먼저 나서지 않는다는 사실이다. 미국의 오바마
대통령의 멘토가 "정치가라는 존재는 손에 물을 묻혀 바람을 감
지하는 사람들"이라고 했다고 한다. 정치인은 그 바람의 방향에
따라 움직이는 존재이지 그 바람을 결코 먼저 만들지는 않는다는
것이다. 대중들이 스스로 나서서 자신의 문제를 해결하기 위해
바람을 만들고 영향력을 만들어야 정치인들이 움직인다는 진리
를 먼저 깨달아야 한다.

그럼에도 시민들은 정책 요구 운동만 한다. 실제로 그 나쁜 정
책을 뒷받침하고 있는 의식을 바꾸려 하지는 않는다, 정부에서
일제고사를 전국적으로 확산하려 할 때 시민들이 움직여야 한다.

사람들은 그것이 문제라는 것을 알고 비판한다. 그러나 자기 집에서는 일제고사에 찌들어 아이를 가르치고 일제고사를 잘 보게 하려는 것이 부모의 욕심이고 행동 양식이다. "아이가 100점 맞았다고 집에 뛰어 들어오면 몇 명이 100점 맞았느냐고 물어본다"는 것이다. 일제고사 의식이 우리 국민 마음 안에 찌들어 있다. 우리는 의식을 바꾸어 가면서 제도를 바꾸는 운동을 해야 한다. 생각을 바꾸는 것이 법을 바꾸는 힘이라고 송 대표는 믿는다.

사교육걱정없는세상은 이 밖에도 다양한 사업을 벌이고 있다. 이제 겨우 1년 6개월 된 단체에서 한 사업 치고는 어마어마하다. 특히 조사 사업 중에서 가장 중점을 두고 한 것은 외고 문제이다. 사교육걱정없는세상은 '초중 입시 사교육 근원지, 외고 문제 해법을 찾는다'는 제목으로 5회 연속 토론회를 기획해서 실천했다. 그 강의와 토론 내용을 모아 500페이지짜리 책도 만들었다. 외고 문제에 관한 송 대표의 결론은 이렇다.

외고는 특수목적고등학교로서의 위상에 안 맞아요. 영어는 어느 학생이나 해야 할 외국어이지요. 그러니 특목고로서의 지위를 가질 필요가 없고 특성화고등학교로 전환하는 것이 좋겠다는 것이 우리의 생각이에요. 외고에 들어가는 방식을 '선 지원, 후 추첨'으로 바꾸자는 것입니다. 외고는 초등학생과 중학생의 입시 경쟁을 부추기고 사교육을 들끓게 합니다. 선발 시험을 보지 말고 추첨제로 하자는 우리 정책을 한나라당 정두언 의원과 민주당의 김춘진 의원이 받아 발표를 했습니다. 외고만이 아니라 전기 시험을 보는 고등학교(외고, 자율형사립학교, 민족사관학교 등)는 대체적으로 선

지원, 후 추첨을 하는 것이 좋습니다.

우리나라 사교육 비용이 가장 많은 것은 의외로 초등학교라고 한다. 두 번째가 중학교이고 마지막이 고등학교다. 고등학교 입시를 송 대표 생각처럼 바꾸면 사교육 비용의 70~80퍼센트는 줄어들 것이다. 영어 정도만 하고 중학교 내신을 관리하는 데 필요한 사교육만 하면 된다는 것이다. 과거에는 고등학교 사교육이 많았고 초등학교 예체능 정도에서만 과외를 했다. 그런데 외고가 들어서면서 초등학교에서도 사교육이 늘어났고 특히 사교육의 무풍지대였던 중학교 사교육이 확 늘었다. 외고 문제만 해결해도 사교육 문제를 상당히 해결하는 셈이다.

강남 8학군 + SKY 대학 + 스펙 관리 = 기피 대상?

우리나라 노동시장이 달라지고 있어요. LG나 삼성이 세계 1~2위를 다투고 있지 않습니까? 과거에는 모방이 중요한 기능이었어요. 학교에도 선진국 지식을 암기시키는 것이 주된 교육 내용이었지요. 그러나 이제 기업의 위상도 달라지고 있는데 암기를 시키는 것이 과연 맞는 교육 방법인가 생각해 보아야 합니다. 기업 인사 담당자도 제일 싫어하는 것이 강남 8학군 출신이면서 스카이 대학 출신이고 동시에 스펙 관리 많이 한 아이라는 말이 있어요. 창의성이 떨어지고 금세 다른 곳으로 도망간다는 것입니다.

'등대지기학교'는 사교육과 입시 제도가 주는 불안을 극복하고
교육에 관한 새로운 가치관을 정립하기 위해 마련한 학부모, 교사 교육 프로그램이다.
'아깝다 학원비' 프로젝트는 사교육에 관한
잘못된 편견과 올바른 사교육에 관한 지식을 제공하는 운동이다.

기업 인력 담당자들 사이에 이런 지침이 돈다는 것은 무슨 뜻일까? 사교육에 의존하는 아이들은 미래 노동시장에서 힘을 얻지 못할 가능성이 많다. 지금 사교육을 받고 있는 아이들은 20년 후에 직장을 가진다. 이들은 과연 20년 후의 변화무쌍한 세상에서 적응 가능할 것인가? 20년 후의 직장의 변화, 미래 사회의 변화를 보면서 지도하고 교육해야 한다. 달라진 직업을 내다보아야 하는 것이다.

이러한 트렌드에 맞추어 '사교육걱정없는세상'은 금년 12월 중순부터 6개의 토론회를 준비하고 있다. 우리 사회의 직업 세계가 달라지고 있고 기업도 이렇게 채용하고 있다는 것을 들려주려고 하는 것이다. 삼성전자나 LG전자 같은 대기업의 인력 담당자들이 직접 나와 발표할 예정이라고 한다. 신규로 채용한 사원들의 출신 대학 데이터를 가지고 온다. 사람들은 대기업들이 SKY 대학 출신을 주로 채용한다고 생각하는데 실제로 그렇지 않다고 한다. 명문 대학생들이 취업할 때도 생각처럼 인기가 없을 뿐만 아니라 나중에 임원이 되면서 더 도태된다고 한다. 오히려 중소기업에서 경력을 쌓고 나중에 경력 사원으로 들어온 사람이 더 생존력도 높고 승진의 가능성도 높다고 한다.

초등학교 1~2학년 부모들은 이런 상황을 잘 모르고 중학교, 고등학교, 대학교만 바라보고 사교육에 매달린다는 것이다. 수원의 한 학교에서 교사를 채용하는데 서울대, 연고대 졸업생이 많이 왔다고 한다. 한 서울대학교 졸업생을 탈락시켰는데 그 이유는 아버지가 같이 왔다는 것이다. 인터뷰하는 과정에 아버지가 따라와 참견까지 했다고 한다. 끝까지 아버지가 관리하지 않으면 안 된다는 것인데, 이렇게 되면 자기주도학습을 진행할 수 없다. 스펙이 중요하지 않은 세상이 된 것이다.

이런 엉뚱한 질문을 던져 보았다. 송인수 대표가 교과부 장관이 된다면? "장관이 뭐 힘이 있나요? 뭐 아무것도 못합니다."라는 엉뚱한 답이 돌아왔다. 이어서 송인수 대표는 시민의 힘을 강조했다.

사회적으로 교육 문제를 이렇게 두면 안 된다는 국민들의 바람을 일으켜야 합니다. 이런 것이 없는 가운데에서 장관하는 것이 힘들다고 봅니다. 외고 문제는 당장 해결할 수 있을 것 같고요. 대학 입시는 대학의 자율에 맡기고 있는데 그것은 잘못되었습니다. 이해당사자인 학교, 학부모, 기업 등이 사회적으로 타협해야 한다고 봅니다. "사교육을 줄이고 공교육의 질을 높이자." 이런 목표를 가지고 이해관계자들이 모여 논의를 하고 약속을 함으로써 법률을 바꾸어야 합니다. 이번 정권에서 만든 것이 다음 정권에서 무너집니다. 10년, 20년 약속이 지속적으로 지켜질 내용을 법으로 만들어내는 것이 급선무입니다.

우문현답이다.

2009 서울시, 희망의 인문학 과정 수료식
● 일시 : 2009년 11월 10일(화) 16:00~17:40 ● 장소 : 성공회대학교 피츠버그홀 ● 주최 : 서울특별시 ● 주관 : 성공회대학교 평생학습사회연구소
성공회대학교는
한 사람의 지도자를 길러내기보다는
열 사람의 동반자를 양성합니다.

진정 세상을 바꾸려면 평생교육에 나서라
__ 성공회대학교 고병헌 교수

2001년 교육부가 '평생학습도시' 사업을 시작했다. 그런데 이보다 이른 1999년 교육부보다 먼저 평생학습도시를 선언하고 '평생학습원'을 지은 곳이 있다. 바로 광명시이다. 이 광명시평생학습원을 성공회대학교가 2002년 맡아 운영했다. 고병헌 교수가 이 평생학습원의 초대 원장을 맡았다. 처음 개원(2002년 3월)해서 떠날 때(2007년 12월)까지 6년 동안 고병헌 교수 팀은 이 평생학습원을 우리나라 평생교육의 대표 모델로 일구었다. 성공회대학교와 고병헌 교수 팀이 열정을 쏟았던 6년간의 교육 실험기를 들어본다.

교육은 특권이 아니라 권리

처음에 광명에 안 들어가려 했어요. 기관 하나 운영하는 것이 얼마나 어려운지를 알기 때문이죠. 김성수 총장님이 소외 지역에 희망을 주었으면 좋겠다면서 교육이 특권이 아니라 권리인 사회를 실현해 보자고 하셨어요. 가서 고생 좀 했으면 좋겠다고 하셔서 토 안 달고 들어가서 운영을 시작했어요. 기관 운영 경험이 전혀 없어 삼고초려 끝에 모셔 온 사람이 임정아 교수였어요. 임 교수는 복사골문화센터 여성팀장도 하고 YMCA 경험도 있었던 분이죠.

성공회대학교다운 시작이었다. 이들의 비전은 교육이 권리인 세상을 만드는 것이었다. 우리나라 대학은 '누가 더 잘 가르치는가?'를 놓고 경쟁하지 않고 오히려 학생 선발 경쟁에만 열을 올린다. 학생들도 학교에서 어떤 교육을 받을 것인가가 중요한 것이 아니라 어떤 학교를 졸업하는가, 즉 학교 간판만 중요하다. 이건 정상이 아니다.

고병헌 교수가 가장 중시하는 것은 인문교육이다. 보편교육 단계인 초·중·고등학교 교육이 정상화되려면 그 핵심 교육 내용이 인문교육이어야 한다. 삶을 어떻게 살 것이며, 다른 사람과 어떻게 함께 살고 어떻게 세상이 돌아가야 하는지에 대한 본질적인 문제의식이 생겨야 한다. 이렇게 원만하게 살 수 있는 능력을 초등학교 교육부터 담보해야 한다. 삶을 위한 교육인 셈이다. 그런데 이 보편교육이 대학 들어가는 준비 교육으로 변질되고 말았다. 인문교육이 없다 보니 가정을 꾸리거나 사회생활을 제대로 영위하는 것이 불가능해져 버렸다. 한국의 성인들을 보면 성찰적 사유 능력을 상실한 것 같다. 그러면 이 문제를 어떻게 할 것인가? 지역사회의 변화를 통해서 그 해결의 실마리를 찾아보자는 문제의식이었다.

　성공회대학교의 건학 이념은 열림, 나눔, 섬김이다. 광명시평생학습원은 성공회대학교가 가진 교육력敎育力을 지역사회와 나눌 수 있는 통로로 기능할 수 있을 것 같았다. 성공회대학교가 광명시평생학습원을 맡아 운영하기로 마음먹은 것은 지역사회를 바꾸어 살맛나는 사회를 만들기 위해서다. 그리고 개인을 바꾸고, 이웃을 바꾸고, 사회를 바꾸는 데 핵심 동력 중의 하나로 활용한 것이 인문학이란다. 인문학은 위기에 처한 우리의 삶과 사회를 바꿀 수 있으리라는 믿음에서였다.

　많은 이가 인문학의 위기를 말한다. 철학과 문학 등 인문학의 많은 분야가 시들고, 그것을 가르치는 사람들은 일자리를 잃을 위기에 몰렸다. 인문학이 강단에만 머무르면서 사람들의 삶과 멀어졌기 때문이다. 그러나 성공회대학교의 접근 방식은 좀 달랐다.

　우리는 사람들이 원하는 것을 가지고 들어가려 했어요. 환경교육 한다면 사람들이 안 와요. 교육은 캠페인과 다르죠. 그래서 광명에서는 좀 다르게 접근했지요. 처음부터 우리는 시민 각자가 자기가 하고 싶은 일이나 활동을 하면서 자연스럽게 성찰적 사유 능력을 키워 나가고 서로 좋은 이웃이 될 수 있도록 학습하고, 그 과정에서 평생학습원이 어떤 기능을 할 것인지 하는 생각으로 모든 프로그램을 기획했어요. 많은 복지관이나 문화센터, 혹은 평생학습원에서 하고 있는 문해교육을 한번 볼까요. 거의 대부분의 문해교육이 글자를 가르치는 것을 목적으로 하는 것 같아요. 그래요, 조부모가 손자들에게 당신들 글씨로 카드 한번 써 보내고 싶으시겠지요. 컴퓨터가 무엇을 하는 기계인지도 모르는데 글을 써 볼 수 있다면 얼마나 감동이 크겠어요. 하지만 글자를 가르쳐 주는 것이 핵심 목적인 문해교육이 있는 반면, 글자가 단지 수단인 문해교육도 있을 수 있잖아요? 우리나라에서 이루어지는 대부분의 문해교육은 전자에 해당하지요. 그런데 문해교육은 단지 글자를 깨우쳐 주는 것 이상이어야 한다고 믿어요. 그래서 글자를 가르치는 것은 문해교육의 수단이어야지 목적이어서는 뭔가 부족하다고 생각합니다. 수단인 것을 목적에 갖다 두면 수단의 정당성을 파악할 길이 없게 돼요. 말과 글은 넓은 세상을 실존적으로 만날 수 있게 하기 때문에 중요한 겁니다. 그리고 이처럼 문해교육을 글자 해독 수준을 넘어서 삶을 위한 교육 차원으로 끌어올려 놓으면 이제 강사라는 요소가 참 중요해집니다. 대학생 정도면 글자를 가르치는 문해교육에는 충분히 자격이 된다고 봐요. 하지만 삶을 더 멋있고 의미 있게 사는 것이 목적이라면 일상의 삶과 생각에서 어떤 품격을 가진 강사인지가 몹시 중요해지죠. 삶의 굴곡이 깊은 할머니 수강생들에게 "이러시면 안 돼요. 외워 오셔야지요."라고 쉽게 말하는 강사를 보곤 하는데 …… 안타까운 일이죠.

같은 문해교육이라도 이렇게 다르다. 교육의 철학과 기본 인식이 다르기 때문이다. 제대로 된 교육은 단지 지식과 기술을 습득하게 하는 것이 아니라 인간을 변화시키고 삶을 새롭게 만든다.

용기를 꺾는 교육은 안 된다

성공회대학교가 운영한 광명시평생학습원은 자부심이 대단했다. 그것도 그럴 것이 대부분의 수업과 강의 신청이 보통 아침 6시 정도면 줄을 서기 시작해서 접수를 시작하자마자 등록이 끝나 버린다. 그만큼 인기가 있었다. 그런데 좀 특이한 것이, 문해교육의 경우 수업 진도가 3분의 2 정도 지날 즈음 얼굴을 보이지 않는 어르신 수강생들이 생겨나곤 한단다. 나중에 그 이유를 알아보니 수료해 버리면 다음에 다시 들을 수 없기 때문에 계속 공부하고 싶어서 도중에 그만두곤 하신단다. 자신이 까막눈이라고 털어놓는 것도 힘든데 문해교육을 받기 위해서 학습원의 문을 두들긴다는 것은 대단한 용기라는 것을 알게 되었다고 그는 말한다.

학습원까지 오는 분은 엄청난 용기를 낸 거예요. 등록 마감 후에 오신 어르신들에게 직원이 웃으면서 "이번에는 늦으셨네요. 다음 번엔 일찍 오세요." 하고 돌려보내는 경우가 있었어요. 그러면 안 되지요. 누구라도 글자를 모른다는 '자기만의 비밀'을 내보이고 싶지 않잖아요? 그래서 자신의 내부에서 엄청나게 갈등하면서 학습원 문을 두들긴 것은, 마치 갓난아기들이 기어 다니다가 처음으로 자기 척추로 일어설 때처럼 어르신 당신에게도 완전히 낯선 세계를 스스로의 힘으로 맞서겠다는 대단한 일이죠. 그렇기 때문에 아무리 등록이 마감되었다고 하더라도 그렇게 그냥 돌려보내서는 안 된다는 겁니다. "할머니 잠깐 기다려 보세요. 우리는 마감됐지만 광명시 다른 곳에 아직 자리가 남았는지 알아봐 드릴게요."라고 해야 해요. 어떤 경우라도 그 용기를 사라지게 하면 안 돼요. 만약 이 할머니에게 맞는 강좌가 없으면 다음에 꼭 기회를 드릴 수 있도록 관계를 가져야 합니다.

고병헌 교수는 교육은 권위가 아니라 서비스이며, 겸손이며, 상대에 대한 이해이고 배려라는 것을 알고 있다.

이명박 정부 인수위원회에서 교육 관련 정책을 발표하던 때를 생각해 보면, 실험실에서 동물 대상으로 투약하는 것 같아 보여요. 그 정책이 '투약되는' 우리 아이들에게 어떤 영향을 줄 것인지는 전혀 신경을 안 쓰는 거죠. 세계화 시대에는 개인의 양극화가, 그리고 지식기반사회에서는 지식의 독점이 예측되고 있잖아요? 이 지식과 정보의 격차가 학습 격차로 이어지고 사회적 불평등과 사회적 배제로 이어져 한 세대가 지나면 가난이 대물림 됩니다. 진정한 복지를 생각한다면 교육부터 해야 해요. 그래야 가난의 고리가 끊어지지요. 이것이 교육복지와 사회복지의 차이예요.

교육이 빈부 격차 해소의 첫 단계라는 것은 탁견이다. 우리나라는 IT 강국이다. 기술 장애는 기술력이 해결해 줄 수 있다. 그러나 정보에서 소외되는 것은 2차 장애이다. 단순히 글을 아는 것만으로는 안 된다. 인터넷에서 유통되는 지식과 정보를 향유하고 활용할 수 있는 능력이 없으면 정보 격차를 피할 수 없다. 그래서 광명시평생학습원은 컴퓨터 기술 위에 인문학을 올려놓는 실험을 했다.

광명 대안화폐 '그루' 운동

광명시평생학습원은 단지 강의만 하고 수강만 하는 곳이 아니었다. 이곳에는 '그루'(중의적 의미이다. 영어로 스승이라는 말(구루, guru)과 나무의 그루라는 뜻)라고 하는 대안화폐가 쓰인다. 대안화폐는 소질과 노동력이 있어두 그것을 경제 가치로 바꿀 수 없는 사람들을 위한 '착한' 화폐다. 이런저런 기술이 있고, 이것을 가져갈, 혹은 필요로 하는 사람들을 지역사회 차원에서 이어 주는 유통 채널이 있다면 그 사람은 이미 실직 상태가 아닌 것이다. 대안화폐와 평생교육이 멋지게 결합할 수 있음을 광명시평생학습원은 보여 준 것이다.

대안화폐는 규모가 클 이유가 없다. 우리나라에서 30여 곳에서 지역화폐 운동을 시도했다가 지금은 대전과 안산 등 몇 곳에서만 살아남았다. 이들 앞선 사례들의 경험을 참고하여, 광명 '그루'는 유통의 항목을 주로 교육에 집중했다. 물론 참여하는 업체나 기관, 혹은 개인이 원하면 그 항목의 유통에도 '그루'를 사용할 수 있게 했지만 주된 목적은 교육 프로그램의 참여와 활성화이다.

지역화폐가 기초하고 있는 철학은 노동의 종류와 관계없이 인간의 노동은 똑같이 가치 있다는 사실이다. 육체노동자이든 지식노동자이든, 모든 사람은 자신의 한 번뿐인 삶의 한 조각을 할애하여 노동을 하기 때문에 모든 노동의 가치는 같으며, 성서에서 말하는 '포도원의 비유'도 이를 분명히 하고 있다.

시장경제Market Economy 중심의 사회에서도 비非시장경제Non-market Economy가 있다. 비시장경제라는 용어가 시장경제를 비판적으로 인식하고는 있지만, 사고의 틀은 여전히 시장경제의 것을 그대로 쓰고 있다는 문제가 있다. 그래서 네바 굳윈이라는 여성 환경경제학자가 코어이코노미Core Economy라는 말을 만들었다. 고병헌 교수는 이를 '주춧경제'라고 번역했는데, 시장 이전에 가정이라든지, 이웃이라든지 우리 삶의 토대가 되는 핵심적인 경제 요소들을 건강하게 살려야 한다는 가치를 담고 있는 개념이다. 고병헌 교수는 주춧경제의 중요성을 이렇게 설명한다.

기존의 시장경제에서는 가정이나 이웃, 지역사회, 시민사회처럼 우리의 삶과 사회를 지속 가능하게 해 주는 주춧돌이 되는 요소들이 무력화되기 일쑤이죠. 내가 우리 아이를 안고 있을 때는 돈을 낼 필요가 없어요. 그런데 서로 다른 아이를 돌보게 되면 그러한 돌봄 노동에 대해서는 돈을 지불해야 하잖아요. 같은 행위라도 이렇게 달리 평가되는 것이죠. 미국의 경우, 최근 주춧경제의 규모가 전체 경제의 절반 정도인 48퍼센트에 육박하는 것으로 연구되었어요. 우리나라는 가정주부를 노는 사람들이라고 평가하죠. 그러나 지역에서 보면 주부가 하는 다양한 일들이 모두 중요한 일들이잖아요. 그런데 국가는 이런 사람들 보고 취직하라고만 해요. 그러한 돌봄 노동에 대해서 정당한 평가를 해 줄 생각은 않고, 가족이니까, 아내니까, 엄마니까, 지역 주민이니까 당연히 해야 할 일이 아니냐고 생각하는 거죠. 국가는 시장경제에서의 활동만이 의미가 있다는 편협한 생각에 사로잡혀 있는 거죠. 그런데 만약에 그들 말대로 모두 취업을 해 버리면 그 주부들의 빈 영역을 채우기 위해 시장에서 사람을 써야 할 것이고, 그렇게 되면 엄청난 비용이 필요하잖아요. 주춧경제는 시장경제에서는 보잘것없는 화폐가치로 평가받는 일들이 사실은 우리 삶과 사회를 지속 가능하게 하는 핵심 가치라는 사실을 인식하는 데 그 의미가 크죠. 대안화폐는 바로 이 주춧경제에서의 노동을 유통시키고 재생산하는 기제입니다.

네덜란드에서는 대안화폐를 공식적으로 인정하기 시작했고, 스위스에서는 '비어WIR' ('우리'라는 뜻)라는 은행이 대안화폐를 다루고 있다고 한다. 그런데 교육과 지역화폐의 결합을 시도한 이 실험도 광명시평생학습원 운영이 다른 대학으로 넘어가면서 끝나 버렸다.

창업교육에 웬 인문학?

광명시평생학습원이 시도한 또 하나의 실험은 저소득 시민들의 창업을 지원하고 격려하는 교육 강좌 개설이었다. 광명시민대학 창업경영학과를 열었던 것이다. 고병헌 교수는 평생학습원에서 진행하는 시민대학은 영미에서 말하는 커뮤니티컬리지community college는 아니라고 말한다. 오히려 덴마크 그룬트비의 평민대학(Folk High School)과 유사한 것이라고 한다. 창업경영학과는 바로 이 시민대학의 전공 영역의 하나이다.

지역에서 제대로 된 창업 경영을 위해서 광명시평생학습원은 먼저 네트워크를 만들었다. 산업사회에서라면, 라면집에서는 라면 팔다가 주인이 덤으로 찬밥이라도 말아 주는 것이 영업 '노하

광명평생학습원 청개구리도서관에서 아이들이 독서 교육을 받고 있다.
경찰관을 대상으로 한 인문학 교육도 좋은 반응을 얻었다.

우'였고, 또 손님들도 좋아했다. 그러나 '간지 문화'의 요즘 아이들은 그런 것을 좋아하지 않는다. 그래서 학교 옆에서 똑같이 라면집을 하더라도 요즘은 학생들의 코드를 읽을 수 있어야 장사를 할 수 있다. 그래서 기존의 다른 창업교육들과는 달리, 평생학습원에서는 창업경영학과에 인문학 과정을 필수로 넣었다. 창업해서 현대 사회의 코드를 읽고 의사소통할 수 있도록 돕기 위해서말이다. 그리고 사회연대은행에서 창업교육과 함께 창업 자금도대출해 주었고, 지역 자활후견기관에서는 수강생 모집을, 그리고광명시에서는 교육 시간을 근로시간으로 인정해 주었다. 광명시평생학습원, 지역 자활후견기관, 사회연대은행, 그리고 광명시가함께 네트워킹해서 창업경영학과를 운영했던 것이다.

수강생들이, 창업하는 데 웬 인문학이냐면서 처음에는 인문학을 달가워하지 않거나 지겨워했다고 한다. 그러나 나중에는 거의모든 수강생들이 창업 관련 교육보다도 인문학을 더 좋아했다.오히려 그 교육을 받은 사람들은, 우리 아이들을 위한 인문학 강좌는 없느냐고 물었다고 한다. 인문학 과목을 듣고 나서 비로소자녀와 대화가 가능해졌다고 말하는 이들도 있었다. 인문학이 그들의 '삶의 동력'으로 전환되는 순간들이다.

삶을 부드럽게 해 준 인문교육

광명시평생학습원이 특별했던 것은 지역의 상황을 잘 이해하고 지역 주민들의 요구에 부응하는 '특성화된' 교육을 했다는 사실 때문이 아닐까 싶다. 그 지역 주민이라는 개념 속에는 지역 노숙인도, 그리고 지역 경찰관도 포함되어 있다. 광명시평생학습원이 어떻게 이 지역의 노숙인과 경찰관에게 접근하고 이들을 교육하고 사람들을 바꾸었는지 그 이야기를 들어 보자.

우리 지역의 노숙인들은 12시부터 배식하는데 10시부터 줄을 섭니다. 등도 서로 맞닿아 있을 정도로 사람들이 몰려와요. 누가 한 사람 끼어들면 마구 욕하며 쫓아내는 것을 본 적이 있어요. 인간의 불가피한 욕구를 만족시키는 과정에서 인간의 존엄이 상처받는 역설인 거죠. 대개 점심을 위해서 두 시간씩 기다리는데, 그동안 우리가 교육하고 우리가 쿠폰 나누어 주겠다고 했더니, 학습원의 다른 이용객이 혐오감을 느낄 거라고 모두 반대했어요. 끝내 지역 노숙인들을 우리 학습원으로 끌어들이는 것은 성공시키지 못했네요.

그래서 그들이 대안으로 생각해 낸 것이 바로 경찰서 앞마당에서 노숙인 배식을 하자는 것이었다. 지역 노숙인들이나 독거노인 등 무료 배식이 필요한 분들을 경찰서 버스가 지역을 순회해서 모셔 오면 경찰 이미지 개선에도 도움이 된다고 생각했다. 광명시평생학습원이 광명경찰서와 담벼락을 같이 하고 있어서 가능했던 발상이었다고 한다. 그런데 경찰서에서는 무기고도 있을 뿐만 아니라 너무나 '생뚱맞은' 생각이라며 난색을 표했다. 그래서 먼저 경찰부터 교육하자고 생각을 바꿨다고 한다.

경찰을 대상으로 교육을 하려고 했더니 경찰의 99퍼센트가 반대했다. "시간 나면 자야 하는데 교육을 받으라고?" 이런 반응이었다. 이들의 삶이 얼마나 거칠겠는가. 허구한 날 피의자 상대하면서 욕하게 될 때도 많고 상대편의 말을 의심하게 되는 것은 기본이다. 경찰관의 입에 붙은 말이 "그거 거짓말이지?"다. 이런 이들에게 인문학을 가르치고 예절을 가르쳤다. 처음에는 다도 시간에서조차도 다리를 뻗고 몸을 뒤틀고 야단들이 났다고 한다. 그러나 놀랍게도, 그렇게 1년이 채 지나기도 전에 수강한 경찰관의 99퍼센트가 인문학 교육을 계속해야 한다고 설문조사에 응답했다.

그리고 오로지 인문학 교육 때문만은 아니겠지만 아무튼 이 지역의 범죄율이 20퍼센트가 줄었다. 삶의 결을 부드럽게 하고, 재테크도 하고, 다양한 인문교육을 경험하게 되면서 순찰을 돌아도 이전과는 다르게 하게 되었다는 해석이다. 이것은 경찰관 스스로가 한 이야기이다.

노숙인 교육도 마찬가지였다. 사회복지 영역에서 개발된 정책들을 보면 진보적인 정책들이 많다. 그리고 그 진보적인 정책들 역시 제대로 된 직업훈련을 강조한다. 그러나 현장에서 가장 시급하게 필요한 교육이 사실은 직업훈련이 아니다. 직업훈련을 통해서 저소득 시민들의 소득을 높여 주자는 취지의 정책들인데, 실제로 직업훈련으로는 소득의 크기가 바뀌지 않는다. 소득을 결정하는 것은 직종이기 때문이다. 훈련을 시키면 생산성이 높아지고 해당 직장에서 더 오래 일할 수 있게 되지만, 생산성이 높아지더라도 그것은 그들의 소득으로 이어지지 않는다. 특정인의 주머니로 들어갈 뿐이다. 그러면 진정 이 사람들에게도 힘이 되는 것은 무엇일까?

노숙인을 바꾸는 데 자존감이 중요해요. 인간으로서의 자존심이 없으면 서로가 서로에게 흉기가 되지요. 너무 거칠어지는 겁니다. 자존감이 생겨야 저 인간도 누구의 가장이고 아버지라는 타인 존중이 희미하게 생겨요. 자살할 수 있는 조건에서 이 세상에 대한 희망을 가지게 됩니다. 이런 꿈을 가지면 당당하고 의연하게 살 자세를 가집니다.

멋있고 품격 있는 삶을 사시죠

광명시평생학습원에서 시도하려고 했던 것들 중에 '학습계좌제'라는 것이 있다. 모든 최초의 시도가 다 그러하듯이 이 학습계좌제 역시 주변에서 가능하겠는가라며 걱정이 많았다.

학습원이 시도하려고 했던 학습계좌제는 당시 평생교육계나 정부 차원에서 이야기되던 것과는 성격이 달랐다. 고병헌 교수는 문맹인 할머니들은 문자를 읽고 쓰는 것만 못하지 사회성이나 이해력, 문제 상황 대처 능력 등은 매우 발달했음에 주목해야 한다고 말한다. 글자만 모른다면 그것만 보완해서 초등학교 졸업 인증을 해 주자는 것이 바로 광명시 평생학습원이 꿈꾸는 학습계좌제였다.

각자가 사는 곳 가까이서 교육을 받을 수 있어야 하고, 그렇게 교육을 받은 사람들이 일정한 수준에 올랐을 때 본인들이 원하면 그 학력을 인증해 주는 길을 열어 주자는 것이다. 고 교수는 학습계좌제는 인센티브로 작동해서는 안 되고, 스스로 배우고 싶다는 의욕을 격려하는 기능을 할 수 있어야 한다고 강조한다. 필요한 경우에만, 그리고 본인이 원하는 경우에만 자기 자신을 위해서 공부한 것을 공교육 체제에서의 해당 학력으로 인정해 주는 길을 열어 놓기만 하면 된다는 것이다.

공적 부문 같았으면 초등학교, 중등학교 졸업 자격을 취득하라고 홍보할 것입니다. 그러나 우리는 당신이 멋있고 품격 있는 삶을 살게 된다고 홍보합니다. 차원이 다른 것이죠.

학습계좌제는 성공회대학교가 시도하려 한, 평생학습의 지역적 시스템 중의 하나일 뿐이다. 그들이 실현하고자 했던 것은 형식적인 교육의 제도나 그 결과로서의 '증證'이 아니다. "과거 학력學歷에 과도하게 신경을 쓰다 보니 학력學力이 없어졌다"고 고교수는 진단한다. 지역의 다양한 교육력을 연결해서 학습사회를 만들자는 것이 그들이 꿈꾸는 유기적인 평생학습사회의 그림이다. 세계화의 거대한 도전에 대응하기 위해서 지역적 차원에서 진정 이런 그림을 그리는 것이 필요하다. 그런데 이 그림의 밑그림만 스케치한 상태에서 광명시평생학습원의 운영 주체가 바뀌면서 미완의 작품으로 남아 있다.

평생학습 마인드 없는 행정

우리나라의 평생학습에 관한 관심은 외형적으로 보면 결코 적지 않다. 평생학습도시 선정과 예산 지원이 그것을 증명하고도 남는다. 그러나 내용과 실질을 보면 그렇지가 않다. 2008년 현재 평생학습도시가 70곳이 넘고, 그중에서 1호로 지정된 곳이 진안군, 대전 유성구와 함께 광명시였다. 그런데 대전 유성구 같은 곳은 현재 평생학습도시로서의 흔적을 거의 찾아볼 수 없다고 하고, 진안군도 지자체장이 바뀌면서 약화되었다고 한다. 어느 지자체가 평생학습도시로 지정되면 2억 원의 지원금을 받는다.* 그러나 그 돈만으로는 평생학습도시의 인프라나 수준, 품격이 달라지지 않는다.

고병헌 교수는 현재의 평생학습도시 시스템에서는 기본적으로 두 가지 문제가 있다고 한다. 하나는 지자체 공무원들 중에서 평생학습 마인드가 전혀 없는 사람이 책임자가 되는 경우가 많다는 사실이다. 다른 하나는 평생교육기관을 수탁 운영하는 대학교 쪽의 문제이다. 평생교육기관 운영이라는 문제를 지역사회와 지역주민의 삶의 관점에서 접근하기보다는 그냥 자기 대학이나 관련 학과의 학생들을 위한 취업 자리 확보 정도로 보는 경향이 있다는 것이다.

평생학습에 종사하는 전문직 영역과 행정 영역이 자기 혁신의 노력을 하지 않으면 평생학습은 우리 사회에서 계속 겉돌 것이라는 것이 그의 우려이고 전망이다.

* 그런데 지금은 이런 평생학습도시 지원 사업마저도 중단되었다고 한다.

인문학의 위기는 삶의 위기

우리 사회에서 인문학에 대한 관심이 빠른 속도로 커지고 있다. 막상 대학에서는 인문학의 위기라고 말하는 상황에서, 일반인을 위한 인문학, 노숙인이나 교도소 재소자를 위한 인문학, CEO를 위한 인문학 등 대학 밖에서는 다양한 인문학 강좌가 시도되고 있다. 고병헌 교수는 저소득 시민들을 위해서 서울시도 인문학 강좌를 하겠다고 나섰으니 인문학에 대한 관심이 그만큼 높아졌다는 이야긴데, 이런 인문학에 대한 관심이 어떤 결과를 낳을지는 좀 더 지켜볼 일이라고 말한다.

인문학의 위기는 삶의 위기예요. 인문人文이란 '사람 무늬'라는 뜻이고, 사람이 살면서 만들어 가는 '삶의 결'이고, 관계의 결을 뜻하는 것이잖아요. 오늘날 폭력적인 우리 사회에서는 눈만 마주치면 눈을 아래로 깔라고 하지요? 지하철에서 우는 아이를 보고 저를 가리키면서 "저 아저씨가 혼낸다"고 달래지요. 그런데 사실 저는 그 아이를 혼낼 생각이 전혀 없거든요. 눈 닿는 곳이 우리의 의식 수준입니다. 2등은 기억하지 않는다고 어느 기업의 광고가 우리를 협박했잖아요. 부자 아빠 되라는 것도 기가 막히지 않나요? 요즘이 어떤 세상인데……, 뼈 빠지게 일해도 아빠 노릇 제대로 하기가 점점 더 힘들어지는 세상이잖아요. 이처럼 온갖 슬로건과 광고 카피들이 문제가 많은데 우리가 그것을 의식하지 못해요, 전혀 아파하질 않는단 말이죠.

성공회대학교에는 평생학습사회연구소가 있어 '서울시, 희망의 인문학 과정'과 '평화인문학'을 운영하고 있다. '서울시, 희망의 인문학 과정'은 당시 오세훈 서울 시장이 얼 쇼리스Earl Shorris가 쓴《희망의 인문학》을 보고 바로 이것이라고 생각해서 시작하게 된 것으로, 2008년에는 1개 대학이, 2009년에는 성공회대학교를 포함하여 4개 대학이, 그리고 2010년에는 5개 대학이 참여하여 운영하고 있고, 심화반 2개 반이 실험되고 있는 것이 특징이다. '평화인문학'은 교도소 재소자를 위한 인문학 강좌로, 성공회대학교가 수유너머, 인권연대, 지행연구소와 함께 컨소시엄을 구성해서 운영하고 있다. 2008년에는 안양교도소에서, 2009년에는 수원구치소에서, 그리고 2010년에는 다시 안양교도소에서 프로그램을 진행하고 있다.

우리 꿈은 전국의 48개 교도소를 그 지역 대학들이 책임지고 수준 높은 인문학 교육을 하는 것입니다. 교도소에서 기도 모임을 만드는 것만으로는 교화가 제대로 될 수가 없지요. 성공회대학교 평생학습사회연구소는 평생교육, 인문교육을 하는 교(강)사 양성 과정을 준비하고 있어요. 성인을 가르치는 강사의 자격이 무엇인지 분석해서 그 핵심 능력을 길러 보자는 것이죠. 저소득 시민들이나 노숙인, 재소자 분들을 대상으로 한 인문학 강좌는 물론, 일반 시민들을 위한 것이나 CEO를 위한 인문학 등 모든 교육 프로그램에서는 결국 가르치는 사람의 역량과 수준이 교육 효과를 가르는 핵심 요소라는 사실을 확인하곤 했기 때문에 그런 양성 과정에 대해서 관심을 가지게 된 것입니다. 올해는 일반 교사에 초점을 맞춰서,

교사들이 갖추어야 할 능력을 개발하는 교육과정을 만들어 돌리려
고 합니다.

성공회대학교와 고병헌 교수 팀이 6년 동안 뿌린 씨앗은 이제
광명 시민들을 통해 싹을 틔울 것이다. 그리고 한 지역사회를 넘
어 전국의 평생학습과 인문교육에 더 폭넓은 기여를 할 수 있을
것이다. 그와 연구소가 펼쳐 갈 평생학습의 미래가 궁금하다.

연구공간 수유+너머
공간플러스 4층

학습과 삶이 일치하는 코뮨

__코뮨넷 수유너머

'수유연구실'의 고전 평론가 고미숙, '서사연(서울사회과학연구소)'의 이진경, 고병권 등이 의기투합해 '연구공간 수유+너머'를 만든 지도 벌써 10여 년이 지났다. 수유+너머는 공부와 삶의 일치를 표방하는 '코뮨'으로 출발했다. 이곳에선 다양한 전공 분야의 연구원들이 공부와 삶을 공유하고, 고전, 철학, 자연과학을 넘나드는 분야의 강좌를 열고 세미나를 함께한다. 각종 매체에 글을 기고하거나, 무료 강의를 열고 책을 내는 것도 주요 활동이다. 하지만 거기에서 그친다면 공부와 하나 되는 삶을 논할 수 없을 것. 같이 밥도 지어 먹고, 등산도 가고, 국토 대장정을 하는 등 사람들 간 관계를 맺고 생활을 함께하는 일도 중요하다.

_조은별, 오마이뉴스 2009년 11월 18일 자 기사

오래전부터 '수유너머'가 궁금했다. 학습과 삶의 공동체가 어떻게 운영되는지 눈으로 직접 보고 싶었는데 오늘에서야 그 꿈을

이룬다. 해방촌 가까이에 낡아 보이는 건물 4층에 자리 잡은 수유너머에 들어서는 순간 그 공간의 특별함을 냄새처럼 맡을 수 있다. 이곳의 시설들을 안내하는 표지판부터 다르다. 마치 거리의 방향 표지판처럼 만들어 놓았다. 억지로 돈을 들여 뭔가를 해 놓은 것은 아무것도 없는 것 같은데 있을 것은 다 있다. 도대체 수유너머의 실체는 무엇인가? 다소곳하면서도 냉철해 보이는 고미숙 선생에게 물었다.

저희가 저희를 규정하기 힘든 법이지요. 외국에서 이곳을 찾아오는 지식인들이 많은데 그분들을 통해 우리 특징을 알게 됐어요. 외국에서는 공동체나 사회단체가 많이 있는데 학습과 생활을 함께하는 곳은 없답니다. 생활을 함께하며 지식을 생산하는 곳은 별로 없어요. 우리 '수유너머'라는 공동체의 기반이 지식 생산입니다. 외국인들이 이것을 모두 신기하게 생각합니다. 외국인의 거울을 통해 거꾸로 우리를 봅니다. 공동체는 있는데 공부하는 곳은 없고, 연구소는 많은데 생활하는 곳은 없습니다. 밥 같이 해 먹고 카페 운영하는 그런 연구 집단은 없는 것이지요.

공부와 삶이 일치하는 공동체

연구를 공동으로 하는 것은 이해가 되지만 생활을 함께한다는 것은 잘 납득이 되지 않는다. 수유너머의 회원들은 일반 주택을 얻어 이 주변에 산다. 20대의 미혼자나 독신자들은 이 주변에 공동주택을 마련하고 월 10~15만 원 내고 산다. 현재는 남녀 10여 명이 된다고 한다. 아이가 있고 결혼한 사람은 이 주변에 세를 얻어 산다. 이 동네로 수유너머가 이사를 오면서 모두 주변으로 이사를 온 것이다. 그러나 아무리 가까이 있어도 집에서 시간을 보내기보다는 연구실에서 더 많이 있으려고 한다. 최소한 두 끼는 여기서 먹는 게 보통이다. 차 마시고 뒤풀이도 여기서, 외부 사람도 여기서 만난다. 생활의 70~80퍼센트를 여기에서 한다. 그러니까 수유너머는 단지 연구실이나 세미나 장소가 아니라 생활과 삶의 공간이기도 하다.

일주일에 한두 번 세미나를 참석하는 이들도 수백 명이다. 그들은 생활은 외부에서 하고 세미나나 강좌를 들으면서 김치를 갖다 주기도 하고 밥을 짓기도 한다. 그러나 실제 수유너머를 움직이는 사람들은 100퍼센트 여기에서 산다. 공부를 하고 그것을 통해서 지식을 생산하는 것이다. 여기서 밥도 하고 카페도 운영하고 청소도 하고 회의도 해야 한다. 이런 시끄러운 곳에서 무슨 공부를 하냐고 하는 이도 있지만 실제로 담론 생산력은 훨씬 높다. 대학과 대학원이 지식을 훈련시켜도 10년이 되어도 책 한 권 쓰기 힘들다. 그러나 수유너머에서는 학력에 상관없이 1년이면 책을 쓸 수 있다.

세대와 계층을 넘어선 학습

고미숙 선생은 이곳에서는 "지식을 대하는 밀도가 다르다"고 말한다. 그것은 제도권이 가장 놓치고 있는 부분이기도 하다. 동일한 시간을 투여하는데 생산되는 지식의 질이 다른 것이다. 지식사회에서는 양이 아니라 질이 더 중요한 법이다. 고미숙 선생 스스로 어느 때는 10분도 못 앉아 있는 날도 있다고 한다. 그러나 대학 도서관에서 10시간 앉아 있는 것보다 낫다고 말한다. 여기서는 모두가 직접 관계를 맺고 문제도 직접 돌파해야 하고 공부도 서로가 개입할 여지가 많다. 대학원이나 제도권에서 절대 안 되는 일이다.

수유너머에서는 다양한 배움의 네트워크가 만들어진다. 학교나 공부라는 것이 전제하고 있는 것과는 다른 네트워크가 많다. 수유너머에서는 세대를 섞는다. 서로 만나기도 힘든 세대인 20대와 60대가 함께 공부한다. 그 자체가 흥미로운 실험이다. 이번에는 백수들을 위한 프로그램을 만들었다. 백수의 개념이 넓어 10대부터 60대까지 섞인다. 함께하다 보면 완전히 새로운 네트워크가 열린다.

이렇게 하다 보면 계층도 섞일 수밖에 없다. 경제적인 순환도 많이 실험한다. 즉 10대는 경제력이 없고 50대는 상대적으로 있다. 그 대신 10대는 50대에 비해 다양한 재능들을 가지고 있다. 서로 가진 것들을 주고받는다. 아이들로서는 부모에게 의지하지 않고도 세상에서 살아간다는 실험을 할 수 있다. 어른들의 입장에서는 내 자식 말고도 다른 자식 챙기는 경험을 한다. 놀토에는 논어를 가르치는데 초등학교도 안 들어간 아이들도 온다. 아이들 수준에 맞는 프로그램을 해야 한다는 것도 선입견이라고 한다. 인류의 위대한 스승이 한 이야기는 아이들에게도 통한다는 것이다.

　직장인들을 위해 여는 1년 과정도 있다. 대중 지성이 그것이다. 4년째인데 직장 다니는 이들이 듣는 코스이다. 1년 과정에 100여만 원 받는다고 한다. 말이 1년 동안이지 실제 웬만한 결심과 투자를 하지 않으면 할 수 없는 일이다. 나이 차이, 직업 차이가 많지만 서로 섞여서 공부를 한다. 나중에는 수유너머의 회원이 되기도 하고 자신의 직장에서 세미나 조직을 만들기도 한다. 이렇게 수유너머는 끝없이 확산되고 있다.

코뮤넷 수유너머

'수유연구실＋연구공간 너머'로 출발했던 '연구공간 수유＋너머'는 2009년에 '코뮤넷 수유너머'라는 새로운 모습을 갖게 되었습니다. 서울의 곳곳에서, 한국의 곳곳에서, 그리고 더 나아가 세계의 곳곳에서, 소박하지만 활기차고 재미있는 활동들을 계속 꾸려 갔으면 하는 바림입니다.^^ 그 결과 2009년 6월 1일 '수유너머 구로'를 시작으로, 7월에는 '수유너머 길'과 '수유너머 강원', '수유너머 R'이, 그리고 9월에는 '수유너머 N'이 문을 열게 되었습니다. 그리고 이 홈페이지를 통해 활동 소식을 접할 수 있는 '수유너머 남산'도 있구요. 현재 '코뮤넷 수유너머'에서는 총 6개 코뮨들이 활동하고 있답니다.^^

_코뮤넷 수유너머 홈페이지

이렇게 '연구공간 수유+너머'는 '코뮤넷 수유너머'로 전환되었다. 남산의 공간이 400평인데 포화 상태가 되었고 너무 복잡해져 올해 초부터 분화를 해야겠다는 생각이 들었다고 한다. 큰 조직으로 가기에는 한계가 있었던 것이다. 지역별로 분화하고 영역별로 분화했다.

당장 남산의 건물 2층에 '수유너머 R'이 별도로 살림을 꾸려 나가 새로운 네트워크를 만들었다. 이곳에서는 다양한 강좌와 세미나를 열고, 잡지 부커진(책 book과 잡지 magazine의 합성어)을 내고 있다. 홍대 앞에는 영상을 만드는 '인문영상제작소'가 생겼다. 함께 밥 먹고 생활을 하면서 인문학 공부를 하니 충무로의 다른 독립영화사들과는 다를 수밖에 없다. 이런 식으로 서로 공부나 기본 생활의 원칙은 공유와 연대를 하면서도 분화를 거듭하게 된 것이다.

코뮤넷 수유너머가 지역적으로만 확장한 것은 아니다. 학문과 삶의 영역을 일치시키고 학문의 경계를 넘기 시작했다. '동의보감연구소'를 설치한 것이 바로 그 사례이다. 지식인이 생활을 한다는 것은 무슨 의미인가? 지식은 개념의 세계이고 생활은 몸의 세계이다. 공동체를 하다 보면 끊임없이 충돌하기도 한다. 여기서 문제가 설정된다. 몸이 아픈 사람도 많고 약한 사람도 생기기 마련이다. 왜 공부가 안 늘고 세상을 우울하게 할까 생각하면 그 주체와 연결되어 있음을 발견하게 된다. 담론 주체들의 병리 현상이 있다. 병을 고치고 몸을 고치려면 약을 먹어 되는 것이 아니고 생활 리듬을 바꾸어야 한다. 그래서 여기서는 탁구도 치고 산책도 한다. 몸의 기운을 바꾸어라 하면서 생활 방식을 이야기하지만 동시에 그것을 넘어서야 한다.

사실 현대 학문은 지나치게 분리, 고립되어 있다. 원래 삶은 하나가 아니던가? 근대 이전의 학자는 늘 삶과 학문을 총체적으로 접근했다. 그러나 현대 학문은 모든 것을 분산적으로 보았기 때문에 총체적인 성찰을 할 수가 없다. 고미숙 대표는 이런 측면을 다음과 같이 설명한다.

그동안 종교의 영역으로 생각했던 구원의 문제가 나옵니다. 대학에서는 이런 생각을 안 합니다. 그것은 종교의 영역이기 때문입니다. 그렇다면 부처는 어떻게 돌파했을까? 의학은 어떻게 풀었을까? 하고 고민하지 않아요. 공부할 주제가 밖에서 오는 것이 아니라 안에서 옵니다. 제가 지금까지 쓴 책이 10여 권 되는데 깊이 있는 것은 아니지만 삶의 토대가 준비되어 있기 때문에 나온 것이라고 봅니다. 글이 재주에서 나오는 것이 아닙니다. 고전을 보면 삶의 배경이 있기 때문에 보이고 이해가 됩니다.

그이는 또한 인진가부터 사람 존재 자체를 통째로 보게 되었다고 한다. 20세기 근대 학문이 지식과 삶을 분리하면서 대학의 생산성이 떨어졌다. 수유너머도 처음에는 문사철(문학, 역사, 철학), 즉 인문학을 주로 하다가 지금은 그 경계를 넘었다고 한다. 누구든 무엇이든 공부할 수 있다고 믿는다. 핑계를 대지 말자는 것이 수유너머 사람들의 구호이다. "주부라서 안 돼."라거나 "나는 자연과학을 공부했기 때문에 안 돼."라는 핑계가 수유너머에서는 안 통한다.

이 모임의 창립자로서 고미숙 선생은 코뮤넷 수유너머의 미래를 어떻게 상상하고 있을까?

미래는 예측 불가능한 일이잖아요. 자포자기 상태예요. 될 대로 되라는 것이지요. 기본적으로 우리 공부가 어디까지 가야 하는지 목표를 세울 수는 있어요. 그러나 계속 몸집을 키우는 것은 곤란하지요. 찢어져서 각자 운동을 키워 나가야 해요. 어디에서는 망하기도 하고 어디는 더 잘할 수도 있지요. 안 되어도 할 수 없고 그것이 또 반드시 나쁜 것은 아니니까요.

늘 정확한 목표를 세우고 그것을 달성하기 위해서 최선을 다하는 일반 사회운동과는 너무도 다른 대답이다. "될 대로 되라"는 이 무계획적이고 자유방임의 철학이 어쩌면 수유너머를 키우고 확산해 온 원리인지도 모른다. 그이는 또 이렇게 그동안 수유너머의 발전 과정을 해석한다.

원남동 때도 좋았어요. 그런데 어느 날 느닷없이 이사를 하게 되었지요. 지금 이 건물은 5년짜리 임대계약을 한 것인데 언제 어디로 가게 될지 몰라요. 아무런 경제적 대책도 없어요. 막연히 부동산이 폭락되면 마당이 있는 곳에 가게 되지 않을까, 이런 기대도 해 봐요. 자본주의가 대단히 체계적인 것 같지만 구멍도 많고 허점도 많거든요. 그런 허점을 가지고도 할 일이 많아요. 10년 동안 그렇게 굴러왔고요.

"서로에게 선물이 되어 주십시오!
연구공간 수유+너머는 좋은 앎과 좋은 삶을 일치시키는
연구자들의 자유로운 생활공동체입니다."

안정은 더 많은 문제를 일으킨다

우리 같은 사회운동가는 늘 가난에 쪼들린다. 그래서 번듯한 건물 하나 만드는 것이 평생의 소원이고, 월급 줄 걱정하지 않는 날을 꿈꾼다. 지금 상당히 번듯한 건물 안에 세 들어 사는 수유너머가 나중에 쫓겨나면 어떻게 하려는지, 제3자인 내가 더 걱정이다. 고미숙 선생에게서 아주 엉뚱한 답이 날아온다.

안정이 되면 문제가 더 많이 생깁니다. 안정이 안정이 아닌 거죠. 공동체가 안정된다는 것이 무엇일까요? 치열하게 수련하는 밀도가 저하되고 긴장이 약화되는 순간 바로 외적인 것이 틈입을 해서 공동체의 밀도를 떨어뜨립니다. 사람들이 갖고 있는 온갖 습성이 튀어나와요. 한발 앞서서 안정을 막는 행동을 해야 이 공동체를 움직이는 힘이 나오지요.

현재 한국 사회의 시민단체나 사회운동에 대해 할 말이 있는지 물었다.

리얼리즘적 학습과 자신의 삶이 너무 동떨어져 있어요. 조직으로 의기투합해서 무엇을 한다고 합시다. 주체들의 무게중심이 3분의 1도 안 와 있어요. 이래서 사회를 바꿀 수 있을까요? 나는 안 믿습니다.

수유너머처럼 활동과 삶의 일치를 강조한다. 예를 들면 "시간을 안 지킨다. 그러면 세미나가 엉망이 된다. 공동 연구인데 원고 마감 안 지킨다. 그러면 도대체 혁명이나 사회를 바꾸는 것이 가능할까?" 고미숙 선생은 이렇게 계속 질문을 쏟아 낸다. "혁명정부가 생기면 시간을 지키고 약속을 지킬까? 누가 대통령이 되고 국회의원이 된다고 세상이 바뀔까?" 그녀는 고개를 흔든다.

또한 고미숙 선생은 경제적인 문제를 제기한다. 당시 운동가나 연구자들은 항상 돈에 쪼들렸다. 세대가 다양하고 계층이 다양한데 회비를 똑같이 내는 것이 이해하기 어려웠다고 한다. 그리고 단체의 재정과 개인 재정이 분리되는 것이 이해가 안 됐다고 한다. 어떤 분은 강남에 살고 분당에 사는데 조그마한 연구실 하나 제대로 운영을 못 할까, 이해가 안 되었다. 자신은 너무 가난하여 뒤풀이 가면 술값을 못 내 괴로웠다고 한다. 세대 간의 경제 격차가 왜 순환이 안 될까? 그것이 이해가 안 되었다. 어떤 방향으로 사회가 바뀌었으면 좋겠다고 하면 그 방향, 그 상황이 현장에서부터 바로 실천되어야 한다는 것이 그녀의 신념이다. 시간도 안 지키고 발제 준비도 안 해 오고 뒤풀이에서 돈 없는 사람들도 모두 더치페이 하는 것을, 그녀는 이해할 수 없다.

그녀는 또한 청소를 강조한다. 사회운동 단체들의 공간이 너무 지저분하다는 것이다. 그런 의미에서 여기 수유너머는 청소를 잘 한다. 어지러우면 공부할 맛이 안 난다는 것이다. 너저분한 것은 공간에 대한 애정이 없는 것을 의미하며 그것은 공간을 소외시키는 행위라고 단언한다. 자신의 공간을 너저분하게 내버려 두는 것은 현재의 이 공간은 안 중요하고 내가 꿈꾸는 공간은 다른 곳에 있다고 생각하는 것이나 다름이 없는 것이다.

수유너머는 연구원들의 회비, 특별 회비와 선물들, 강좌 수강료, 세미나 회비, 주방과 카페 수익 등으로 운영된다. 회계는 모두 공개된다. 회원들의 회비는 4만 원부터 20만 원 정도이다. 고미숙 선생의 경우에는 그때그때 특별 회비를 내는데 많을 때는 100만 원도 낸다. 정해진 것이 없다. 강좌도 잘 안 되면 접기도 하고 새로 만들기도 한다. 그야말로 수입이 불규칙하다. 그러나 불규칙 속에 규칙이 있다고 한다. 돈 문제 때문에 위기에 봉착한 적은 없다고 한다. 너무 불규칙한 일이 많고 의외의 출구가 열려 있기 때문이다. 구로 같은 경우 저소득층 청소년들을 위한 공부방이 있다. 그럴 때는 특별 기금을 모은다.

여기서는 최소한의 생활이 되도록 노력합니다. 돈을 많이 버는 것이 아니라 가능한 적게 쓰고요. 한 달에 40~50만 원이면 생활이 가능합니다. 가까이 연구소가 있으니 차비 안 들고 밥값이 1,800원에 불과해요. 공동주택 월세로 10만 원가량 들고 옷은 장터가 열려 교환해 씁니다. 지금 내가 입고 있는 옷도 모두 여기서 장만한 것이에요. 책값 말고는 생활비가 안 들어요. 경제적인 압박에서 벗어나야 하는데 너무 풍요로워지면 느슨해져요. 그것도 경계해야 해요.

인문학으로 먹고사는 시대

여기서는 공부해서 먹고살아야 한다. 학벌에 관계없이 강의하고 강사가 된다. 책도 쓰게 한다. 그래서 책과 강의로 생활을 하게 된다. 학습은 논이고 밭이다. 학습과 연구로 먹고사는 것이다. 요즘은 인문학 강좌 수요가 많기 때문에 책을 쓰면 나름대로 좋은 강사가 된다고 한다. 인문학으로 먹고사는 시대가 된 것이다. 10대도 저자가 될 수 있다고 고미숙 선생은 말한다.

대학이나 대학원은 정보는 엄청나게 주는데 그 지식을 조직할 힘을 주지 않는 문제점이 있다. 그런 교육을 받으니 학생들이 진실로 아는 것이 없어 어디 가서도 할 말이 없다. 대학에서 보따리 장사 안 하고, 단지 글을 쓰고 이곳에서 강의만 해도 생활이 되고 학문도 할 수 있다는 걸 고미숙 선생 본인이 보여 주지 않았는가?

수유너머는 우리 시대 많은 지식인들에게는 하나의 로망이며 우리 사회 사회운동가들에게는 새로운 상상력이다.

Coffee
카페 체화당
풀뿌리
사회지기 학교
신촌민회

대안대학을 고민하다

"이미 우리 사회는 중앙의 목소리나 아이디어만으로 잘될 수 없습니다. 각 지역에 맞는, 풀뿌리 정신을 가진 참 사회인을 길러 내 지역사회를 살리고자 대안대학을 세웠습니다."

"뿌리가 흙을 만든다. 그리고 그 흙이 다시 뿌리를 만든다. 세상과 사람이 만나는 근본성이 여기에 나타난다. 풀뿌리는 사람이고 흙은 사회다."

시민운동가이자 학자인 이신행 교수. 연세대 정치외교학과 교수였던 그는 늘 이렇게 말하고 다녔다. 지역과 현장을 중시하면서 지역의 리더를 키우는 것을 가장 큰 인생의 꿈으로 여겼던 사람이다. 이신행 교수가 자택 1층과 지하를 개방하여 풀뿌리사회지기학교를 열었고, 현재 교장으로 있다.

풀뿌리사회지기학교는 17세 이상으로 학교와 뜻을 함께할 수 있는 사람은 면접을 거쳐 '배울이'라는 이름으로 입학할 수 있고, 이들을 새로운 사회를 만들어 나갈 '사회지기'로 길러 내고자 한다. 풀뿌리사회지기학교의 장점 중 하나는 이상을 공유하는 사람들이 많다는 것이다. 과목이 개설될 경우 '가르칠이'를 맡겠다고 한 각 분야 전문가들과 형벗들이 100여명에 이른다.

교육과정은 '터닦기' ⇒ '길찾기' ⇒ '사회지기' 전공 과정을 거쳐 졸업을 하게 된다. 터닦기와 길찾기 과정이 1년~1년 6개월, 사회지기 전공 과정이 1년이다. 3개월 단위로 한 해 4학기(Quarters제) 개설하며, 1년에 3학기까지 등록할 수 있다. 대학원 과정도 새로 개설했다. 사회단체 활동가들을 '배울이'로, 현장 경험을 내면화하면서 활동의 전문성을 높이기 위한 연구와 성찰, 프로젝트를 함께한다. '배울이', '가르칠이'라는 이름을 쓰는 것만 보아도 비범한 학교라는 것을 알 수 있다.

이화여대 공대 방면, 대신교회 뒤에 있는 풀뿌리사회지기학교를 찾느라 근처를 몇 바퀴를 헛돌았다. 이신행 교수가 이 지역의 지역 운동 근거지로 체화당을 만들고 열던 날 이곳에 왔었지만, 오랜 세월이 지난 데다 내가 워낙 길치라 헤맨 것이다. 건물을 보고서야 예전 기억을 되살릴 수 있었다.

정치권력보다 지역사회 권력이 힘을 가져야

풀뿌리사회지기학교의 정신은 도대체 무엇인가? 이신행 교수의 제자로 풀뿌리사회지기학교의 교장을 맡기도 했던 유영근 선생의 말을 들어 보자.

풀뿌리사회지기학교는 이신행 선생님의 40년 사회교육 경험에서
출발한 학교입니다. 한국이 살기 위해서는 지역이 살아야 하고 정
치권력보다는 지역의 사회 권력이 힘을 가져야 한다는 것이죠. 그
러기 위해서는 지역의 힘이 권력을 견제하고 지역을 살리는 인재
를 키워야 합니다.

이신행 교수의 시민교육운동은 1968년 YMCA에서 대학생의
사회 개발 프로그램을 기획해 농촌과 노동 현장에 참여한 시기까
지 거슬러 올라간다. 지금의 풀뿌리사회지기학교를 본격 구상한
것은 연세대에서 정치학도들을 가르치던 1990년대 초였다. 학생
들과 지리산 주변의 여러 지역을 다니면서 새로운 운동을 조사하
고 토론하는 방식으로 수업을 진행했는데 그 과정에서 그는 지역
사회가 활기를 되찾으려면 무엇보다 지역에 교육공동체가 생겨
나야 한다는 것을 깨달았다. 이렇게 해서 학습 공간을 마련했다.

학습 공간인 캠퍼스 이름은 '카페 체화당'으로 내걸었다. 학교
처럼 딱딱한 인상을 주지 않기 위해서였다. 이신행 교수는 "풀뿌
리사회지기학교의 역할은 존재하는 걸 무너뜨리는 것이 아니라
병든 것을 건강하게 하는 것"이라면서 "철학을 생각하며, 출세가
아니라 자기와 사회를 만드는 길"을 제자들에게 늘 강조했다.

체화당은 경북 상주에 있는 조선 시대 가옥의 이름이다. "어깨
동무하고 선 산벚나무처럼 사이좋은 형제처럼 배움과 뜻을 함께
한다"는 뜻이 담겨 있다. 신촌민회와 풀뿌리사회지기학교가 이곳

을 근거로 여러 사회 활동 및 지역 활동을 펼치고 있다. 학교 캠퍼스이고 마을 카페이기도 하다. 도서관이자 마을 문화 중심지이기도 하다. 체화당은 이렇게 여러 기능이 있다. 지역마다 이런 공간이 있으면 얼마나 좋으랴.

풀뿌리사회지기학교의 커리큘럼

2010년 풀뿌리사회지기학교 봄 학기 과목

| 학부 과정 |

성찰적 삶과 개인과 사회 : 10기 유혜지

헬렌 니어링의 《아름다운 삶, 사랑 그리고 마무리》라는 책과 함께 진행되고 있습니다. 헬렌의 성장 과정을 보면서 나의 성장은 어떤 것들이 있었는지 우리는 관계 속에서 성장하는지, 혼자서 명상과 성찰을 통해 성장한다는 것은 정말 가능한 것인지 고민하고, 헬렌과 스콧의 삶을 보면서 나 자신의 삶을 되돌아봅니다.

사회적기업과 물울길 프로젝트 : 9기 김태균

우리나라의 사회적기업들을 방문, 탐방하고 직접 사회적기업 프로젝트도 해 보는 수업이다. 물울길은 말 그대로 예전에 물길이었던 곳을 이어서 만든 길이다. 이 프로젝트는 여러 가지 의미를 가지고 있다. 물울길을 통해 지역을 느낄 수 있고, 지역과 지역을 이을 수

있고 공방, 카페 등의 연대를 만들어 지역의 소통을 원활히 하는
의미를 가지고 있다.

세상을 바꾸는 글쓰기 : 10기 이가영

세상을 바꾸는 글쓰기 수업은 재미있지만 힘든 수업입니다. 한 주
에 하나씩 주제를 정해 자료를 읽고 토론하고 글을 씁니다. 주제가
어려운 것이기는 하지만 생각을 하다 보면 답이 나오기도 합니다.
나의 논리를 만들어 나가는 데 큰 도움이 됩니다.

다리밟기 영어 : 10기 조민강

수업을 들으면서 저 스스로 깨달은 것은, 배짱을 가져라였습니다.
'못해도 부끄러워하지 말고 뻔뻔해도 좋으니까 자신감을 갖고 조
금이라도 얘기하자' 라고 생각합니다. 덕분에 앞으로 외국인을 만
나도 겁을 덜 먹고 대화를 할 수 있을 것 같고, 앞으로는 영어를 열
심히 배우고픈 욕심이 생겼습니다.

기다와 밴드 조직 : 9기 하수용

기타의 기본부터 연주, 화성학, 작곡에다 마지막엔 공연까지. 자신
이 노력만 한다면 굉장히 많은 것을 배울 수 있는 수업이지요. 수
업의 모토는 touch the guitar everyday 입니다. 매일매일 연주하지
않아도 좋으니 기타를 만지고 사랑해 주라는 것이랍니다. 기타를
처음 접한 우리는 손가락 끝이 너무 아프지만 굳은살이 박이는 그
날까지 열심히 기타를 만집니다.

이신행 교장, 류한경 교감, 그리고 '배울이' 들.
카페 체화당에서는 크고 작은 세미나와 토론회가 열린다.

2010 봄 학기 발표회.

시민사회운동의 이론적 맥락 : 대학원 1기 이주희

대학원에서 가장 먼저 시작한 공부는 현장 활동이 어떤 의미가 있는지, 사회적, 학문적 위치를 정확히 파악하는 것이었습니다. 멀리 미국에 계신 교수님과 태평양을 건너 인터넷 화상을 통해서 만나고 있습니다. 모니터로 만나는 것도 배움에 대한 뜨거운 마음을 전달하기에 충분하답니다.

인권과 사회복지 : 대학원 1기 선지영

활동 6년차가 되면서 답답함과 무기력이 찾아왔는데 저에게 봄처럼 다가온 '풀뿌리사회지기학교'를 만나서 이렇게 공부를 하고 있습니다. 인권은 산소와 같아서 잊고 지냈었는데 다시 발견하고 만난 인권은 단순하고 당연한 것이 아니었다는 것을 요즘 느끼며 공부합니다.

이것이 '배울이'들이 말하는 풀뿌리사회지기학교 수업이다. 터닦기 과정에서는 외국어, 글쓰기, 악기 수업 등의 소통과 이해 과목, 성찰적 삶과 사회, 통전적 이해 1, 2 등의 필수과목, 인문 사회학 등을 기반과목으로 공부한다.

터닦기 과정과 길찾기 과정을 마치면 사회지기 전공 과정으로 들어가 전공 분야를 깊이 있게 공부하고 현장 실습을 한다. 정치 사회지기, 경제경영 사회지기, 문화 사회지기 세 과정이 있다. 졸업 후에는 민간, 시민단체, 지역 언론 매체, 사회적기업, 마을 카페, 풀뿌리 정치 등 다양한 분야에 진출할 가능성이 열려 있다.

대학원 과정도 개설했다. 대학원 과정은 조사, 연구, 응용 활동을 통해 본인의 관심 분야나 활동 분야를 심화하면서 이론과 실천을 겸비한 전문 인재를 기르는 것을 목표로 한다고 한다. 시민사회운동 전공, 지역사회 전공, 사회교육 전공 등의 세부 전공이 있다고 하는데 대안 대학원으로서 자리매김하길 기대한다.

대안고등학교와 연계된 대안대학

대안중고등학교가 많이 생겨나고 있어요. 이 대안학교를 졸업한 아이들이 진로를 고민하며 모임을 만들었어요. 시기적으로도 그렇고 우리 고민과 맞닿아 있었습니다. 대안학교 출신들과도 함께했으면 좋겠습니다. 또한 요즘 획일화된 제도권 대학들의 해묵은 문제들이 터져 나오고 있는데 이에 대한 대안을 제시하는 대학이 되고자 합니다.

참 재미있는 아이디어이다. 그동안 초등학교 수준의 대안초등학교, 중학교 수준의 대안중학교, 고등학교 수준의 대안고등학교는 있었다. 그러나 대안대학은 별로 없었다. 초, 중, 고 대안학교에 이어 대안대학이 생기면 대안학교 간의 연계성과 연속성이 생겨나 한 아이가 대안적 삶을 체질화하고 새로운 삶의 모델을 제시할 수 있지 않을까?

학생들을 모집하는 것이 쉽지는 않다고 한다. 하지만 대안대학에 대한 필요성을 인식하면서 대안고교 졸업생, 일반 고교 졸업생, 홈스쿨러, 일반 대학 휴학생 등 '배울이'들은 점점 다양해지고 있다.

이 새로운 실험적 학교의 미래에, 아니 대한민국 풀뿌리 지역운동의 미래에 희망이 가득하기를 빈다.

연간등록금 1천만원
입시전쟁
사교육폭탄
자율형사립고 No
아이들은 입시지옥
학부모는 등골휘
자율형사립고 설립
참교육학부모회 ○○인지회
경쟁교육
부추
교입시
부활시
립고
설립반

몰랑몰랑한 참교육을 향하여

참교육을위한전국학부모회

참교육을 가치로 내걸고 활동한 지 20년, '참교육을위한전국학부모회'가 올해로 20주년을 맞이하였다. 시민단체로서 20주년은 참으로 긴 역사이다. 20주년을 맞으며 참교육학부모회는 어떤 고민을 하고 있으며 어떤 도전을 꿈꾸고 있는가?

우리 단체는 전국에 41개 지회가 있어요. 활동가 대부분의 활동 경력이 10년이 넘었고 다른 시민단체에 비해서 풀뿌리 활동가가 많은 편이에요. 그만두고 싶은데 "나라도 해야 할 것 같아 그만두지 못하겠다"고 말하는 사람들이에요. 열정은 대단한데 모두 지쳐 있어요.

20년 동안 세상이 많이 바뀌었다. 과거 의식이 있는 학부모들은 아이들을 학원에 보내지 말고 도서관에 보내자는 분위기였는데 지금 30대의 학부모들은 대다수가 아이들을 학원에 보내기 때문에 학원에 보내지 말자고 말하는 참교육을위한전국학부모회(이하 참학)에 오는 것을 꺼리는 분위기라고 한다. 교육 문제에서도 세대 차이가 있는 것이다. 물이 마른 강에 고기가 어찌 살까?

찾아가는 학부모 운동, 줏대 있는 학부모 되기

참학 20주년사 출판 기념 토론회 때, 민들레 출판사 현병호 대표가 "참학도 이제 조금 더 밝고 경쾌해지면 좋겠다"고 말했단다. 그동안 참학의 활동 내용이 무겁고 우중충했다는 이야기이다.

그렇지 않아도 참학 회장과 정책위원장 등 리더들도 마찬가지의 고민을 하고 있다. 앞으로 젊은 학부모들과 함께 신 나는 교육 운동을 하기 위해서는 어떻게 해야 할까가 최고의 화두다. 젊은 학부모들이 온라인에서 활동을 많이 하는 것을 보고 돈을 좀 들이더라도 홈페이지를 개편해 온라인에서 소통할 수 있는 시스템을 만드는 방법도 고민한다. 단순한 정보와 자료를 교환하는 것을 넘어서서 전국의 많은 학부모들과 함께 소통하는 구조를 만드는 것이 목표이다.

소통의 운동을 위해 "이제는 찾아가겠다!"고 결의를 다졌다. 과거에는 강의를 마련하고 사람들을 기다렸다면 이제는 직접 찾아가겠다고 한다. 예를 들어 광주 지부에서는 10년 동안 새내기 학부모 교실을 했는데 점점 참여자가 줄었다. 그래서 이제는 아파트 부녀회, 유치원, 생협 등으로 직접 찾아간다고 한다. YMCA와 함께 '아기 스포츠단' 부모들과 연결해서 새내기 학부모 교실을 여는 등 젊은 학부모들이 모이는 곳에 찾아갔다. 당연히 전보다 관심이 높아졌고 강의를 듣는 학부모도 늘었다.

"와라"가 아니라 "간다"는 정책의 변화인 것이다. 찾아가는 학부모 교실이 성공한 것을 보고 학부모의 곁으로 찾아가는 사업을 많이 기획했다. 참학이 고객 마인드의 운동으로 큰 변화를 한 것이다.

참학은 지난 20년 동안 '줏대 있는 학부모' 되기를 목표로 학부모 교육에 집중해 왔다. 학부모가 바로 서야 아이들이 우뚝 설 수 있다는 믿음 때문이다. 이는 '바로 서는 학부모, 우뚝 서는 아이들' 이란 참학의 슬로건이기도 하다. 결국 학부모가 바로 서야 학교 환경도 바뀐다는 것이다. 이런 취지를 담아 《학교, 겁내지 말자》라는 책도 펴냈다.

일반적인 학부모들은 학교에 첫아이를 보내면서 학원에 꼭 보내야 하고 교사에게 촌지를 주어야 된다고 생각한다. 그래야 내 아이가 한 대라도 덜 맞고, 다른 아이들보다 도움을 더 받는다고 믿는다. 학부모들이 계속 이런 식으로 학교와 교사를 대하면 절대로 학교와 교사들은 변하지 않는다. 참학은 학부모와 교사가 대등한 관계가 되어야 한다고 말한다. 학원 보내지 않고, 촌지를 주지 않아도 이렇게 교육을 해도 아이들이 잘 자란다는 것을 이 책은 말한다. 우리 아이들을 경쟁으로 내몰지 않고도 잘 키울 수 있다는 자신감을 심어 주는 것이다. 또한 학부모 상담실을 통해 들어온 다양한 상담 사례들을 제시하여 학교교육 현장의 구체적인 사례들도 엿볼 수 있도록 구성해 놓았다. 《학교, 겁내지 말자》는 학부모가 아이를 학교에 보내며 꼭 알아야 할 지침서라 소개

참교육을위한전국학부모회는 우리 교육이 올바른 방향으로 개혁되기 위해서는
학부모가 달라져야 한다고 강조한다. 가정에서 학교에서 사회에서 학부모들이 지혜와 힘을
모아 그 뜻을 펼쳐 나가는 만큼 우리의 교육도 발전할 것이다.

할 수 있다.

학부모가 고민하는 곳, 가려운 곳을 찾아라

학부모 없는 참학은 상상할 수조차 없고 소수의 외침만으로는 교육 현장을 개혁할 수 없다. 학부모들이 참여하느냐 그렇지 않느냐는 참학이 사느냐 죽느냐 하는 문제다. 그래서 참학의 최고 집행 간부 두 사람은 이렇게 인식을 바꾸었다. 가히 코페르니쿠스적 전환이라 하겠다.

지금까지는 우리가 생각하는 교육에 대한 상을 가지고 학부모들에게 설파하고 교육하려고 했어요. 우리가 학부모헌장을 만들고 거기에 비추어서 일반 학부모들을 가르치려 한 것이지요. 그러나 이제는 학부모들이 정말로 고민하고 아파하고 가려워하는 곳에서부터 출발해야 한다고 봅니다. 그야말로 지금은 내려가야 할 때이지요. 이런 고민과 다짐을 안고 새로운 출발에 나서고 있습니다.

이런 원칙 아래에서 진로교육, 인성교육, 영어교육도 새롭게 고민하고 있다. 요즘 학부모들이 관심을 갖는 인터넷 게임 중독이라든지 청소년 폭력, 왕따 문제 등에도 깊이 개입하고 있다. 학부모들의 연령에 따라 달라질 수밖에 없는 자녀 교육의 다양한 욕구에 대해서도 차별적인 접근을 하고 있는 것이다.

교육 전체에 걸친 이슈나 공공적인 주제들을 가지고 사업을 하면 학부모들이 호응도가 적다. 이제는 공적이면서도 학부모들이 고민하고 가려워하는 것부터 참학이 다가가야겠다고 생각한다.

학부모 상담 교육은 참학의 자랑 중 하나이다. 과거에는 정부의 지원이 있었는데 이명박 정부에서는 그런 일이 불가능하다. 지원 없이 참학 교육 프로그램을 만들어 홍보를 했지만 자기 돈을 내고도 학부모 교육에 참여하는 사람이 늘었다. 교육에 참가한 학부모들 중에서는 참학에 대해서는 모르지만 단지 교육 프로그램이 좋아서 온 분들도 있었다.

이렇게 대중적인 교육 프로그램이 전국적으로 늘고 있다. 그중 하나가 광주 지부에서 진행 중인 아이들을 위한 인문학 교실이다. 지금은 어머니들을 위한 인문학 강좌도 준비하고 있다고 한다. 김상봉 교수를 비롯한 이들이 애써 주고 있다. 광주의 경우에는 전남대 철학과와 인문학 강좌를 연결할 수 있어 여건이 좋았다고 한다. 아이들의 논술에 인문학 공부가 많은 도움이 되어서 학부모들의 참여율이 높다. 특히 이 강좌의 재미난 점 중 하나가 아이들의 동의를 얻어야만 수강할 수 있다는 원칙을 세웠다는 점이다. 부모만 원한다고 수강할 수 있는 것이 아니라 아이 스스로가 원해야 수강할 수 있고 일단 수강을 시작하면 철저히 출결을 관리하고 1기, 2기 수료생들의 후속 모임도 만들어 꾸준히 모임을 갖고 있다.

이런 과정을 거치니 수료생들의 친목과 결속도가 높아졌다. 그래서 오프라인 카페도 열게 되었다. 금남로에 전통찻집이 있는데 문을 닫는 주말을 이용해 이곳에서 차를 마시면서 정보를 교류하는 인문학 카페로 사용하고 있다. 지역 자원을 활용하는 좋은 예이다. 앞으로는 독자적인 인문학 카페를 하나 여는 것이 이들의 소망이다.

포항의 경우에는 낙후한 지역에 참학의 이름으로 지역아동센터를 운영하고 있다. 포항시에서 참교육을위한전국학부모회라는 이름 때문에 승인을 해 주지 않았는데 지회장의 끊임없는 노력으로 시의 인가를 받을 수 있었다고 한다. 포항을 시자으로 앞으로 지역아동센터 운영과 개선에도 참학이 적극적으로 개입하여 참여하려고 생각 중이다.

교복 시장 거품을 날리고, 어린이 신문 강제 구독을 거부하다

교복 공동 구매 역시 참학의 작품이다. 교복을 만드는 대기업 3사가 담합을 해서 교복 가격이 비싸졌다. 이에 대항하여 참학이 교복 공동 구매에 나섰다. 공동 구매를 하자 교복 가격이 30퍼센트 낮아졌다. 교복 공동 구매는 학부모들이 원하는 사양과 재질을 제시해서 지역 매장을 상대로 공개 입찰에 들어간다. 합리적인 가격에 질 좋은 교복을 제공받는 것뿐만 아니라 지역 매장에 입찰 기회를 줌으로써 지역 경제에도 도움이 된다. 참학의 제안으로 교육부가 전국 학교에 ‘교복 공동 구매 매뉴얼’을 공지하기도 했다.

이런 결과가 거저 얻은 것은 아니었다. 대기업 업체들이 학부모에게 협박 전화를 걸기도 했다. 낙찰을 받은 중소기업 사장에게 대기업 대리점 사장이 전화를 걸어 “밤길 조심하라”고 협박을 하기도 했다. 대기업은 학부모들의 공동 구매를 저지하기 위해서 공동 구매를 하는 학교의 교복만 20퍼센트 싸게 팔기도 했다. 그러나 이런 방해 공작에도 불구하고 이제 교복 공동 구매는 자리를 잡았다. 그러나 이명박 정부가 들어선 후부터 참학의 교복 공동 구매 지원에 대한 매뉴얼이 없어졌다. 참학의 성과가 무너질 위기에 처한 것이다.

이명박 정부에서 무너진 사례가 또 있다. 어린이 신문 강제 구독 폐지가 그것이다. 학교에서 아이들에게 일괄적으로 어린이 신문을 구독하라고 강요해서는 안 된다. 참학의 노력으로 학교마다 지침을 내렸기 때문이다.

어린이 신문은 어린이 조선, 어린이 동아, 어린이 한국 세 가지가 있다. 과거에는 학교에서 일괄 구매해서 무조건 보게 했다. 아침 자습 시간에 신문에 있는 한자를 오려서 공부를 하는 등 신문을 활용하게 했으니 신문을 보지 않는 아이는 할 일이 없었다. 구독을 강요하고 구독료를 징수해 업체에 넘겼으니 학교가 신문 보급소 노릇까지 했던 거다. 어린이 신문 강제 구독의 독소는 그것뿐만이 아니었다. 신문에 담긴 내용이 어린이들에게 도움이 되지 않을 뿐더러 지면의 절반이 광고다. 강제 구독에 대한 문제가 제기되자 신문사 측에서는 한 부당 800원씩 학교로 들어간다고 해명을 했다. 과연 그 돈이 얼마나, 어떻게, 또 누구의 주머니에 들어갔는지 모를 일이다.

참학은 어린이 신문을 학교마다 자율 구매로 하자는 운동을 전국적으로 벌였다. 학교에서 어린이 신문을 보라고 권유하는 구독 안내도 하지 말라고 요구했다. 학부모들이 학교운영위원회에 들

학부모가 교육의 주체로 바로 서서 올바른 교육정책이 수립될 수 있도록
학부모의 교육권을 바르게 행사해야 한다.

어가 따지기도 했다. 그래서 점차 어린이 신문 강제 구독은 많이 사라졌고 강제 구독 금지 지침도 생겼다. 그런데 2008년에 들어서 학교 자율화라는 이름으로 이 지침이 사라졌다. 초등학교 교장단이 이 지침을 폐지해 달라고 정부에 2007년부터 계속 요구한 것이 통과된 것이다. 참학이 애써 싸워 온 것이 0으로 돌아갈까 걱정이다.

교육계의 쓰나미, 4.15학교자율화조치

4.15학교자율화조치가 교육계에 태풍을 몰고 왔어요. 학교장의 권한은 막대하게 커졌지요. 규제를 푸는 것도 필요하지만 규제가 꼭 필요한 부분도 다 사라졌어요. 아이들의 인권을 위해 꼭 필요한 규제들이 모두 학교장의 자율로 되었고, 동시에 학교 간의 경쟁을 강화시켰어요. 수요자의 선택권을 보장한다는 취지에서 이루어진 조치였어요. 학교 간의 경쟁은 결국 점수 경쟁이 되고 초등학교까지 0교시가 부활되었어요. 자율학습도 그야말로 자율적인 것이었는데 지금은 사실상 강제되고 있어요. 교장의 권한을 강화했기 때문에 다 풀어진 거지요. 0교시나 자율학습을 거부하면 학교에서는 그 학생에 대해 강제 조치를 취해요.

사회의 다른 영역도 마찬가지이지만 교육 부분에서도 이명박 정부의 퇴행성은 두드러진다. 학교 간의 경쟁으로 인한 부작용은 물론이고 학생 인권도 크게 악화되었다. 과거에는 선도 규정의 제정과 운영 과정에서 학생회의 의견이 반영되었는데 지금은 완전히 달라졌다. 그리고 이런 것들의 부작용을 아이들이 고스란히 떠안게 되었다.

두발도 학교마다 자율적이었는데 지금은 조금만 길어도 안 된대요. 말 안 듣는 아이들은 강제로 전학도 시킵니다. 조금이라도 머리가 길다거나 선생님께 대들면 규정에 따라 강제 전학을 시켜요. 그러면 다른 학교에서 받을 리가 있나요? 아이들을 교육하고 선도하는 교육이 아니라 내쫓는 것입니다. 모두 4.15조치 이후에 나타난 현상이에요.

학교 성적 공개도 이명박 정부의 작품이다. 학교의 성적을 공개하니까 학교의 성적 순위가 모두 드러난다. 이것이 곧 교장의 성적이 된다. 그러니 교장은 교사를 다그치고 교사는 아이들을 다그친다. 공부를 못하거나 벌점이 많은 아이들은 강제 전학을 시키기도 한다. 그 아이가 없으면 학교 성적이 올라간다고 믿기 때문이다.

교육정보공개법에 따라서 학교정보공시제를 하게 되었고 교내 폭력 건수까지 공개되고 있다. 학부모와 학생이 자신이 다닐 고교를 직접 선택할 수 있게 만들어 준 고교선택제와 연동해서 상황은 더 악화된다. 학부모와 학생은 학교 성적이 낮거나 폭력 건수가 많은 학교에 가지 않으려고 한다. 학교 측에서는 성적을 높이고 2008년 줄여야 하니까 성적이 낮거나 비행성이 있는 아이들을 다른 학교로 강제로 전학시킨다. 폭력 건수 이후 강제 전학이

증가한 것은 바로 이런 이유 때문이다. 아이들을 학교에서 내쫓으면서 "우리 학교는 성적도 좋고 불량 학생도 없다"고 자랑하는 셈이다.

학교정보공시제는 학부모의 알 권리를 보장하는 취지에서 시작된 것이지만 실제 학교 현장에서 심각한 부작용이 나타나고 있다. 정보 공개가 될 것과 안 될 것을 구분 짓지 못했기 때문이다. 학교의 교육목표나 커리큘럼은 공개되어도 좋다. 학교를 선택할 때 교육철학이나 이념을 보고 맞춤 지원을 할 수 있기 때문이다. 그러나 학교 성적이 공개되고 성적에만 따라 지원을 하게 되면 부작용이 나타날 수밖에 없다. 실제로 학부모 총회에 가 보면 "우리 학교는 서울대 몇 명 보냈다"는 자랑을 천편일률적으로 한다. 이런 상황이 되니 경기도의 일부 학교에서는 학교 폭력 건수를 축소해서 보고하는 사례도 생겼다.

무늬만 의무교육

대한민국에는 눈 먼 돈이 정말 많다. 교육이라고 다를 것이 없다. 중학교 학교운영지원비(초등학교의 경우 육성회비)가 바로 그런 사례이다. 중학교가 의무교육이 되었는데도 학부모들이 학교운영지원비라는 이름으로 학교의 운영비를 내고 있다. 정말 이해할 수 없는 상황이다. 정부에서도 2012년에는 폐지하겠다고 발표는 했지만 한시 급히 없애야 한다. 학교운영지원비라는 명목으로 한 해에 학교에서 학부모들에게 받는 돈이 전국적으로 총 3,770억에 이른다. 이 돈은 대부분 교사들의 연구비나 수당으로 쓰이는 데 국가 재정에서 이 돈을 지원할 수 없으니 사실상 방임하는 것이다. 중학교 의무교육? 무늬만 그렇다.

더 큰 문제는 바로 형평성의 문제다. 중학교 학교운영지원비를 공무원 자녀들은 국가에서 부담하고, 공기업이나 대기업의 경우에는 학자금 지원 명목으로 지원받고, 생활보호대상자의 경우에는 국가에서 대납한다. 차상위계층, 자영업자 등만 이 돈을 부담하는 셈이다. 결국 평범한 사람들의 호주머니를 털어서 국가 교육비를 대고 있는 꼴이다.

이 부당한 상황에 참학이 가만있을 리가 없다. 학부모가 낸 돈을 되돌려 달라는 반환청구소송을 했는데 1심에서 패소했다. 작년에는, 처음부터 그런 부당한 돈을 내지 말자는 납부거부운동을 벌였다. 운동의 결과 전북에서는 읍면 단위로 학부모에게 징수하지 않고 교육청에서 부담하기로 했다. 작지만 반가운 결과다.

민들레

학교를 넘어서

학교 때문에 고통 받는 모든 분들에게 이 책을 드립니다.

학교가 없으면 어디에서도 배울 수가 없는가?
학교를 나오지 않으면 이 사회에 적응할 수 없는가?
오늘날 학교가 자신의 존재 가치를 외치는 것은
마치 쌀을 매점매석한 뒤 모래를 섞어 고약하게 팔아먹는 상인이
자기가 없으면 모두 굶어 죽을 것이라고 외치는 것과 같다.

《학교를 넘어서》라는 책의 광고 문구이다. 우리가 방문하고 인터뷰한 '민들레' 출판사는 이 책과 긴밀한 연관을 맺고 있다. 민들레 출판사는 이 책을 세상에 선보이기 위해 생겨났기 때문이다.

정기간행물 〈민들레〉로 교육운동을

어느 날 19세 이한이라는 친구가 원고 뭉치를 들고 우리를 찾아왔어요. 제목이 '학교를 해체하라' 라는 것이었는데 그걸 책으로 만들어 달라는 것이었지요. 한이는 학력고사 전국 순위에서 열 손가락 안에 들 정도로 성적이 좋은 아이였어요. 나중에 변호사가 되어 민주노총 전속 변호사로서 일하기도 했지요. 여기서 학교라는 것은 물리적인 학교를 말하는 것이 아니라 학교 시스템을 말해요. 학교에 관한 모든 것을 꼼꼼히 기록하고 이것이 교장이나 교사의 문제가 아니라 시스템 자체에 있다고 말하는 원고였어요. 학교가 인간의 성장에 도움이 안 된다고 말하는 학교 비평서라 할 수 있죠. 이 원고가 너무 좋아서 책을 내기 위해 아예 출판사를 냈어요. 그것이 바로 민들레 출판사예요.

《학교를 넘어서》를 쓴 이한 씨는 원고를 들고 여러 출판사를 찾아다녔는데 모두 출판을 거절했다고 한다. 그 당시 출판사를 다니다 그만두고 귀농 준비를 하던 현병호 씨가 "이 책은 살려야겠다"고 마음먹고 1998년 출판사를 차려 책을 펴냈다.

이 책은 당시 시대적 고민과 맞아떨어졌다. 사람들은 학교 붕괴를 걱정하고 아이들은 아파트 옥상에서 뛰어내렸다. 청소년의 입으로, 학교의 이런 시스템이 아이를 죽인다고 말하니 더 호소력이 있었다. 책이 나오자 언론이 관심을 갖고 인터뷰를 하자며 달려들었다. "우리도 그렇게 반응이 있을 줄 몰랐다"고 김경옥 씨는 말한다.

　보통의 독자들이라면 그냥 '어디서 이런 책이 나왔구나!' 하고 말 텐데 《학교를 넘어서》의 독자들은 달랐다. "내가 고민하고 있던 것이 이 책에 다 있어요." 출판사로 전화를 걸기도 하고 찾아오기도 했다. 자퇴한 학생부터 학부모, 새로운 학교를 고민하는 사람들이었다. 이런 뜨거운 반응을 보면서 현병호 씨와 김경옥 씨는 새로운 교육운동으로 흐름을 만들어 가야겠다고 생각했다. 그래서 〈민들레〉라는 격월간 정기간행물을 내기 시작한 것이다. 책 한 권이 작은 출판사의 운명을 바꾸고 대한민국 교육의 행로를 바꾸기 시작한 것이다.

　《학교를 넘어서》를 통해 인연이 닿은 사람들과 평소 교육에 대한 고민을 같이 나누던 200여 명을 중심으로 격월간 〈민들레〉를 발행했다. 몇 번이나 손을 봤다는 〈민들레〉 창간호의 창간사는 비장함마저 드러난다.

우리는 이제 더 이상 학교에 기대를 걸지 않을 것입니다. 학교가 바뀌기를 진정으로 바라는 만큼 우리는 학교를 대신할 수 있는 새로운 교육 환경을 만들어 가고자 합니다. 우리 자신들이 곧 길인 것입니다. 그러나 이 길은 잘 닦여져 열려 있는 그런 길이 아니라 우리가 함께 힘을 모아 열어 가야만 하는 길입니다. 자기를 찾을 수 있도록 돕는 것, 그래서 삶을 꽃피울 수 있도록 돕는 것이야말로 교육의 본질임을 잊지 않는 한 우리는 길을 잃지 않을 것입니다. 이제 진정한 교육을 시작할 때입니다.

_〈민들레〉(창간호) 창간사에서

"스스로 서서
서로를 살리는 교육을 여는 민들레"

민들레는 체제 바깥에 새로운 학교를 만들고, 함께 배우고 성장하는 삶을 꿈꾼다.

〈민들레〉 발간 후 역시 깜짝 놀랄 정도의 반응이 있었다. 여기저기서 문의 전화가 빗발쳤다. 현재 〈민들레〉의 정기 구독자가 4천여 명이라고 한다. 3년 이상 정기 구독자가 80퍼센트이고 10년 정기 구독자도 있다. 스스로를 '민들레 교도'라고 칭하는 충성스러운 독자들이다.

대안교육의 든든한 길동무 '민들레'

처음 〈민들레〉를 펴낼 때 학교를 넘어, 학교의 시스템을 바꾸는 것이 목적이었다. 교육이 곧 학교가 아니라는 것을 강조했다. 교육을 받는다거나 공부를 한다고 하면 학교에서만 되는 것으로 알고, 학교 안 가면 무식한 것이고 공부 안 하는 것이라는 편견을 갖는다. 그런데 이제 그게 아니다, 학교 안 가도 얼마든지 공부할 수 있고, 좋은 삶을 살 수 있다는 그런 메시지를 전하고 싶었다.

'학교 신앙'이라고 불릴 만큼 뿌리 깊었던 절대적인 믿음 '교육=학교'란 공식에서 벗어나게 하는 데 기여했다는 것이 지난해 10주년을 맞은 〈민들레〉의 자기평가다. 그럼에도 불구하고 우리 사회의 열악한 교육 환경을 개선하는 데 〈민들레〉의 힘은 아직 미약하다. 새로운 교육 시스템을 만들기 위해 열심히 노력하는 분들은 많지만 대학 입시는 여전히 이 땅에서 살아남기 위한 조건으로 통한다. 초중등 과정에서는 대안교육을 받더라도 대학은 일반 대학에 들어간다. 여전히 가야 할 길은 멀다.

〈민들레〉는 그동안 학교가 아닌 곳에서 배우는 것을 끊임없이 소개해 왔다. 대안교육, 공교육 안의 실천, 홈스쿨링과 로드스쿨러 등이 우리 사회에서 커다란 의미를 지니고 있지만 제도적으로 또는 시민사회에 널리 퍼지는 것이 쉽지만은 않다.

그러나 민들레 홀씨가 어디선가 날아와 싹을 틔우듯 희망의 기운이 서서히 지피기 시작했다. '〈민들레〉 읽기 모임'이 자생적으로 생겨났다. 지금은 형편이 나아졌지만 반지하, 원룸에서 그 모임을 시작했다. 출판사에게 열성적인 독자는 고맙고도 귀한 존재이다. 사실 독자 모임을 가진 잡지가 우리나라에 몇 개나 있겠는가?

〈민들레〉는 단순히 잡지가 아니라 메신저이고 사람들을 이어 주는 징검다리예요. 서점에 가서 잡지를 사 보는 것에 그치지 않고, 그 생각들을 실천하는 사람들이 만나요. 서로 대화를 나누는 관계로 발전한 거지요. "우리 아이를 학교에 보내기 싫은데 어떻게 할까요?"라고 전화로 문의가 오면 어디에 학교 안 보내는 사람이 있다고 소개를 해 주죠. 그래서 이런 교육에 관심을 가진 사람들의 커뮤니티가 만들어졌던 겁니다.

시작은 '가정학교(홈스쿨링)' 모임이었다고 한다. 홈스쿨링이 가능한가? 어떻게 실천할 것인가? 또 어떻게 확산할 것인가? 하는 논의가 이루어졌다. 모임에서 나눈 이야기가 다시 〈민들레〉에 실리기도 했다. 잡지와 그 잡지를 모태로 태어난 모임 간의 자연스러운 피드백이다.

우리는 책을 만들고 아이들은 옆에서 학습을 하거나 대화를 했어

요. 손님이 오시면 절대로 그냥 보내지 않고 그들과 대화를 나누기
도 했지요. 민들레에는 학교 선생님과 아이들 때문에 고민하는 학
부모도 왔어요. 내가 그분들과 이야기를 하다가 아이들에게 "너희
는 어떻게 생각하니?" 물어봐요. 그러면 학부모들은 탈학교 아이
들이 똑부러지게 이야기하는 것을 들으면서 탈학교 아이들에 대한
선입견에서 벗어나지요.

"내 아이가 아니라 더불어 사는 우리 아이를 만들겠다"는 뜻으
로 아이들을 돌보고 있는 '공동육아' 어린이집인 '산어린이집'이
있었다. 산어린이집에서 아이들의 반짝거리는 내면의 힘을 살리
는 방향으로 아이들을 키워서, 초등학교로 진학을 시키고 나니
그 노력들이 모두 수포로 돌아갔다. 마침 '학교'만이 아이들의 교
육을 맡아서 하는 것이 아니고 우리도 할 수 있다는 대안교육에
대한 메시지를 나누고 있던 부모들에게서 대안학교를 만들자는
의견들이 나왔다. 이럴 때 학부모들은 '민들레' 문을 두드리곤 했
다. 민들레 사람들도 책으로만 말하지 않고 같이 의논하고 고민
히는 길동무로 곁에 있으려 노력했다. 그렇게 시작한 부모들의
논의는 대한민국에서 첫 번째 초등 대안학교인 부천 '산어린이학
교'를 탄생시켰다.

두 번째로 만들어진 것은 '볍씨학교'이다. 광명의 YMCA가 만
든 이 대안학교는 생협을 중심으로 부모 교육을 하던 중 자연스
럽게 더불어 사는 아이를 키우기 위해 어떻게 할 것인가를 논의
하면서 시작되었다. 이러한 논의들이 〈민들레〉를 통해 순환되고
소통되는 속에서 학교 설계가 이뤄지곤 했다. 그 뒤에 만들어진

순천 YMCA 평화학교도 비슷한 경로를 밟는다.

"한번 해 보자"는 씨앗이 뿌려지면 그 씨앗을 틔우는 햇볕과 거름, 물이 되는 사람들을 연결하고 함께 고민해 주는 역할을 민들레는 꾸준히 했다. 성미산마을의 '우리어린이집'에 보내던 학부모들이 도심 속 대안학교를 만들 때도 마침 이웃에 있던 민들레는 든든한 길동무였다.

비인가 대안학교의 연대체 역할을 하는 '대안교육연대'가 탄생했다. 민들레가 하던 현장 네트워킹이나 교육의 담론을 만드는 일 등을 나눠 할 수 있게 된 것이다. 그 외에도 공교육 안에서의 대안으로 작은 학교 네트워크인 '작은학교교육연대'도 생겼다.

학부모 교육, 나아가 평생교육까지 '공간 민들레'의 변화

민들레에서 일하는 사람들은 단순히 책을 만드는 사람들이라기보다는 교육운동을 하는 사람들과 다름없다. 평소에도 이들은 출판 업계 사람들과는 별로 어울리지 않고 책도 좀 촌스럽게 만들어 스스로 '우리는 출판쟁이인가?' 하는 정체성의 혼란도 겪는다고 농담 반 진담 반으로 털어놓는다.

그도 그럴 것이 여느 출판사와 다르게 민들레 출판사에는 아이들로 넘쳐 났다. 아이들은 여기저기에서 왔다. 민들레 출판사에서 함께 책도 보고 간담회를 기획하고 상담도 했다. 이런 활동들이 나중에 '공간 민들레'로 발전했다.

공간 민들레는 스스로 서서 서로를 살리는 배움과 만남의 공간

이 작은 건물에서 학교를 벗어난 아이들과 그 부모들이,
그리고 새로운 교육을 꿈꾸는 이들이 생각과 경험을 나누며, 함께 배우고 성장한다.

을 지향한다. 아이와 어른의 경계, 가르침과 배움의 경계를 넘어 학교태가 아닌 배움터로, 배움의 양식을 상상하고 실현하기 위해 애쓴다. 개인의 자유와 공동체의 자유, 그 공존의 가능성을 모색하고 실천하고, 대안교육 현장의 틈을 메우는 역할을 공간 민들레는 꿈꾸는 것이다.

스스로 서서 서로를 살리는 문화를 지향하기 때문에 공간 민들레에서는 무엇이든 함께하기로 약속해야 한다. 공간에서 지켜야 할 '약속(경계, 울타리)'은 함께 논의하고 합의한다. 공간에 들어온다는 것은 공간에서 합의해 낸 '약속'에 동의하고 이를 주체적으로 선택함을 뜻한다. 그러하기에 스스로 서서 서로를 살리는 생활 감수성에 대한 고민과 실천을 놓쳐서는 안 되며, 철학과 지향을 일상적으로 진지하게 공유해야 한다.

공간 민들레 활동 회원이 되면 격주마다 자치회의에 참여하고, 또한 격주마다 학습 정리 (개별 학습 설계와 경험 정리) 모임을 꼭 함께해야 한다. 학기 중에 2회, 각각 한 달 동안 공동체 여행을 하는데 이번 해에는 경기도 이천시 율면에서 '콩세알프로젝트'를 진행하기로 했다. '콩세알프로젝트'는 "콩 한 알은 땅에게, 콩 한 알은 하늘의 새에게, 나머지 한 알은 농사짓는 나에게"라는 콩 세 알의 의미를 교육과 연결해서 배우자는 것으로, 더불어 살고 싶은 마음과 자립하는 한 인간으로서 갖추어야 할 삶의 힘을 키우기 위한 것이다. 이러한 공동 학습을 통해 함께 배우고 익히는 즐거움과 효과를 느낄 수 있다고 본다.

공간 민들레의 이러한 지향에서 무엇보다도 중요한 것은 배움의 결과물과 경험을 함께 나누고 누린다는 것이다. 이는 개인의 성장은 물론 공동체에도 기여하기 위한 것이다.

공간 민들레는 민들레 출판사를 드나들던 아이들을 위한 공간으로 출발했지만 이제는 다양한 연령층을 위한 공간으로 새로운 변화를 주려고 한다. 그래서 올해부터는 평생교육 공간으로 변신을 할 예정이라고 한다.

이제 부모들을 바꾸는 것이 중요하다고 생각해요. 새로운 학교를 만들거나 교사를 바꾸는 것도 중요하지만 부모를 바꾸는 것도 그에 못지않게 중요한 것이지요. 아이들이 행복하게 살기를 바란다면 부모 역할을 어떻게 해야 하는지 메시지를 전하고 싶어요. 거기에 힘을 싣기 위해서 작년부터 노력하고 있습니다. 〈민들레〉 10주년 이후 특집은 모두 학부모에게 메시지를 주는 것이에요. 양육 태도의 모순이나 이중성을 드러내면서 제대로 된 부모 노릇을 하기 힘들다는 것이지요. 당신이 건강하지 않으면 아이들이 건강할 수 없다는 것이죠. 그런 변화를 위해 올해에도 열심히 할 생각입니다.

'민들레'가 온 세상에 퍼지는 민들레 홀씨처럼 더 많은 사람들에게 퍼져 나가 생명력 강한 민들레 꽃을 피워 오래오래 사랑받기를 소망한다.

교육 희망 찾기에 도움 주신 분들

1부 공교육의 대안, 학교 밖 학교

● 풀무농업기술고등학교
　홍순명(풀무농업기술고등학교 전 교장), 정승관(교장)
　041-633-3021, www.poolmoo.or.kr

● 성장학교 '별'
　김다산(성장학교 '별' 학생회장), 민호근(학생회 부회장), 여동효(학생회 총무),
　배규하(학생회 서기), 이재훈(별지기), 김현수(교장)
　02-888-8069, www.schoolstar.net

● 성미산학교
　박복선(성미산학교 교장), 최경화(학부모), 윤영숙(교사)
　02-3141-0537, www. sungmisan.net

● 이우학교
　정광필(이우학교 교장), 이광호(함께여는교육연구소 소장)
　031-711-9295, www.2woo.net

● 하자센터
　김종휘(하자센터 부센터장)
　02-2677-9200, http://haja.net

● 아힘나평화학교
　김종수(아힘나운동본부 대표), 조진경(아힘나평화학교 교장)
　031-674-9137, 070-8275-6075, http://www.ahimna.net

2부 공교육이 달라졌다, 작은 학교 이야기

● 남한산초등학교
  최웅집(남한산초등학교 교장), 안순억(교사)
  033-766-1366, www.namhansan.es.kr

● 거산초등학교
  김순복(거산초등학교 교감), 김영주, 이갑순, 김상회, 김영갑, 원종희, 최은희(교사)
  041-542-9152, www.keosam.es.kr

● 삼우초등학교
  송수갑(삼우초등학교 교사), 나영성(교사)
  063-263-4215, www.samwoo.es.kr

● 세월초등학교
  남궁역(세월초등학교 교사), 김도현(교사)
  031-772-3504, www.sewall.es.kr

● 송산분교
  박진환(송산분교 교사), 김현진, 심성식, 김수선(교사),
  김애란(학부모, 운영위원), 박경미(자모 회장)
  061-742-5101, www.byeollyang.es.kr/page/songsan.html?hak=21

● 조현초등학교
  이중현(조현초등학교 교장), 박성만, 최탁(교사)
  031-772-4942, www.johyeon.es.kr